KB124906

기기인 도로

기기인도로

조선스팀펑크연작선

김이환 박애진 박하루 이서영 정명섭

아작

차례

회회교(回回教)의 사문(沙門) 도로(都老)에게
쌀 다섯 석을 내려주었다.

—《세종실록》15권, 세종 4년

증기사화

정명섭

빈청에 모인 대신들이 침묵을 지키는 가운데 증기 다모가 바쁘게 탁자 위를 다녔다. 증기 다모는 게의 다리처럼 생긴 발을 바쁘게 움직여서 탁자 끝에 있는 정9품 예문관 검열 이천용에게 다가왔다. 움직일 수 있는 다리와 물을 끓는 원통형 몸통 위에는 주전자가 달려 있었다. 증기 다모는 서역에서 들어온 정교한 시계태엽 장치를 이용하여, 예문관 검열(檢閱)*이자 사관인 이천용의 앞에 놓인 잔에 머리를 기울여서 따뜻한 차를 따랐다. 보통은 진짜 다모가 와서 차를 따라줬지만 오늘처럼 말이 새어나갈 수 있는 날에는

* 예문관의 정9품 관직으로 실록을 적는 사관의 임무를 맡았다.

증기 다모를 썼다. 증기를 이용하는 것이라면 뭐든 싫어하던 훈구파 대신들도 잠자코 증기 다모가 따라주는 차를 마셨다. 코끼리 코처럼 긴 주전자의 부리에서 나온 차가 찻잔에 채워지는 것을 물끄러미 보던 이천용은 붓을 들어 종이에 적었다.

사관은 논한다.

하지만 그 이후로 쓸 말이 없었다. 며칠 전 승하한 임금의 시호를 정하기 위해 모인 자리인 만큼 누구도 쉽게 얘기할 수 없었기 때문이다. 특히 임금이 생전에 증기에 대해서 보인 모호한 태도 때문에 여러모로 곤란했다. 거기다 대통을 이을 왕세자가 아직 어려 수렴청정을 해야 하는 대비와 외척 집안이 어떻게 나올지 모르는 상황이라 섣불리 나설 수도 없었다.

'더 큰 문제도 있지.'

손이 떨리기 시작하자 황급히 붓을 도로 벼루에 기댄 이천용은 속으로 중얼거렸다. 생전에 임금이 증기에 보인 애매모호한 태도는 대신들을 둘로 나눠놨다.

"승하하신 전하께서는 증기를 사랑하셨으니 증(烝)자를 붙이자는 의견은 나름 일리가 있소이다. 하지만 나라를 다시 평안하게 하시고, 위기에서 구해내셨으니 법도에 따라 중(中)

자를 써야 한다는 의견도 나오고 있는 상황이외다. 아울러, 그 뒤에 종(宗)을 붙이느냐 조(祖)를 붙이느냐도 논의해봐야겠지요."

노회한 영의정 남경익의 말이 끝나자마자 이천용 쪽에 앉아 있던 이조전랑 홍대겸이 나섰다. 조광조와 함께 활동하던 그는 유배형에 처해졌다가 몇 년 전에 복귀했다. 그리고 작년에 이조전랑의 자리에 올랐다. 조광조를 곁에서 지켜봤던 인물이고 오랜 기간 귀양을 갔다 왔다는 상징성 덕분에 조정에 새로 자리를 잡기 시작한 사림의 지도자로 꼽혔다.

"덕이 있으셨으니 마땅히 종으로 해야지요."

그 순간, 이천용은 남경익의 목젖이 크게 떨리는 걸 봤다. 조선이 세워진 초기에는 묘호를 정하는 원칙이 분명했다. 하지만 시간이 흐를수록 원칙이 흔들리면서 임금의 뜻이 우선시되었다. 대개의 임금들은 종보다는 조를 선호했다. 종은 덕이 있는 임금에게, 조는 공이 있는 임금에게 주어진다는 원칙 때문이었다. 덕이 있다는 것은 시골 농부들도 나눌 수 있는 인사치레라는 인식이 강했다. 특히 승하하신 임금처럼 종통(宗統)으로 즉위한 것이 아니라 반정으로 전왕을 쫓아내고 방계 중에서 추대된 경우는 더더욱 민감한 문제였다. 영의정 남경익을 비롯한 훈구파는 왕실과 외척의 입맛대로 조로 묘호를 정하고 싶어 했지만, 최근 조정에 다시 모습을 드러낸 사림파는 원리원칙대로 종으로 하겠다는 자세를 고수한 것이다. 거기다 그 앞에 증으로 할지 중으로 할지 역시 논란의 대상이었다. 증기의 사용에 대해서 통제를 해야 한다는 훈구파와 달리 사림파는 증기의 사용을 적극적으로 주장하는 쪽이었기 때문이다. 심정적으로나 학문적으로 사림파를 지지하는 이천용은 잠시 고민하다가 붓을 움직였다.

빈청에서 대신들이 모여 승하하신 선왕에 대한 묘호를 논의했다. 영의정 남경익이 대신들의 의견을 묻자 이조전랑 홍대겸이 덕이 있으니 종으로 해야 한다고 말했다.

이천용이 붓을 놓자마자 남경익이 홍대겸에게 말했다.

"이조전랑의 말도 일리가 있긴 하지만 패륜을 저지른 전왕을 쫓아낸 공로가 있으니 조로 해도 무방하지 않겠나?"

"그건 즉위하기 전에 벌어진 일입니다. 어찌 선왕의 공로라고 할 수 있겠습니까?"

"말이 좀 지나치네. 선왕께서 뜻을 모으고 바르게 계셨기에 의로운 신하들이 모여서 거사를 일으켜 걸왕 같은 폐주를 몰아낸 것이 아닌가! 당연히 조로 묘호를 정해야 하네."

"덕이 있으셔서 추대된 것은 맞지만 직접 거사를 이끈 것이 아니었으니 마땅히 종으로 해야 합니다. 원칙대로 해야지 나라의 기강이 바로 설 수 있습니다."

점잖게 말이 오갔지만 살벌한 분위기가 이어지는 바람에 다른 대신들은 숨조차 제대로 쉬지 못했다.

"원칙을 세우자는 이조전랑의 말에도 일리가 있네. 하지만 승하하신 선왕의 묘호를 짓는 문제는 좀 더 유연하게 봐야 하지 않겠나?"

"어째서 그렇습니까? 선왕께서 재위하시던 시대는 태평성대였고, 외침이 없던 시기였습니다. 마땅히 종으로 해야 합니다. 손꼽히는 성군이신 세종과 성종께서도 모두 종으로 묘호를 정하지 않았습니까?"

"어허, 거참…."

이천용은 남경익이 말을 이어가지 못하는 것을 봤다. 그때 남경익의 옆에 있던 화천부원군이자 형조판서인 김석운이 나섰다.

"선왕께서는 조정을 어지럽히는 자들을 몰아내고 기강을 바로 세운 공로가 있으시네. 마땅히 조로 해야 하네."

무겁던 분위기가 갑자기 싸늘해졌다. 주먹을 불끈 쥔 홍대겸이 쥐어짜내는 목소리로 말했다.

"조정을 어지럽히는 자들이라니요! 조정을 더럽힌 건 선왕의 눈을 가려서 사화를 일으킨 간신들 아닙니까!"

"조광조는 임금에게 증기를 더 많이 사용해야 한다고 압박을 한 죄로 처벌당한 것이야! 거기다가 정체가 불분명한 회회인 도로를 스승으로 섬긴 것 또한 그냥 넘어갈 수 없는 노릇일세."

이천용은 도로라는 단어를 종이에 적으면서 심호흡을 했다. 조광조를 둘러싼 수 많은 논쟁 중에서 가장 첨예한 대립을 불러일으킨 것이 바로 도로의 정체였다. 서역에서 온 회회인으로, 사람처럼 움직이는 기기인이라는 기계를 만든 증기 기술자로 알려져 있다. 아울러, 온갖 기기묘묘한 소문의 주인공이기도 했다. 조선을 건국한 태조 이성계의 측근으로 활동했다는 이야기부터 사람이 아니라 기기인 그 자체라는 소문까지 다양했다. 덕분에 조광조가 숙청당할 때 이상한 자를 스승으로 모셨다는 죄목이 덧붙여졌다. 고민하던 이천용은 김석운이 도로에 대해서 언급했다는 식으로 짧게 적고 넘어갔다.

사화를 일으킨 당사자 중 한 명이기도 한 김석운의 대꾸에 홍대겸이 응수했다.

"그 편리한 증기를 왜 쓰지 말자는 겁니까?"

"편리함만을 따지다가 더 큰 걸 놓칠 수 있네. 백성들이 역심을 품고 변란을 일으킬 때 증기를 이용해서 무기를 만들지 말라는 법이 없어. 거기다 왜인들과 여진족들도 증기 기술을 호시탐탐 노리는데 자칫 그들에게 흘러들어 가기라도 하면 큰 낭패가 될 걸세. 그러니 증기의 사용은 최소화해야 하네."

"그럼 나뭇잎에 초승심위왕(草丞心爲王)이라는 글자를 써서 가짜 소문을 퍼뜨린 자들은 누굽니까? 그 일 때문에 조광조를 위시해서 조정에 출사한 사림들이 한순간에 쫓겨나 유배를 가거나, 사약을 받았습니다. 충신들을 탄압한 그 자들이야말로 임금의 눈과 귀를 가리고 나라를 어지럽힌 자들이 아닙니까!"

붓을 집어 든 이천용은 흠칫했다. '초승심위왕'이 조광조가 사약을 받게 된 결정적인 원인 중 하나라는 소문을 들었던 탓이다. 한문의 파자를 사용한 이 방법은 앞의 세 글자를 모으면 증(蒸)이 된다. 증위왕이라는 뜻은, 증기를 사랑해서 '증광조'나 '증기 동자'라는 별명으로 불렸던 조광조가 왕이 된다는 뜻이 된다. 그래서 나뭇잎에 벌레들이 파먹은 다섯 글자에 대한 소문은 하늘이 경고한 것이라는 그럴듯한 설명과 함께 시중에 떠돌았다. 당시 이천용을 비롯한 성균관 유생들이 모두 비웃었던 이 소문은 조광조의 몰락을 가져왔다. 당시의 기억을 떠올리느라 먹물이 붓끝을 타고 종이에 떨어지는 것도 몰랐던 이천용은 김석운이 자리를 박차고 일어나는 것을 봤다. 그 모습을 본 홍대겸이 코웃음을 쳤다.

"제 발이 저리신 게지."

그런데 조정의 위계상 있을 수 없는 일이었지만 선왕께서는 무슨 생각인지 몇 년 전부터 조광조와 함께 몰아냈던 사림을 다시 중용하기 시작했다. 물론 증기를 대대적으로 사용하자는 그들의 주장은 받아들이지 않았지만 말이다. 아마 증기의 사용을 규제하자고 주장하는 훈구파의 세력이 커지는 것을 막고 균형을 잡기 위해서였던 것 같다. 덕분에 과거에 합격하고도 사림파와 가깝게 지내고 조광조처럼 증기 사용에 호의적이라는 이유로 관직을 얻지 못했던 이천용도 조성에 출사할 수 있었다. 다시 붓에 먹물을 묻힌 이천용이 한 글자씩 적었다.

이조전랑 홍대겸이 조광조를 모함한 자들에 관한 얘기를 하자 형조판서 김석운이 낯빛이 파리해지면서 자리를 박차고 밖으로 나갔다. 차마 들을 수 없는 얘기를 들었기 때문인데 지조 있는 선비를 모함한 죄는 천 년 만 년 갈 것이다.

회의는 흐지부지 끝나고 말았다. 홍대겸은 증기 다모가 따라준 차를 마시면서 의기양양한 표정을 지었고, 주변에는 아직 품계는 낮지만 핵심이라고 할 수 있는 청요직에 진출한 사림파들이 모였다. 심정적으로는 그들 편이지만 사관이라는 직책은 엄격한 중립을 지켜야 하므로 이천용은 붓을 내려놓고 잠시 밖으로 나갔다. 대전 쪽에서 증기로 움직이는 자격루가 북을 치는 소리가 들렸다. 세종대왕 때 시간을 알려주는 기계로 만들었는데 정확하게 시간을 알려줘서 다들 편리하게 여겼지만 증기로 움직인다는 이유로 훈구파 대신들은 질색을 했다. 하늘이 정해준 시간을 인간이 만든 기계로 확인한다는 사실을 꺼림칙하게 여겼던 것이다.

'그나저나 과연 진실이 뭘까?'

훈구파와 사림파가 격돌했던 것은 15년 전 기묘년에 벌어진 사화 때문이었다. 그 해의 간지를 따서 기묘사화라고 부르지만 갈등의 핵심인 증기의 이름을 따서 증기사화라고도 불렀다. 당시 아직 조정에 출사하지 못했던 이천용은 말로만 들었던 증기사화의 후폭풍을 직접 경험하자 궁금증이 일었다. 양쪽이 팽팽하게 맞서는 상황이었다. 실록에 들어갈 사초를 쓰기 위해서는 진실을 적어야만 했다. 그러기 위해서는 양쪽의 얘기를 모두 들어봐야만 했다. 한쪽 당사자라고 할 수 있는 김석운은 지금 말을 붙이기가 애매했기 때문에 일단 조광조를 옹호하는 사림파의 얘기를 듣기로 했다. 결심한 이천용이 돌아서서 빈청 안으로 들어갔다. 때마침 다른 관리들은 모두 나오는 중이라 안에는 이조전랑 뿐이었다. 문이 열리는 소리에 고개를 돌린 홍대겸이 물었다.

"무슨 일인가?"

"15년 전 일이 궁금해서 말입니다."

이천용이 맞은편 자리에 앉으면서 묻자 홍대겸이 자세를

고쳐 앉았다.

"증기사화 때의 일말인가?"

"그렇습니다. 묘호를 정할 때 그 문제가 계속 불거질 것 같습니다만."

"자네는 사관으로서 궁금한 건가? 그게 아니면 사림파로서 궁금한 건가?"

"제 대답에 따라 답변이 달라질 수 있습니까?"

대답을 들은 홍대겸이 쓴웃음을 지었다.

"증기사화는 임금의 눈과 귀를 가린 간신들이 벌인 일종의 역모일세. 내가 관직에 있는 동안 반드시 진실을 밝히고, 조광조의 신원을 회복시켜서 사림의 명예를 회복할 걸세."

"그가 희생자라는 얘깁니까?"

이천용의 물음에 홍대겸이 고개를 끄덕거렸다.

"물론이지. 자네는 조광조가 어떤 분인지 아는가?"

"성균관에 있을 때부터 두각을 나타냈다고 들었습니다."

"그럼 그분이 원래 훈구파 집안 출신인 것도 알겠군."

"네?"

이천용이 놀란 표정을 짓자 홍대겸은 수염을 비비 꼬면서 입을 열었다.

"그분은 한양 조씨 집안일세. 5대조부가 개국공신이었지."

"그런데 어째서…."

"사림파가 되었느냐고? 할아버지 때부터 몰락을 하면서

가세가 기울었지. 그래서 어릴 때 용천의 찰방*이 된 아버지를 따라 멀리 북방으로 갔다네. 그리고 그곳에서 김굉필을 만나셨네."

"김굉필이라면 무오사화에 연루되어서 유배를 가신 분 아닙니까?"

"그렇다네. 폐주가 자신의 쾌락을 위해 증기를 사용하려고 하자 단호하게 거부했다가 미움을 사서 용천 인근의 구성으로 유배를 가셨네. 그곳에서 어린아이들에게 글과 증기를 가르치셨지. 그 소문을 들은 조광조께서 아버지에게 가르침을 받고 싶다고 청하셨네."

"현직 관리의 아들이 유배를 온 죄인에게 배웠단 말입니까?"

이천용의 목소리가 저도 모르게 높아지자 홍대겸이 껄껄 웃었다.

"과거에 합격해서 출세하려면 그 무엇보다 스승을 잘 만나야 하지. 고려 때의 문생과 좌주까지는 아니라고 해도 과거에 합격할 때 시관이 누구냐에 따라 운명이 달라지곤 하니까 말이야. 아버지가 그 부분을 걱정하자 조광조는 자신은 관리가 아니라 선비가 될 것이라고 대답했지."

"그 인연이 시작이었습니까?"

"사실 조광조가 김굉필에게 가르침을 받았던 시기는 1년

* 조선시대 역참을 관리하는 종6품의 관직

도 채 안 되었네. 조정에서 너무 북방에 유배를 보냈다고 생각했는지 1년 후에 멀리 하삼도(下三道)*로 김굉필의 유배지를 옮겼거든."

"그렇게 짧게 배웠는데 어찌 스승이라고 할 수 있겠습니까?"

이천용의 물음에 홍대겸이 잠시 생각을 하다가 대답했다.

"증기에 대한 신념을 심어줬으니까."

"그 짧은 기간에 말입니까?"

"얼마나 배웠는지는 중요하지 않네. 어떻게 배웠는지가 중요하지. 증기는 유학에서 가르치는 좋은 점을 모두 가지고 있지."

"어떤 점이 말입니까?"

홍대겸을 이천용의 질문을 받고는 손가락을 꼽아 가면서 얘기를 했다.

"증기가 따뜻해지면 움직이고 식으면 멈춘다는 것은 도리를 안다는 것이고, 움직이면서 편리함을 준다는 것은 백성들을 이롭게 해야 한다는 뜻에 걸맞지. 자네도 증기 한증소를 알고 있지?"

질문을 받은 이천용이 고개를 끄덕거렸다.

"과거에 합격하고 예조에서 맨 처음 일을 했습니다."

"예전엔 환자들에게 한증하기 위해서는 많은 땔감이 필

* 조선시대 충청도, 전라도, 경상도를 아울러 부르던 이름

요했고 절차도 복잡했지. 장작을 활활 태웠다가 뜨거운 물을 부어서 증기를 만들었는데 그러면 숯은 다시는 못 쓰게 되지. 반면에 증기로 물을 끓여서 그걸로 증기를 만든다면 나무를 숯이 될 때까지 쓸 수 있어. 그뿐인가? 증기를 이용해 죽을 끓여서 환자들에게 나눠줄 수도 있지. 증기는 백성들을 편리하게 하는 나라의 중요한 보물일세. 그런데 번거롭고 위험하다는 이유로 증기를 쓰지 말자는 것이 말이나 되는 얘긴가?"

얘기가 어느덧 증기의 사용에 소극적인 훈구파에 대한 비난으로 이어졌지만 이천용은 잠자코 들었다. 헛기침을 한 홍대겸이 머쓱한 표정으로 말을 이어갔다.

"짧은 만남이었지만 조광조는 김굉필로부터 증기에 대해서 깊게 배웠고 평생 이를 실천하기로 결심하셨지. 그래서 소과에 급제해서 성균관에 들어갔을 때부터 자나 깨나 증기를 생각하셨네. 그래서 '증광조'나 '증기 동자'라는 별명으로 불렸다네."

"그 정도인 줄은 몰랐습니다."

"군자가 결심을 하면 쇠도 녹일 수 있고, 세상을 뒤흔들 수 있네. 어쨌든 성균관에 입학한 이후에도 증기에 대한 열의를 보여서 자연스럽게 주변에 동조자들이 모였지. 그들이 바로 증기사화 때 같이 모함을 받은 분들이네."

"그 상황에서 조정에 출사한 것입니까?"

"쉽지는 않았네. 반정 이후에도 증기의 사용을 못 마땅해 하던 훈구파들이 조정을 장악했는데 증기 동자라고 불린 조광조를 곱게 보겠나? 당연히 이런저런 트집을 잡아서 훼방을 놓았지. 하지만 임금께서 그분의 명성이 높은 걸 알고는 주변의 반대를 물리치고 조정에 출사를 시키셨네."

"처음에는 좋은 관계였군요."

"마치 당 태종이 위징을 측근으로 삼으셨던 것과 같았지. 오랫동안 훈구파의 그늘 밑에서 지내던 사림파가 드디어 조정에 자리를 잡은 순간이기도 하고 말이야."

홍대겸의 얼굴에 환희가 깃든 것을 본 이천용은 마음이 복잡해졌다. 사림파와 훈구파의 충돌이 본격화하면 또다시 사화가 벌어지지 말라는 법이 없었기 때문이다.

"처음에는 전하와 조광조의 사이가 좋았습니까?"

"좋았다마다. 아침에 하는 경연인 조강부터 저녁때 하는 석강까지 한순간도 떨어지지 않고 경전을 함께 읽으시고 토론을 하셨네. 임금께서는 증기를 널리 써서 백성들을 이롭게 해야 한다는 조광조의 뜻에 찬동하셨지."

"그런데 왜 사화가 일어난 겁니까?"

이천용의 조심스러운 물음에 홍대겸이 주먹을 불끈 쥐었다.

"조광조께서 전하의 총애를 받는 것을 시기한 간신들의 모략 때문일세. 반정을 일으킨 3대장이라고 불린 인물들이 차례로 세상을 떠나자 자신들의 세상이 올 줄 알았는데 뜻밖에도 임금께서 조광조를 총애하자 질투를 느낀 거지. 그중에는 아까 나에게 망신을 당한 김석운도 포함되어 있었네."

"그들이 왜 조광조를 미워했습니까?"

"군자가 나타나면 소인은 살아갈 방도가 없으니까. 저 김석운만 하더라도 젊은 나이에 알성시에 급제하고 수재 소리를 들으면서 조정에 출사했네. 하지만 금방 타락을 해서 간신배가 되었지. 출세를 위해서 훈구파가 되고 말았다네. 어찌 보면 우스운 일이 아닌가?"

"어떤 게 말입니까?"

"훈구파 집안의 후예인 조광조는 사림의 표상이 되었고, 사림파가 되어야 할 김석운은 훈구파의 앞잡이가 되었다는 것이 말이야."

"그게 무슨 의미가 있습니까?"

"사람의 본성이 그만큼 사악하고 표리부동하다는 뜻이지. 그걸 뛰어넘은 조광조가 얼마나 뛰어나고 대단한 인물인지 알 수 있는 것이고."

"그래서 훈구파가 조광조를 두려워했던 겁니까?"

"조광조께서는 어지러운 조정을 바로잡고자 하였네. 그래서 가짜 공신들을 골라내서 공신록에서 삭제하고 그들에게 주어진 포상을 거둬야 한다고 주장하셨지."

"위훈 삭제 문제로군요."

"맞아. 임금께서는 훈구파의 반발이 심할 것이라면서 난색을 표하셨지. 그때 조광조와 동료들은 편전 앞에서 사흘 동안 무릎을 꿇고 위훈 삭제를 주청하였다네."

"전하께서는 어떤 결정을 내리셨습니까?"

"위훈 삭제를 받아들이셨네. 마지막 날 비가 주룩주룩 내려서 다들 조광조에게 몸을 생각하라고 했지만 그분은 꼼짝도 하지 않으셨네. 오늘 도를 이루지 못하면 내일 살아갈 이유가 없다고 하면서 말이야."

"위훈 삭제를 받아들이셨는데 어째서…."

이천용은 말을 잇지 못했다. 지방의 향교에서 유학을 배우고 과거에 합격한 신진 관료들을 사림파라고 불렀다. 조선의 건국에 참여하고 그 공로를 인정받은 훈구파와는 여러모로 차이가 있었는데 특히 유학과 증기에 대한 견해가 심각하게 달랐다. 훈구파는 유학을 단지 학문으로만 받아들였지만 사림파는 국가를 운영하는 데 중요한 이념으로 생각했다. 어릴 때부터 유학을 배우고 그걸 토대로 과거에 합격해서 조정에 진출했기 때문이다. 증기에 대해서도 견해가 달랐는데 훈구파는 증기의 적극적인 이용이 국가의 혼란을 초래할 것이라고 주장하면서 적절한 통제가 필요하다고 봤다. 반면, 사림파는 증기의 사용이 백성들을 이롭게 하는 길이라면서 적극적으로 이용하고 개발해야 한다고 믿었다. 성향이 완전히 다른 두 부류가 같은 조정에서 지내는 것은 물과 기름이 섞이는 것과 비슷했다. 특히 관직이 한정된 상황에서 과거 응시자들이 점차 늘어나는 상황은 양측의 갈등을 부추겼다. 결국 폐주 시절에 몇 차례의 사화가 벌어졌다. 처음에는 사림파가 탄압을 받았지만 나중에는 사림파와 훈구파 가리지 않고 처벌을 당했다. 결국 견디다 못한 훈구파 대신들이 반정을 일으켜 폐주를 몰아내고 이복동생인 진성대군을 왕위에 앉혔다.

*

권력은 반정에 성공한 훈구파 대신들에게 갔다. 즉위 초기 별다른 힘을 쓰지 못하던 임금은 20여 년 전, 반정 3대장이 차례로 세상을 떠나자 조광조를 위시한 사림파를 중용했다. 특히 조광조를 총애해서 곁에 두었는데 불과 5년 만에 사화가 벌어지면서 조광조를 위시한 사림파들이 내쳐졌다. 조광조는 유배지에서 사약을 받고 죽었는데 일설에는 죽기 직전까지 임금에게 증기를 더 많이 사용해야 한다는 상소문을 쓰고 있었다고 한다. 사약을 마시고 죽은 방 안에는 증기 관련 책과 기구들이 가득했다고 전해진다. 사약을 가지고 간 선전관은 그것들을 뜰로 끌어내서 쌓은 다음에 불에 태워버렸다. 사화는 너무 갑작스럽게 일어났고, 조광조와 사림파들의 몰락도 순식간이었기 때문에 수많은 전설을 낳았다. 그 전설은 신화가 되었고, 수많은 사림파의 꿈이 되었다. 이천용이 생각에 잠긴 채 질문을 하지 않자 홍대겸이 헛기침을 했다.

"자네는 임금께서 왜 조광조와 사림파를 내쳤는지 아는가?"

"모르겠습니다."

"초승심위왕 때문일세."

"나뭇잎에 새겨진 그 파자 말씀이십니까?"

"맞아. 훈구파와 손을 잡은 후궁들이 후원에서 발견했다며 호들갑을 떨었던 것이 시작이었지. 그리고 내관과 궁녀들이 초승심위왕이 새겨진 나뭇잎을 궁궐 곳곳에 뿌렸다네. 그리고 김석운을 비롯한 훈구파 대신들이 그 나뭇잎을 들고 임금을 알현했다고 하더군."

"그들의 속임수에 임금님이 속았다는 말씀이십니까?"

고개를 끄덕거린 홍대겸이 비장한 표정으로 말했다.

"당시 전하께서는 조광조가 주창한 위훈 삭제 문제로 신경이 날카로워지신 상태였네. 그런 상태에서 후궁들이 이상한 일이라면서 은근히 속삭이고, 훈구파 대신들까지 가세하자 그만 잘못된 결정을 내리고 마셨지."

"하지만 그 후에도 얼마든지 조정에 복귀시킬 수 있지 않았습니까? 왜 사약까지 내렸던 겁니까?"

"두려워하셨던 것 같네."

"설마 임금께서 나뭇잎에 새겨진 파자대로 조광조가 왕이 될 야심을 품었다고 믿으신 겁니까?"

"말도 안 되는 얘기야. 성리학을 배우신 분인데 어찌 그런 망령된 생각을 했겠나? 자네 그 생각해본 적 있나?"

홍대겸의 갑작스러운 물음에 이천용이 대답했다.

"어떤 생각 말입니까?"

"어떻게 벌레가 초승심위왕이라는 글씨대로 나뭇잎을 파먹었는지 말이야."

"그러고 보니 이상하군요. 꿀이라도 발랐을까요?"

"벌이라면 모르지만 벌레가 꿀을 좋아한다는 얘기는 들어본 적이 없네. 그것도 수백 장을 그리할 수는 없었겠지."

머릿속으로 주고받은 내용을 정리하던 이천용은 딱 잘라 대답한 홍대겸에게 조심스럽게 물었다.

"그럼 어떻게 그런 글자를 새긴 겁니까?"

"증기일세."

"뭐라고요?"

이천용의 반문에 홍대겸이 낮은 목소리로 대답했다.

"나뭇잎 수십 장을 쌓아놓고 증기로 쏴서 글씨를 만든 것일세. 쇠로 만든 기다란 관을 이용해서 증기를 쏘면 종이 정도는 쉽게 뚫을 수 있으니까 말이야."

"그런 식으로 증기의 힘을 보여줬군요."

"들리는 소문에는 김석운과 간신배들이 증기가 이만큼 위험하다는 걸 보여주려고 일부러 '초승심위왕'이라는 어렵고

긴 한자를 파자로 만들었다고 하더군. 반정으로 즉위하신 분이니 당연히 놀랄 수밖에."

"그래서 사화가 일어난 겁니까?"

"맞아. 거기다 증기로 나뭇잎에 글자를 새긴 것이 도로의 소행이라는 소문도 냈지."

"도로라면, 조광조의 스승이라고 소문이 난 그 회회인 아닙니까?"

놀란 이천용의 물음에 홍대겸이 고개를 끄덕거렸다.

"맞아. 결국 조광조를 위시해서 조정의 사림파들은 모두 누명을 쓰고 사약을 받거나 혹형을 당한 후에 유배를 가야만 했지. 그 후 조정은 다시 훈구파의 세상이 되었고, 나도 유배지에서 8년 동안이나 지냈다네. 다행히 전하께서 승하하시기 전에 다시 사림파들을 중용시켜주신 걸 보면 그때의 일을 후회하신 것이 분명해."

확신에 찬 홍대겸의 대답을 들은 이천용은 알겠다는 말을 하고 일어났다. 원하는 만큼의 얘기를 듣지는 못했지만 계속 듣다가는 저도 모르게 동조할 것 같은 기분이 들었기 때문이다. 인사를 하고 종이와 붓을 챙긴 이천용은 밖으로 나왔다. 생각보다 오랜 시간 동안 얘기를 나눴는지 해가 어둑해질 기미를 보였다. 퇴궐하려던 이천용은 발걸음을 멈췄다.

'승정원에서 종이 받아 가는 걸 깜빡했네.'

실록의 기본이 되는 사초를 적기 위해서는 적지 않은 종이가 필요했다. 한 달 전에 받은 종이는 거의 다 써서 몇 장 남지 않았다. 오늘 들은 얘기들을 적어놓으려면 적어도 수십 장은 필요했다. 이천용은 경복궁의 서쪽에 있는 궐내각사의 복잡한 행랑을 지나 승정원으로 향했다. 집현전이 있던 수정전 옆에는 장영실이 만든 자격루가 있었다. 증기를 이용해서 시간을 알려주는 자격루 옆에는 시간을 측정해서 알려주는 임무를 맡은 서운관의 관원이 긴장한 표정으로 서 있었다. 항아리에 있던 물이 두 개의 작은 통을 거쳐서 구슬이 들어 있는 잣대가 있는 긴 항아리로 들어갔다. 잣대가 조금씩 올라가면서 안에 들어 있던 구슬이 홈이 팬 나무를 따라 굴러가서 옆에 있던 기계장치 안으로 들어갔다. 그 순간, 위쪽의 연통을 통해 연기가 나오면서 설치되어 있던 인형들이 바쁘게 움직였다. 제일 왼쪽에 있던 인형이 종을 아홉 번 쳤고, 그 옆에 있던 인형은 북을 세 번 쳤다. 그러자 앞에서 지켜보던 서운관 관원이 큰 소리로 외쳤다.

"유시(酉時)! 삼각(三刻)!"

그러자 장대에 올라가 있던 다른 관원이 종로의 보신각에서 시간을 알 수 있도록 깃발을 바쁘게 흔들었다. 보신각에서 시간에 맞춰 종을 치면 오가는 사람들이 시간을 알 수 있었다. 이런 편리함은 결국 증기의 힘 덕분이었다. 아침에 시간에 맞춰 궁궐로 들어와야 하는 훈구파 관리들도 증기 자격루에 대해서는 딱히 시비를 걸지 않았다. 한창 증기를 내뿜는 자격루를 지나 승정원으로 들어선 이천용은 크게 헛기침을 했다. 그러자 반쯤 열린 문이 살짝 더 열렸다. 지친 표정의 승정원 서리 오영세가 보였다. 경아전(京衙前)*이긴 하지만 승정원에서만 20년 넘게 근무했기 때문에 쉽게 대할 수 있는 인물이 아니었다.

"이 검열께서 여기는 어쩐 일이십니까?

"사초를 쓸 종이가 다 떨어져서 말일세."

"열심이시군요."

칭찬인지 비꼼인지 모를 오영세의 얘기에 이천용은 애매한 웃음으로 대답을 대신했다. 헛기침을 한 오영세가 안으로 들어가면서 말을 남겼다.

"들어오십시오."

조심스럽게 승정원 안으로 들어간 이천용은 문가에 서서 기다렸다. 나무로 만든 서고 사이로 사라졌던 오영세가 두툼한 종이 뭉치가 든 보따리를 두 손에 들고 나타났다.

"얼마 전 괴산에서 올라온 장지입니다."

"고맙네."

냉큼 종이를 받아 든 이천용이 물러나려고 하자 오영세가 물었다.

* 조선시대 중앙 각사의 하급 관리

"그런데 무슨 일을 기록하느라 종이가 이렇게 많이 필요하십니까?"

"아, 오늘 빈청에서 묘호를 정하는 회의가 열렸네."

"아하, 양쪽이 묘호를 놓고 싸웠겠군요."

수십 년간 경아전 노릇을 한 관록을 그대로 드러낸 오영세가 활짝 웃자 이천용은 고개를 끄덕거렸다.

"오고 간 말들이 많아서 적어야 할 내용이 많아졌네."

"증기사화에 관한 내용이겠군요."

"일단 그럴 것 같네."

"그날 밤에 많은 일이 있었지요."

오영세의 말에 이천용이 대답했다.

"그걸 적는 게 사관의 일이지."

종이를 챙긴 이천용은 영추문 밖으로 나왔다. 그러자 기다리고 있던 구사(丘史)*가 꾸벅 인사를 하면서 종이뭉치가 든 보따리를 받았다.

"이제 퇴궐하십니까?"

"집으로 가세나."

"예이, 말을 대령하겠습니다."

구사가 손짓하자 다리 건너편에서 말고삐를 잡은 채 기다리고 있던 말구종이 다가왔다. 등자를 밟고 말에 올라

* 조선시대 관노비

타려던 이천용은 멈칫했다.

"무슨 일이십니까?"

구사의 물음에 안장에 걸터앉은 이천용이 말했다.

"북촌에 잠시 들렀다 집에 갈 것이니, 자넨 그걸 들고 먼저 집에 가도록 하게."

"어딜 들르시게요?"

"김식운 대감댁에 갔다 오겠네."

어서 가자는 손짓에 말구종이 고삐를 당겼다. 말이 서서히 움직이자 구사는 허겁지겁 인사를 했다.

"그럼 먼저 집에 가 있겠습니다."

육조 앞에 있는 운종가는 사람들로 가득했다. 말구종이 길거리의 행인들에게 물렀거라를 외치려고 하자 이천용이 만류했다.

"정9품의 미관말직인 나까지 벽제(辟除)*를 하면 사람들이 어찌 오가겠나. 그냥 조용히 가세."

"어찌 한림(翰林)의 직위가 낮다고 하십니까?"

말구종의 얘기에 이천용은 서둘러 가자는 말로 대답을 대신했다. 길거리에는 보부상들이 모여서 증기 지게를 고치는 중이었다. 보부상들이 쓰는 쪽지게에 증기 기관을 달아서 알아서 걸을 수 있도록 만든 증기 지게는 전국을 누비

* 지위가 높은 사람이 행차할 때, 잡인의 통행을 금하던 일

는 중이었다. 지방관 중에는 증기 지게를 사용하지 못하게 하고 통행을 금지시키는 경우도 있지만, 보부상들 입장에서는 힘들이지 않고 짐을 더 많이 운반할 수 있기 때문에 어떻게든 쓰고 있었다. 증기는 백성들의 삶 곳곳에 뿌리내리는 중이었다. 그걸 막는 것은 불가능해 보였지만 권력을 가진 자들은 증기를 두려워했다. 백성들이 증기를 가지고 자신들에게 저항할 수도 있다고 믿었기 때문이다.

*

경복궁과 덕수궁 사이의 언덕에는 큰 기와집들이 모여 있었다. 행세깨나 하는 사대부들이 모여 사는 곳으로 궁궐과 가깝고 높은 곳이라 한양이 내려다보였기 때문이다. 해가 저물자 기와집들은 대문에 초롱을 내걸어서 길을 밝혔다. 말구종이 오르막길 끝에 있는 솟을대문 앞에서 말을 멈췄다.

"저곳이 화천부원군 김석운 대감 댁입니다."

사람을 태운 가마가 그대로 들어갈 수 있도록 높이 만들어진 대문을 물끄러미 바라보던 이천용이 말했다.

"가서 대감을 만나러 왔다고 고하게."

"예이."

말구종이 굽실거리면서 뛰어갔다. 대문을 두드리던 말

구종이 문틈에 대고 안쪽과 얘기를 주고받은 후에 헐레벌떡 돌아왔다.

"사랑채로 들라고 하십니다."

말에서 내린 이천용이 대문 안으로 들어서자 기다리고 있던 청지기가 곧바로 사랑채로 안내했다. 불이 환하게 밝혀진 사랑채의 댓돌 앞에 선 청지기가 안에 대고 고했다.

"대감마님. 예문관 검열 이천용 나리께서 오셨습니다."

대답 대신 헛기침 소리가 크게 들리자 청지기가 옆으로 물러나서 안으로 들라는 손짓을 했다. 신을 벗고 안으로 들어서자 침상 위의 보료에 앉은 채 소나무 분재를 감상 중이던 김석운이 고개를 들었다.

"자네가 우리 집은 어쩐 일인가?"

사림파가 어찌 훈구파의 집에 오느냐는 물음에 이천용은 솜을 넣은 방석에 앉으면서 대답했다.

"사림의 선비라면 오지 않았겠지만, 사초를 쓰는 예문관 검열로서 온 것입니다."

"오늘 낮에 빈청에서 있었던 일 때문이겠군."

"맞습니다. 사화에 관한 일을 기록 중이라 양쪽의 얘기를 모두 들어보는 중입니다."

"어차피 조광조를 추켜세우는 쪽으로 써야 할 텐데 괜한 걸음을 했군."

냉담하다 못해 차갑게 얘기하는 김석운에게 이천용이

단도직입적으로 물었다.

"사화는 왜 일어난 겁니까?"

소나무 분재를 물끄러미 바라보던 김석운이 한참 후에 입을 열었다.

"조광조는 다른 마음을 품었고, 그 때문에 처벌을 받은 걸세."

"그가 역모라도 꾸몄다는 말입니까?"

이천용이 저도 모르게 목소리를 높이자 김석운이 껄껄거렸다.

"어찌 보면 역심을 품었다고 할 수 있지. 임금 위에 성리학과 증기를 세우려고 했으니까."

"그것이 어찌 역심이 될 수 있는지요?"

"조광조와 사림파들은 정치의 본질을 망각한 채 오로지 자신들만이 정의롭고 올바르다고 믿었지. 결국 임금도 그걸 견디지 못했고 말이야. 자네 역시 서당과 향교, 그리고 성균관에서 조광조가 얼마나 대단한 사람인지 귀에 못이 박이도록 들었겠지?"

"그렇습니다."

"그가 성균관 대사성으로 지냈거나 혹은 지방의 향교에 머물렀다면 지금쯤 성인의 반열에 올랐을 걸세. 하지만 그는 정치에 나서면서 자신과 동료들을 망쳐버리고 말았네."

"정치인으로서 자질이 부족했다는 말씀이십니까?"

이천용의 물음에 김석운이 가만히 고개를 끄덕거렸다.

"조광조가 조정에 들어올 무렵, 북방의 여진족들이 국경을 넘어와 노략질한 적이 있었지. 조정에서는 토벌대를 보내서 응징하려고 했는데 그가 반대하고 나섰다네."

"어째서입니까?"

"여진족의 사절이 한양에 와 있는데 갑작스럽게 토벌을 하는 것은 도의에 어긋난다고 말이지. 그 얘기를 들은 병조판서가 군부의 일은 무장들에게 맡겨달라고 하소연을 할 지경이었네. 정치를 하기에는 너무 이상적이고 현실 감각이 없었어. 그것이 결국 본인을 망치고 말았지."

"그런 일이 목숨을 내놔야 할 정도라고 생각하지는 않습니다."

이천용이 딱 잘라서 말하자 김석운이 쓴웃음을 지었다.

"그건 작은 일에 불과했다네. 임금에게 하늘에 제사를 지내는 소격서를 없애고 증기기관을 연구하는 증기원을 세워야 한다고 고집스럽게 주청했지. 소격원에서 소격서로 격하를 시켰는데도 말이야. 그래서 임금께서 선왕이신 세종대왕이 세운 관청인데 내 멋대로 없앨 수 없다고 하였더니 조광조가 뭐라고 했는지 아는가?"

김석운은 이천용의 표정을 슬쩍 살펴보고는 덧붙였다.

"그것은 선왕의 잘못이니 마땅히 임금께서 바로잡아야 한다고 했지. 그때 우연히 옆에 있던 나는 용안을 슬쩍 살펴봤네. 분노가 서린 표정으로 조광조를 한참 바라보시던 게 기억나는군. 임금께서 그렇게까지 얘기했는데 자기 고집을 버리지 않는 건 불충한 짓일세."

"조선은 성리학을 기반으로 하는 나라입니다. 도교의 전통이 있는 관청을 없애자는 것은 당연히 나올 법한 얘기입니다."

"문제는 그 과정이란 말일세. 임금을 설득하고 또 설득해야만 하는 것인데 조광조는 너무 빨리 결과를 이루려고 했네. 그러면서 임금의 뜻을 무시하고 독주했네. 자신과 주변은 군자라고 자처하면서 조금이라도 반대를 하면 소인배로 몰아붙였지. 처음에는 그들의 뜻에 동조했던 내가 갈라선 것도 바로 그것 때문일세."

"그렇다고 해도 초승심위왕을 이용해서 누명을 씌운 것을 결코 잘했다고 할 수 없는 일입니다."

이천용의 얘기를 들은 김석운이 무릎을 치며 웃어댔다.

"자네도 그 소문을 믿는 건가? 만들어졌다고 하는 사람들은 많은데 정작 본 사람은 없더군."

"그럼 그게 거짓이란 말입니까?"

"자네는 실록을 쓰는 사관일세. 본 대로 적어야 하고 말을 한 대로 기록해야 할 의무가 있다 이 말이야. 그 얘기를 한 사람 중에 그걸 직접 본 사람이 있던가?"

김석운의 질문에 이천용은 아까 홍대겸에게 들은 얘기

를 떠올렸다. 목에 핏대를 세우며 그 얘기를 했던 홍대겸 역시 직접 본 것은 아니었다. 이천용이 고개를 저으며 아니라고 대답했다.

"결정타는 위훈 삭제였네. 가짜 공신들을 골라내서 공신록에서 삭제하고 포상으로 준 재물을 거둬들여서 증기원을 세우는 데 쓰자고 했지. 그게 얼마나 위험한 일인지 전혀 생각하지도 않고 말이야."

"반정에 참여하지도 않은 자가 공신에 오른 사례가 있었다고 들었습니다. 그런 걸 정리하자는 게 무슨 잘못입니까?"

"물론 잘못된 일은 아닐세. 가짜 공신에 관한 문제는 오랫동안 골칫거리였으니까 말이야. 하지만 아무도, 심지어 임금조차도 그 문제에 관해서 얘기하지 않았네. 왜 그런지 아는가?"

"문제가 너무 복잡해져서 그런 것 아닙니까?"

"자네도 알다시피 이번에 승하하신 임금께서는 반정으로 추대되셨네. 폐주의 이복동생으로, 원래대로라면 왕위에 오를 수 없는 분이었지. 그걸 가능케 한 것이 바로 반정이었고, 그 핵심은 공신들이었네. 그런데 그들 중에 진짜와 가짜를 골라내자는 말은, 곧 반정에 대한 부정으로 이어질 것이고 결국은 임금의 정통성 문제까지 거론될 수 있다네. 그러니까 위훈 삭제 문제는 빈대를 잡자고 초가삼간을 다 태우자 나선 셈이지."

"하지만…."

"정치는 정의를 구현하는 게 아닐세. 타협과 대화를 통해서 현실을 바꿔나가는 것이지."

날카롭게 단언한 김석운은 이천용의 표정을 슬쩍 살펴보고는 말을 이어갔다.

"위훈이 삭제된다는 소문이 돌자 무관들의 불만이 커져갔다네."

"무관들이 말입니까?"

이천용의 반문에 김석운이 가볍게 한숨을 쉬며 대답했다.

"공신록에서 지워져야 할 대상으로 지목된 것은 3등과 4등 공신들로 무관들이 대다수였네. 당연히 불만이 있을 수밖에 없었지. 거기다 조광조가 증기원을 세워서 거기에서 개발한 기기인들로 국경을 지키자고 주장하니까 위기감을 느낄 수밖에 없었네. 앞서 여진족 문제에서 볼 수 있듯 조광조는 무관들을 무시하고 배척하려고 했지."

"기기인으로 병사를 만들자고 했단 말입니까?"

이천용은 김석운을 만나기 위해 오면서 길거리에서 보았던 증기 지게를 떠올렸다. 거기에 팔과 다리를 붙이고 무기를 쥐어준다면 싸우게 하는 것도 불가능한 일은 아닐 듯싶었다.

"증기라는 건 편리하지만 동시에 위험하네. 무관들은 무과에 급제해서 나라의 녹을 먹기 때문에 임금에게 충성할 수밖에 없지. 하지만 기기인들은 녹을 받거나 무과에 급제할 일이 없기 때문에 조정과 임금에게 고개를 숙일 필요가 없네. 만약 무관들을 기기인으로 모두 대체한 상황에서 기기인을 다루는 자들이 역심을 품는다면 어찌할 텐가? 아니면 백성들이 반란을 일으켜서 기기인들을 움직일 장작을 구할 수 없는 상황에 처하면 나라가 결딴나는 건 순식간일세."

확신에 찬 김석운의 발에 이천용은 달리 할 말이 없었다. 그러다가 마지막으로 궁금했던 것을 물었다.

"증기사화의 주체는 누구였습니까?"

"그걸 말이라고 묻는가? 당연히 전하셨지."

"하지만 전하께선 모함에 속아서…."

이천용의 대답에 김석운이 어처구니없다는 표정을 지었다.

"조광조가 의금부에 갇히고 나서 전하께서는 바로 처형하라는 어명을 내리셨네. 나와 대신들이 극구 만류해서 유배형으로 낮춰졌지만 얼마 후에 사약을 보내셨지. 그때 전하께선 반대하던 대신들에게 조광조는 살려둘 가치가 없다고까지 하셨어."

"믿어지지 않습니다."

김석운은 대답하기 전 쓴웃음을 지었다.

"자네들은 믿지 않는 게 편하겠지. 전하께서 모함에 속아 충신인 조광조를 숙청했고, 시간이 흐른 후에 후회하면서 사림파를 다시 중용하고 있다고 생각해야만 조정에 자리를 잡을 수 있을 테니까 말이야."

"실제로 후회하셨다고 들었습니다만."

"그랬을 수도 있지. 원래 전하께서 원했던 것은 훈구파를 견제하면서 자신의 권위를 세울 생각이었으니까 말이야. 하지만 사림파가 독주하자 사화를 일으켜 숙청했네. 그리고 외척에게 의지했지만 그들 역시 부패하자 결국 다시 사림파에게 손을 내민 것이야. 그게 정치의 본질이지. 그러니 전하를 너무 믿지 마시게."

충격을 받은 이천용이 말을 잇지 못하자 김석운이 입을 열었다.

"승정원 서리 중에 그날 밤에 무슨 일이 있었는지 봤던 자가 있네."

"그게 누굽니까?"

"오영세라는 자일세."

방금 승정원에서 오영세를 만났던 이천용은 놀란 표정을 지었다. 그러자 김석운이 다시 소나무 분재로 시선을 돌렸다.

"그자는 15년 전 경복궁에서 무슨 일이 있었는지 잘 알고 있을 걸세. 가서 한밤중에 북문이 열리던 날에 무슨 일이 벌어졌는지 물어보게."

그 말을 끝으로 김석운은 입을 다물고 소나무 분재를 감상했다. 자리에서 일어난 이천용은 인사를 하고 밖으로 나왔다. 밖에서 기다리고 있던 청지기가 대문 밖으로 안내했다.

*

다음 날, 이천용은 입궐하자마자 승정원으로 향했다. 숙직을 마치고 퇴궐하려던 동부승지는 오영세를 만나러 왔다는 그에게 대답했다.

"기별청으로 가보게."

유화문 옆에 있는 기별청은 승정원에서 발행하는 조보(朝報)*를 인출하는 곳이었다. 매일 아침 승정원에서 만든 조보가 나오면 관청에서 파견한 기별서리들이 이곳에 모여서 베껴서 가져가는 방식이었다. 증기로 움직이는 인쇄기가 있긴 했지만, 조보는 보는 사람들이 제한적이었기 때문에 손으로 베껴 쓰는 전통이 이어졌다. 기별청에서는 한시라도 빨리 베껴 써서 돌아가려는 기별서리들의 몸싸움이 한창이었다. 뒷짐을 진 오영세가 그런 기별서리들을 혀를 차면서 지켜보는 중이었다. 문을 열고 들어선 이천용을 본 오영세가 급히 허리를 숙였다.

"여긴 어쩐 일이십니까?"

* 조선시대에, 승정원에서 재결 사항을 기록해 반포하던 관보

"자네랑 잠깐 얘기를 나누고 싶어서 왔네."

"제가 지금 자리를 뜰 수 없는 상황이라서요. 여기서 얘기를 나눠도 되겠습니까?"

"그러지. 그날 무슨 일이 벌어진 건가?"

"그날이라면?"

뜸을 들이는 오영세에게 이천용이 말했다.

"북문이 열리던 날 말일세."

이천용은 능글맞은 오영세의 얼굴이 단번에 굳어져버린 걸 봤다. 가까스로 정신을 차린 오영세가 물었다.

"그걸 알아서 뭐하시려고요?"

"나는 진실을 쓸 의무가 있는 사관일세. 증기사화가 어떻게 일어났고, 누구의 책임인지 알아야 할 의무가 있어."

오영세의 눈길은 잠시 기별지를 놓고 다툼을 벌이는 기별서리들에게 옮겨 갔다. 이천용이 잠자코 바라보자 한숨을 깊게 내쉰 오영세가 입을 열었다.

"그날은 원래 숙직할 차례가 아니었습니다. 그런데."

마른 침을 삼킨 오영세가 눈을 질끈 감았다 떴다.

"조보에 추가할 내용이 생기면서 숙직을 해야만 했습니다. 정작 일은 금방 끝나서 새벽에 그 일이 터질 때까지 의자에 앉아서 졸고 있는데 승정원 주서(注書)*였던 황인정

* 조선시대에 승정원에 속한 정칠품 벼슬. 승정원의 기록, 특히《승정원일기》의 기록을 맡아보았다.

이 저를 급히 깨웠습니다."

"무슨 일로 말인가?"

"궁궐 안이 횃불로 가득하고 시끄럽다면서 깨운 것입니다."

"한밤중의 궁궐 안에서 어찌 그런 일이 있을 수 있단 말인가?"

궁궐은 해가 떨어지면 모든 문을 굳게 닫고 자물쇠로 잠갔다. 열쇠는 내관들이 일하는 관청인 액정서에서 보관하기 때문에 임금의 명령이 아니면 한밤중에 문이 열릴 수가 없었다. 궁궐 안에 숙직하는 관리들이 있긴 하지만 자기 근무지를 함부로 떠나면 처벌을 받았다. 따라서 한밤중에 궁궐이 시끄러울 수 있는 것은 반정이 일어났거나 혹은 큰불이 났을 경우뿐이었다. 어리둥절해하는 이천용의 물음에 오영세가 굳은 표정으로 말을 이어갔다.

"당시 승정원에서 숙직 중이었던 도승지 김명남이 주서인 황인정과 저를 데리고 황급히 정전인 근정전으로 향했습니다. 거기에서 놀랄 만한 풍경을 보았지요."

"뭘 봤단 말인가?"

"푸른 군복을 입은 군졸들이 좌우로 늘어서서 횃불을 들고 있었는데 마치 대낮처럼 밝았습니다. 너무 놀라서 어찌할 바를 모르는데 도승지 김명남이 그들을 헤치고 근정전으로 향했습지요. 황인정과 저도 따라서 들어갔습니다."

"그 군졸들은 어떻게 궁 안에 들어왔는가?"

"신무문으로 들어왔다고 하던데 확실하지는 않습니다. 아무튼 근정전으로 갔는데 월대에 대신들이 앉아 있는 걸 봤습니다. 가까이 가서 보니 영의정 조장용을 비롯해서 훈구파 대신들과 당시 사헌부 감찰이었던 김석운 등이 있었습니다."

"한밤중에 대신이 궁궐로 들어올 수 있는 길은 왕명뿐일세."

이천용의 말에 오영세가 우울한 표정을 지었다.

"맞습니다. 도승지 김명남이 왜 이곳에 있느냐고 묻자, 이윤이 왕명을 받고 들어왔다고 대답했지요. 김명남은 상황이 심상치 않다고 생각했는지 때마침 왕명의 출납을 맡은 내관인 승전색(承傳色) 김윤도가 보이자 급히 알현을 청했습니다."

"알현하였는가?"

질문을 받은 오영세는 고개를 저은 후 말을 이어갔다.

"승전색 김윤도는 김명남을 거들떠보지도 않은 채 이조판서 이윤에게 '임금께서 당신을 도승지로 임명했으니 안으로 들어가서 어명을 받으라'고 하였습니다."

"뭐라? 한밤중에 도승지를 교체했단 말인가?"

"다들 경황이 없어서 어찌할 바를 모르는데 이윤이 안으로 들어가려고 했습니다. 그러자 도승지 김명남이 나서서 임금과 신하가 독대하는 것은 도리에 어긋나니 반드시 사관이 참석해야 한다고 했습니다. 그리고 따라온 승정원 주서

황인정에게 어서 따라가라고 하였죠. 그때 몸싸움이 일어났습니다."

"몸싸움이라니? 궁궐 안에서 말인가?"

임금이 있는 궁궐 안에서는 작은 소란도 엄격하게 처벌받았다. 하물며 정전에서 대신들끼리 몸싸움을 벌였다니, 믿어지지 않았다. 어처구니가 없어진 이천용의 물음에 오영세가 쓴웃음을 지었다.

"저도 어안이 벙벙했습니다. 대신들이 나서서 이윤의 허리띠를 잡고 따라 들어가려던 황인정을 밀어냈습니다. 그리고 이에 항의하는 김명남을 잡아서 넘어뜨렸습니다."

"맙소사."

"그리고 잠시 후에 이윤이 밖으로 나와서 쪽지를 보여줬습니다."

"무슨 쪽지?"

"전하께서 쪽지에 이름이 적힌 사람들을 모두 하옥하라는 명령을 내렸다고 하였지요. 거기에는 조광조는 물론이고 도승지였던 김명남의 이름도 들어 있었습니다. 그리고 나머지 대신들을 들여보내라는 어명이 있다고 해서 다들 편전인 사정전으로 들어갔지요. 거기까지가 그날 밤에 제가 본 것입니다."

"그다음 날부터 조광조와 사림파들이 투옥되었겠군."

"사실 며칠 전부터 조짐이 이상하긴 했지만 그런 식으로 숙청되리라고는 예상하지 않았습니다."

"자네 말대로라면 증기사화는 훈구파가 아니라 전적으로 전하의 뜻이었겠군."

이천용의 물음에 오영세가 눈을 감고 잠시 생각에 잠겼다가 입을 열었다.

"안 그래도 그 자리에 있던 이윤이 김석운에게 슬쩍 하는 얘기를 들었습니다."

"어떻게 말인가?"

"아무래도 전하께서 우리의 이름을 빌려서 조광조를 처리하려고 드는 것 같다고 말입니다. 그러자 김석운이 실록에 어떻게 기록될지 걱정이라고 대답하다가 옆에 있던 저를 보고 입을 다물었던 기억이 납니다."

그때야 비로소 김석운이 처연한 눈빛을 했던 이유를 떠올린 이천용은 온몸에 소름이 돋았다. 김석운의 말대로 증기사화는 세력이 커져가던 조광조와 사림파를 숙청하기 위한 임금의 전격적인 결정 때문에 벌어진 것이었다. 모함이나 속임수는 그저 헛소문일 뿐이었다. 얘기를 마친 오영세가 물었다.

"사초에 적으실 겁니까?"

"그, 그래야지."

가까스로 정신을 차린 이천용의 대답에 오영세가 말했다.

"그럼 제 이름은 빼주십시오."

"알겠네."

얘기를 마친 이천용은 예문관으로 돌아왔다. 자기 자리에 앉은 그는 주저하다가 종이를 펼쳐놓고 붓을 들었다. 심호흡을 한 그는 붓으로 글씨를 쓰기 시작했다.

사관은 논한다. 기묘년에 벌어진 증기사화는 전적으로 임금의 뜻에 의해 벌어진 것이다. 당시 북문의 화를 직접 목격한 승정원의 어느 서리의 말에 의하면….

며칠 후, 승하한 선왕의 묘호가 중종으로 정해졌다. 종을 쓰자는 사림파의 주장대로 된 셈이다. 하지만 증자 대신 중자를 썼고, 증기원의 설치는 보류되었는데 사림파가 훈구파에게 양보한 것으로 보였다. 묘호를 정하는 절차가 끝나고 국장이 치러졌다. 기나긴 국장행렬이 지나가는 운종가 한쪽에서는 사헌부의 관리들이 보부상들이 쓰는 증기지게를 단속하는 모습이 보였다.

군자의 길

박애진

네가 올해 스물다섯이더냐? 벌써 세월이 이만큼 흘렀구나. 내가 네게 첫 매를 든 게 네 나이 일곱 살 때였지. 도련님도 그 무렵에 처음으로 종아리를 걷었단다. 회초리를 가져오너라, 종아리를 걷어라 하며 절차를 따지는 건 양반네들이나 하는 일이지. 우리 같은 노비들이 감히 그런 흉내라도 냈다가는 부자가 함께 멍석말이를 당할 일이지. 우린 자식을 가르칠 때도 눈에 띄는 참나무 빗자루나 장작 토막을 집어서 냅다 두들겨 패야 하는 게지.

나리가 회초리를 휘두를 때마다 도련님의 통통한 종아리가 낚싯바늘을 문 물고기처럼 파닥거렸다. 너는 달랐지. 말도 살이 찐다는 가을에도 가뭄에 시든 벼 줄기처럼 말라

맥없는 팔로 날 붙들고 매달릴 따름이었어. 아이고, 아버지, 잘못했소, 시키는 것, 가르치는 것 다 하겠소오, 얼굴에 재도 바르고, 나리 댁 근처에는 얼씬도 안 하겠소, 잘못했소, 잘못했소오! 도련님은 공부를 팽개치고 놀러 나가면 매를 맞을 줄 뻔히 알면서 나가놓고서도 한 대라도 덜 맞으려 용을 썼지만 너는 뭘 잘못했는지도 모르는 채 날벼락처럼 떨어지는 매에 눈물에 콧물에 침까지 질질 흘리며 무작정 내게 빌었다.

나리에게 한바탕 종아리를 맞고 나면 도련님은 약을 달여 온 마님에게 응석을 부려 명절에나 꺼내는 귀한 곶감을 얻어냈지. 너는 네 어미가 오밤중에 발끝으로 걸어 훔쳐 온 쿰쿰한 된장이나 펴 발린 채로 울다 지쳐 잠들 뿐이었다.

한번은 보다 못한 네 어미가 내 빗자루와 네 여린 몸 사이에 자기를 던졌다. 내가 일순 주춤한 틈을 타 달려들어 내 옷고름을 쥐더라. 야가 뭔 죄가 있소? 다 당신 탓이지, 이러다 죽겄소! 야가 그따위 걸 배워서 뭐에 쓴다고 이러시오, 내 자식 그만 때리소오오오오!

그날을 기억하느냐? 내가 기어이 네 어미를 밀어내고 널 더 때린 일은? 기억하는구나. 그럼 그때 내가 한 말은? 그건 기억 못 하는구나. 내 한 손에 양 손목이 다 들어오는 네 어미의 앙상한 팔목을 쥐어 내동댕이치고 소리쳤단다. 내가 내 자식을 설마 죽으라고 때리겠소? 이걸 배워야 살 길이 열릴 것 같아 이러는 거 아니오? 지금 맞아 정신을 차리는 게 낫겠소, 아니면 언젠가 마님 손에 죽는 게 낫겠소? 내가 안 죽고 산 게 다 내 아비 매 덕이오!

영문 모르고 그저 겁에 질린 네가 엉금엉금 기어 와 바짓가랑이를 잡았다. 잘못했소오, 다신 안 그러겠소, 말 잘 듣겠소, 내가 다 잘못했소오오오. 나는 빗자루보다 얇은 네 팔뚝을 내리쳤다. 너는 팔뚝을 움켜쥐고 억 소리 지를 기운도 없이 그저 숨넘어갈 듯 꺽꺽거리기만 했다. 도련님이 아프다 난리 치는 엄살과는 달랐지. 네 작은 몸에 가해지기에는 모진 매였다.

더 때려야 한다, 이 기회에 바로잡아야 한다고 몇 번이나 되뇌었다. 그래야 네가 산다고 수없이 나 자신에게 말했지만 어느새 빗자루가 바닥에 떨어져 있더라. 온몸이 떨려 빗자루를 줍기는커녕 서 있을 힘도 없었다. 내가 무릎을 짚으며 휘청거리자 네 어미가 널 안고 튀어 나갔지.

모자가 나를 피해 도망치는 뒷모습을 보며 안도했다. 다행이다, 네겐 어미가 있어서. 그러니 어쩌면 너는 이렇게까지 할 필요 없을지도 모른다고. 나와는 다를지도 모른다고 말이다.

나는 너보다 어릴 때부터 무수히 맞으며 자랐다. 차라리 몽둥이가 나았어. 손목이 묶여 처마에 매달리고 머리통을 잡혀 기둥에 처박히는 일이 부지기수였다. 주로 마님이 다른 종들을 통해 시킨 일이었지. 시끄럽다, 게으름을 부린다, 일을 못한다…. 나는 그때 고작 네다섯 살이었다. 네 살배기가 일을 잘하면 얼마나 잘할 수 있다는 게냐. 나보다 두세 살 많은 노비들도 어리다고 아직 일을 시키지 않거나 실수해도 봐주는데 왜 나만!

또 흠씬 맞은 어느 밤이었다. 평소처럼 말없이 된장만 바르는 아비에게 그만 분한 마음을 쏟았다. 왜 나만 이리 때린다요, 내가 뭘 그리 잘못했다고 나만 맞으요? 아비가 조용히 일어나 나가더라. 마님께 날 그만 때리라고 사정하러 간 줄 알았다. 돌아온 아비 손에 내게는 500년 묵은 은행나무 둥치처럼 보이는 빗자루가 들려 있더라. 나는 마당을 쓰는 빗자루를 왜 방에 가지고 들어왔나 어리둥절했지. 낮고 좁은 방에서 저 빗자루를 어찌 쓴단 말이냐. 아비도 그걸 느꼈는지 무릎에 올려 온 힘을 다해 반으로 꺾었다. 자루만 있는 부분이 위로 올라갔다가 나를 향하는 모습이 거짓말 같았다. 한두 대로 끝날 줄 알았다. 설마 이 정도면 그만 때리겠지 했다. 아비는 멈추지 않았다. 매를 피해 방구석으로 구르면 팔을 잡아 끌어냈고, 방 밖으로 도망치려 하면 발목을 잡아 자빠뜨렸어. 절대적 힘의 차이가 주는 무력감에 절망조차 사치였다. 마님의 명으로 치던 종들도 눈치를 봐 가며 때렸거늘 내 아비는 봐주려는 기색조차 없었지. 이러다 죽는구나 싶더라. 나는 그저 잘못했다고, 살려

달라고, 다시는 안 그런다고 울부짖었다. 정신을 차리고 나니 여전히 밤이었다. 당시 열 살 좀 넘었던 계집종이 내가 닷새 만에 깨어났다고 하더라.

아비는 빈말로라도 내게 괜찮은지 묻지 않았다. 그 계집종만 날 가련히 여겨 아침저녁으로 들여다보고, 밀기울이나마 끓여 죽을 만들어 가져다주었지.

아비의 매는 그 뒤에도 이어졌다. 그래서 나는 어떠한 일이 있어도 내 자식에게 손대지 않으리라 다짐하고 또 다짐했었다. 혹시라도 내 자식이 마님이나 나리에게 맞으면 내가 엎드려 빌어 대신 맞는 한이 있어도 내 자식만은 아프지 않게 키울 거라고 말이다.

네가 겪었다시피 난 그 다짐을 지키지 못했지. 그날 이후에도 나는 수시로 네게 매를 들었다. 그 밤만큼은 아니었지만 그렇다 해 아프지 않았겠느냐, 서럽지 않았겠느냐, 가슴에 울분이 쌓여 숨 쉴 때마다 봄철 매화 잎 날리듯 몸이 갈가리 찢겨 흩어지는 것 같지 않았느냐. 다른 이에게 맞는 꼴을 보느니 차라리 내 손으로 때려야 했던 아비의 마음을 아느냐? 널 그리 치고 난 밤이면 내가 승냥이 떼에게 쫓겨 새끼를 입에 물고 벼랑 끝에 몰린 토끼처럼 피눈물을 쏟은 걸 아느냐.

알았다고? 언제부터 알았느냐? 처음부터 다 알고 있었느냐? 그랬구나, 왜 낳았느냐며 원망하기는커녕 못나고 무력하기 짝이 없던 이 아비의 마음까지 헤아릴 만큼, 그때 벌써 다 자랐었구나.

며칠 전 네가 마님의 유서를 가지고 의령에 와서 날 보고 얼마나 놀랐을지 안다. 너는 용케 아무 내색 없이 내 시중을 들어왔지. 보다시피 내 몸은 예전 같지 않다. 염려 마라. 널 위해 어떻게든 버틸 것이니.

아침에 눈을 뜰 때마다 어제와 오늘이 다름을 느끼며 네가 오기만을 기다렸다. 그런데 막상 어디서부터 시작해야 할지 모르겠구나. 어비선(語飛船)을 처음 본 날? 아니면 내가 누구인지 깨달은 날? 아니, 내 어미가 팔려 가던 날부터 시작하는 게 좋겠구나.

내가 대여섯 살쯤 되었을 무렵이었다. 어미가 날 품에 안고 안뜰에 엎드렸지. 어찌나 세게 안았는지 갈비뼈가 짓눌려 아팠다. 어미도 내가 온 힘을 다해 목을 끌어안고 있어 숨쉬기도 힘들었을 것이다. 어미는 마당에 이마를 붙이고 끝없이 말했다. 쇤네가 잘못했습니다, 죽을죄를 지었습니다아, 제발 아이와 함께 팔아주십시오오, 마님, 이 어린 것을 두고 어딜 갑니까. 분이 풀릴 때까지 때리십시오, 죽도록 때리시고 제발 아이와 함께 팔아주십시오, 마나임!

마님은 남자 종들을 시켜 날 어미 품에서 떼어냈다. 어미는 절규하며 우물에 떨어지는 날 건지려는 듯이 팔을 뻗었지만, 모성이 아무리 위대하단들 남자 종들의 힘을 어쩔 것이냐. 마님은 내가 울어 시끄러우니 때려서라도 입을 막으라 했고, 여자 종들이 날 받아 노비들의 처소로 데려갔다. 내문을 나서서도 샛담 너머 어미의 비통한 부르짖음이 들리더라. 마니임! 마님, 제발! 제가 잘못했습니다, 다 제 잘못입니다, 마니이이이임!

어렸던 내가 무얼 잘못해 그리 맞아야 했을까? 난 도대체 무얼 다시는 안 한다 빌었을까? 내 어미는 대관절 무슨 짓을 한 걸까? 죽을죄란 도대체 뭘까?

주인나리가 방에 들어오라는데 어떤 종이 안 된다고 할 수 있겠느냐? 피할 곳이 있느냐, 도망칠 곳이 있느냐, 하소연할 이가 있느냐, 막아줄 이가 있느냐?

나리는 내 어미가 태기가 보이자 바로 내 아비와 혼인시켰지. 하지만 둑을 지어 홍수의 피해를 줄여볼 수는 있어도 하늘이 뚫려 장마가 지는 건 막을 도리가 없듯, 핏줄의 힘은 감춰지지 않았다. 나는 자랄수록 나리를 빼닮았으니 내 씨가 어디서 왔는지는 아무도 모르려야 모를 수가 없었다. 아마 집안에서 당사자인 내가 제일 늦게 알았을 게야.

마님은 당연히 나도 같이 팔고 싶어 했지. 딸이었다면 함께 처분했을 것이나 두 번이나 유산을 한 뒤 몇 년간 태기가 없었으니, 자식 노릇을 할 수 없는 얼자일망정 유일한 아들을 팔 수가 없었던 것이다. 나리가 종을 판 건 눈감아 준다 해도 아들을 팔면 그냥 넘어가지 않았을 테니까.

우리 가문 이야기를 좀 해야겠구나. 우리 가문의 선조는 선왕(先王)인 공희휘문소무흠인성효대왕이 보위에 오르자 공신이 되었다가 대사헌 조광조와 대사간 이성동이 앞장서 정국공신의 수를 대폭 줄여야 한다는 주청을 올려 공신록에서 이름이 삭제되었다. 다행히 선왕은 한 달이 못 되어 대사헌과 그를 따른 이들을 모두 내쳤고 공신록도 복귀했지.

우리 집안은 그 뒤 대제학 김안로 어르신을 따랐다. 삶이란 일희일비의 연속이라 어르신이 잘나갈 때는 우리도 어깨를 폈고, 어르신이 유배를 가자 몸을 낮췄고, 어르신이 복직되자 우리도 수탉처럼 볏을 세우고 거리를 활보했지. 얼마 뒤 경빈 박 씨가 중전, 세자만이 아니라 임금까지 죽이라는 글귀를 새긴 목각인형을 만들었다가 그만 발각되고 말았지.

진짜 경빈 박 씨가 꾸민 일이냐고? 물론이다. 선왕께서 그들이 한 짓이 맞다 하셨다. 군자는 임금의 뜻을 앞서 헤아려야지 결코 의심해서는 안 되는 법이다.

경빈 박 씨와 복성군이 사사(賜死)*되자 그들을 지지하던 이들이 우리 집에 사람과 선물을 보내 어르신에게 잘 말씀드려 살 길을 열어달라 애걸했느니라. 선물에는 패물이나 쌀, 비단 따위도 있었지만 장작을 잘 맞춰 넣고 손잡이만 돌리면 알아서 쪼개는 장작기(長斫機), 끓는 물의 힘으로 사

* 죽일 죄인을 대우하여 임금이 독약을 내려 스스로 죽게 하던 일

람을 태워 옮기는 남여기(藍輿機) 따위 신문물도 있었지.

당시 주인마님 부부는 게으름을 부리지도 않고 밥 먹일 필요도 없는 노비라 여겨 그 기기(汽機)들을 몹시 기꺼워했었다. 하지만 생각보다 다루기가 까다롭고, 물을 끓이느라 쓰이는 숯과 장작도 만만치 않았어. 고장도 잦아 그때마다 기공(機工)을 불러 고쳐야 했으니 금방 애물단지가 되어버렸지.

그런데 내 아비가 손재주가 좋아 기기들이 문제가 생길 때마다 곧잘 고쳐냈을뿐더러 더 편리하게 개선하는 재주까지 보였다. 보통 그만한 재주를 가졌으면 집 밖에 공방을 차려주어 기기를 만들어 팔게 해 그 수익을 거두는 외거노비로 쓰지만 아비는 달랐다. 나 때문이었지. 아무도 대놓고 말하지는 않았지만 나리의 자식인 나를 바깥에서 지내게 할 수가 없었던 게야. 그래서 아비는 나를 데리고 아침이면 공방에 갔다가 저녁이면 돌아왔지.

아비가 만든 기기들은 대가댁에 선물로 갔다. 덕분에 내 친부였던 나리는 관직을 더 얻고 재물도 쌓았지. 한창때는 사나흘에 한 번은 선물을 들고 찾아오는 자, 자기도 선물로 바치게 기기를 팔아달라는 자들이 드나들었고, 노비는 200여 명에 육박했다. 거기에 적자까지 태어났으니 온 집안이 잔치 분위기였어. 그게 남의 복인지도 모르고 나도 집안 분위기에 휩쓸려 들떴었단다. 심지어 아비마저 도련님의 백일 잔칫날 술을 한 잔 얻어 마시고 와 나를 무릎에 앉히고 토닥이지 뭐냐. 처음으로 아비 품에 안긴 나는 이런 게 행복이구나 하며 매일이 오늘 같기만 바랐지.

"잘만 하면 네가 살 길이 열릴지도 모르겠다. 마님의 눈에 띄지 않도록 조심하는 한편으로 무슨 소리를 듣고 어떤 매질을 당하든 늘 공손하며 나를 따라 기기술을 배우면 누가 아느냐, 면천시켜줄지. 그래도 핏줄인데."

아비의 말은 무심코 흘려들었던 다른 노비들의 말을 떠올리게 했다. 아무리 밉다지만 아직 어린아이인데…. 그래도 자기 자식인데 어쩜 저리 모르는 척하는지….

그제야 마님이 왜 내게 유독 사나웠는지, 드물게 마주치던 나리의 얼굴이 어째서 친숙하게 느껴졌었는지 깨달았다.

알든 모르든 달라질 게 없는 노비의 삶이었다. 마님은 화가 나면 찾아서라도 내게 매질을 했고 아비는 아비대로 작은 실수 하나에도 매를 들었지. 나는 아비에게 맞아 가며 발조(發條)를 깎고, 아륜(牙輪)을 짜 맞추고, 내부에 활색(活塞)을 넣고, 경첩을 다루고, 수관(水管)을 연결해 기기를 만들고 작동시키는 법을 배웠다.

하룻밤 자고 일어났을 뿐인데 온 사방에 서리가 내려 있듯, 많이 거뒀든 적게 거뒀든 가을은 때가 되면 가는 법. 대사헌 양연을 필두로 한 중신들이 대제학 어르신을 치죄하자 선왕은 어르신만이 아니라 측근들까지 싸잡아서 유배형을 내렸다.

그 밤, 한양은 어느 때보다 분주했다. 몸이 잽싼 노비들은 순라군(巡邏軍)을 만나면 줄 뇌물이 든 주머니와 서신을 가지고 밤거리를 오갔고, 파루의 첫 북이 울리기 무섭게 대문들이 열리고 가마꾼이 달렸지. 모두 어르신을 따르던 이들이었어. 대부분 설마 선왕이 어르신을 죽이기까지 하랴, 전에도 귀양을 다녀왔으니 이번에도 몇 년 몸을 낮추면 된다고, 어르신은 이 시기에 줄을 바꾼 자들을 기억하리라 했다. 어르신은 작은 원한도 잊지 않는 이였으니 나리의 선택에 일가족의 생사가 달린 상황이었지.

나리는 어르신에게서 돌아서는 길을 택했다. 선왕이 어르신을 내치는 모습에 조광조가 겹쳐 보인 탓이었지. 물도 끓고 식는 데 시간이 걸리거늘, 선왕의 총애와 홀대는 동에 번쩍 서에 번쩍했다는 홍길동처럼 예측이 불가능하며 극단적이었다. 총애할 때는 모든 것을 주었고, 홀대할 때는 목숨까지 앗아 갔어. 당하는 자야말로 제일 황망해 조광조는 사약을 받는 그 순간까지 선왕이 자기를 버렸다는 사실을 믿지 못했다 하더라.

나리의 판단이 옳았다. 어르신은 사약을 받았지. 유배형이 내려진 지 불과 닷새 만이었다.

신라국의 장수였던 김유신과 말의 이야기를 아느냐? 늘 하던 대로 했을 뿐인데 갑자기 목이 잘린 김유신의 말의 심정이 그러했을까? 김유신은 말 목만 쳤으나 선왕은 어르신을 따르던 이들까지 유배형을 보내거나 사약을 내렸다.

지진이 났는데 초가집이 무사할 수 있겠느냐? 나리의 말을 듣지 않았던 친척들은 작게는 파직당하고 크게는 귀양을 갔다. 나리도 언제 명단에 오를지 모를 일이었지. 나리는 그간 자기를 찾아와 납작 엎드린 이들에게 배운 그대로, 다른 집의 대문을 발이 닳도록 드나들며 논문서를 바치고 쌀가마를 보내고 비단을 내어주며 목숨을 구걸했다. 물론 내 아비의 기기도 한몫했지. 사정을 하러 간 집에서 아비가 만든 남여기를 탐내는 기색을 보이자 기꺼이 내주고 걸어서 돌아오기도 했단다.

노비도 재물이라, 쓸 만한 노비는 넘기거나 팔아 200명이 넘던 노비들이 순식간에 안팎을 합쳐 20명 남짓밖에 남지 않았다. 그때 내 아비는 날 방 안에 가두고 문밖으로는 얼씬도 하지 못하게 했어. 창살 틈새로 침을 발라 구멍을 내어 바깥을 내다보기만 해도 입에 재갈을 물리고 몽둥이를 들었다. 나리가 정신없는 틈에 마님이 날 팔지 못하도록 아예 눈에 띄지 않게 하려는구나 싶은 한편으로, 마님보다 독한 매에 차라리 팔리기를 바랐다. 딸이었다면 진즉 어미와 함께 팔려 갔을 것을, 아들로 태어나 마님의 증오와 아비의 매질을 당하며 사는 내 신세가 어찌나 서럽던지….

도련님만 영문을 모르는 채 달라진 분위기에 투정을 부

렸지. 하지만 종내 도련님도 진실을 알게 되는 날이 왔다. 나는 그때 갑갑증을 못 이겨 아비의 눈을 피해 몰래 밖으로 나왔던 터라 그 일을 볼 수 있었다.

늘 우리 집에 드나들며 굽실거리던 자가 찾아왔지. 그는 어르신에게만 기대지 않고 여기저기 줄을 타던 자라 먼저 소식을 들어 위기를 모면했고 이제 나리에게 자신이 준 것보다 더 많은 것을 받아 가려 했다.

그의 종은 올 때마다 도련님을 등에 태우고 마당을 기곤 했지. 종을 본 도련님은 모처럼 환하게 웃는 얼굴로 "내 말이 왔구나!"라고 소리치며 달려갔다. 뻣뻣하게 선 종이 한심하다 못해 애처롭다는 듯 웃더라. 그제야 도련님은 단지 찬이 줄고, 새 옷이 오지 않고, 시중을 드는 종이 사라지는 일이 아니라 무언가가 본질적으로 잘못되었음을 깨달은 것 같더구나.

종의 주인이 헛기침으로 종을 나무랐다. 언제 도로 뒤집힐지 모를 관계, 지나치게 야박하게 굴지 말라는 뜻이었지.

명심하거라. 재물이 돌고 도는 것과 원한이 돌고 도는 건 다르다. 각기 다른 이를 섬겨 소원했던 관계는 재물로 풀 수 있지만, 원한은 어느 한쪽이 죽어도 끝나지 않는다. 부관참시(剖棺斬屍)가 왜 있겠느냐.

그 종은 주인이 시켜서야 도련님 앞으로 가 엎드렸다. 도련님은 긴가민가하며 올라타지 못하고 쭈뼛거렸지. 때맞춰 나리가 나왔다.

"아이고, 뭘 그리 애 비위를 맞추려 고생이신가."

아버지는 종의 주인을 모시다시피 하며 안으로 들어갔고, 종은 자기 주인이 사라지자 도련님을 향해 코웃음을 한 번 치고 일어났지.

도련님은 고작 여섯 살에 세상의 무정한 법칙과 하늘 같던 아비가 바닥을 기는 모습을 본 게야. 그날 도련님의 모습과 표정이 지금도 잊히질 않는구나. 내가 도련님에게 연민을 느꼈던 처음이자 마지막 순간이란다.

내게 된장을 발라주던 여종이 도련님을 안고 방으로 데려갔다. 여종은 그때 열여섯 살로 남은 종들 중 제일 어렸어. 넙데데한 얼굴에 들창코며, 마맛자국까지 얼기설기 얽힌 얼굴로 인해 값도 안 나갔고 선물로 보내기에도 부족했던 게지.

한 해가 지났다. 선왕이 어르신으로 인해 뜻을 펴지 못한 이들을 임용할 뜻을 밝히며 윤씨 일가의 시대가 열렸다. 나리는 사방팔방 돌아다니며 윤씨 일가와 닿을 끈을 찾았고, 나는 아비가 기기를 만드는 걸 도왔지. 아비는 부품을 사러 갈 때도 날 데려가 여러 부품들, 다른 기공들이 만든 기기를 보게 했다. 기공들이야 누가 흥하고 누가 망하든 기기를 사는 이가 바뀌는 것일 뿐이라 정세에 대해서는 관심을 두지 않았어. 그 무렵 그들의 관심사는 다른 데 있었지.

"진짜 어비선(語飛船)이 있다니까? 나랑 20년을 알고 지낸 장돌뱅이가 자기 눈으로 똑똑히 봤다 그랬어. 허튼소리를 하는 자가 아니에요!"

한 기공이 침을 튀기며 말했다.

"어비선? 비선(飛船)이 말을 한다고? 기기는 음성을 구현하지 못해. 장돌뱅이가 낮술 마시고 꿈이라도 꾼 게지."

다른 기공이 머리를 절레절레 저었다.

"아, 진짜래도? 비선의 주인은 천마산신의 따님인데, 한 번이라도 본 자들은 눈이 멀 정도로 곱다는 게야."

나는 하늘을 보았다. 때마침 비선이 날고 있더라. 비선을 띄우는 연등이 한 번도 먹어보지 못했고 먹을 일도 없을 꿀떡 같아 입에 침이 고였다.

"나도 들어봤어. 도로 공이 송도 기생 명월을 위해 만들어줬던 거래."

"비선은 한두 사람의 힘으로 만들 수 있는 게 아니야. 아무리 도로 공이라도 비선을 몰래 만들 수는 없어."

"어비선은 천민들을 가련히 여긴대. 나라님이 기록에 없는 사찰은 다 폐하라 해서 갈 곳 없이 헤매던 중들을 태워줬다나?"

"태워서 어디에 내려줬다던가?"

내내 말없이 듣던 아비가 물었다.

"화전이라도 일굴 만한 곳에 내려줬다던데?"

아비는 더 대꾸할 가치도 없다는 듯 짐을 확인했다. 돌림못, 얇고 두껍고 길거나 짧은 수관들을 둘로 나눠 잘 묶은 뒤 그중 작은 짐을 내 등에 얹었다.

"이만 감세."

"와, 미치고 팔짝 뛰겠네. 내 오른손을 걸지!"

어비선이 있다던 자가 주먹으로 가슴을 내리쳤다. 아비는 돌아보지 않았다. 나는 아비에게 도로라는 사람이 누구인지 물었다.

"태조 때 회회국(回回國)에서 와 조선에 자리를 잡은 이로, 대대로 같은 이름인지, 호(號)인지, 자(字)인지를 물려쓴다더라. 양반들은 이름을 여럿 쓰니…. 아무튼 양반인데도 특이하게 기기술에 많은 관심을 보이고, 어지간한 기공보다 재주가 좋다나…. 전국을 돌며 특이한 기기를 만든다며 신묘한 기기에 대한 소문이 돌 때마다 그이가 만든 거라고들 하는데 떠도는 말을 다 믿을 수 있겠느냐."

집에 오니 나리와 마님 사이에 고성이 오가고 있었다.

"부인, 지금 제정신이십니까? 이래서 여인들의 사찰 출입과 승려의 사사로운 인가 방문을 금한 겁니다!"

"제가 뭘 잘못했다 이러십니까? 우리 집에 화가 닥쳐 아들의 앞날이 불안한데 영험한 기운이 담긴 문서라 장차 아이에게 길을 열어준답니다. 어찌 그냥 지나치나요?"

"이런 종이 쪼가리 따위에 쌀 반 가마니를 내주셨다고

요? 미신을 엄금하라는…."

"나리도 제가 태기가 보이자 옥황상제께 아들을 바라는 축문을 지었고, 아이가 태어난 뒤에는 점쟁이에게 이름을 받았고, 홍역이 돌 때는 마마배송굿을 할 용한 이를 찾지 않았습니까?"

"그때와 지금 우리 집의 형편이 같습니까?"

나리가 손에 쥔 종이를 흔들었다.

"조심하십시오! 찢어지거나 손상이라도 나면 어쩝니까? 영험한 물건은 귀히 다루지 않으면 화를 부르는 법입니다."

그 말에 두려운 기색을 보인 나리가 조심히 종이를 말았다.

"그리고 금의 기운을 가진 또래 아이를 곁에 두랍니다. 액막이로서 곁에 두면 장차 대운을 가져다준답니다."

아비가 날 잡아끌고 방으로 가 이어진 이야기는 듣지 못했다.

우리 집안의 재물이 급속도로 사라졌다 하나 내게는 아무 상관 없는 일이었지. 곡간에 쌀을 쟁여둘 때도 나는 보리밥에 된장이나 겨우 먹었고, 무릎과 팔꿈치가 해어져 너덜거리는 옷을 입었으니까. 내게 온 날벼락은 가문의 쇠락이 아닌 도련님의 시중을 들라는 것이었어. 마님은 내가 도련님 곁에 가는 걸 끔찍이 싫어했고, 도련님도 내 그림자만 보여도 하인들을 시켜 때리려 들어 나도 도련님을 피해 다

넜거든. 그런데 갑자기 나한테 왜?

도련님은 첫날부터 내게 멍석에 누워 끄트머리를 잡고 구르라 해, 나 스스로 멍석에 말리게 한 뒤 장작으로 내리쳤다. 팔심은 채 여물지 않았지만 그렇다고 아프지 않거나 서럽지 않을 일은 아니었지. 가장 힘들었던 건 도련님의 얼굴에서 내 얼굴이 보인다는 점이었어. 한 핏줄이고 내가 더 크니 마음만 먹으면 이길 수 있는데, 왜 아무 소리 못 하고 맞아야 하는가. 나는 밤이면 멍든 몸을 질질 끌며 방으로 기어들어 갔다.

"살 방도를 찾아야지, 멍청하게 그냥 맞고만 있어?"

아비는 내가 얼마나 다쳤는지 살피기는 고사하고 도리어 나무랐다. 살 방도라니, 종이 주인에게 뭘 어찌할 수 있단 말인가?

하지만 맞는 말이었지. 계속 맞을 수는 없었어. 하루가 다르게 자라는 도련님의 힘이 점점 세질 건 당연지사니까. 도련님이 날 때리는 이유는 내가 밉고, 만만하고, 심심하기 때문이었지. 앞에 두 개는 어쩔 수 없지만 세 번째는 어떻게 해볼 수 있을 것 같았다.

나는 아비에게 배운 대로 나무를 깎고 바퀴를 달았다. 도련님이 장난감을 오래 가지고 놀면 놀수록 내가 맞을 매가 줄었지. 나는 소, 말, 수레 따위를 만들기 시작했다. 처음에는 나무 몸통에 막대기 네 개가 달린 수준이었지만, 나중에는 아비가 쓰다 남은 얇은 금속판을 두드려 어깨 관절을 만들고 다음에는 무릎 관절도 움직이도록 했어. 만들수록 내가 기기술에 재주가 있음이 분명해졌다. 내가 만든 걸 본 한 종이 "제 아비를 닮았나, 재주가 좋네."라고 말했다가 나와 눈이 마주치자 머쓱하니 뒷머리를 쓸더라.

타고났든 어릴 때부터 아비의 어깨너머로 배워서였든 살기 위한 몸부림이었든 간에 나는 점점 더 정교한 장난감을 만들어냈다. 땅에 도안을 그려 아비에게 그 모양대로 금속판을 잘라달라고 했어. 그리고 그걸 구부려 말의 몸통과 다리 따위로 쓰고, 돌림못으로 관절을 만들었지. 엉덩이에 수관을 연결하고 수관 끝에 손풀무를 달았다. 손풀무가 내는 바람의 힘으로 말을 움직여볼 참이었다. 생각보다 쉽지 않았어. 바람은 눈에 보이지도 않을 만큼 작은 존재의 집합이라 미세한 틈에도 기력이 쇠한 노인네 방귀처럼 맥없이 빠져나가니 빈틈없이 마무리해야 했다.

더 작업하고 싶었지만 해가 져서 도리 없이 손을 멈췄다. 어둑한 방에서 혼자 손짐작으로 이부자리를 펼쳐 누웠어. 아비는 그날 아침 일찍 나리를 따라 새 기기를 가지고 나가며 사흘 밤은 지나야 온다 했었지.

그 무렵 나는 아비가 없으면 통 잠을 이루지 못했어. 큰 집에 인기척은 없이 바람 소리만 요란하니 무서움증이 돋았던 것이지. 엎친 데 덮친다고 소변이 마려웠다. 어렵게 용기를 내 방문을 열고 나왔다. 마당 한구석에 급히 싸고 돌아서는데 어디선가 짧은 비명 소리가 들리다 갑자기 끊기는 게야. 종들만 쓰는 뒷문에서 남종 둘이 자루를 짊어지고 나가는 모습이 보이더라. 처음에는 몰래 쌀이라도 훔치나 했다. 그런데 자루가 꿈틀대지 뭐냐.

도대체 무슨 용기가 나서 그 소리를 따라갔는지, 어쩌자고 뒷문을 나와 종들의 뒤를 밟았는지 모르겠구나. 인가를 벗어난 종들은 횃불을 밝혔다. 나는 어둠 속에서 걷느라 이따금 넘어지거나 마른 가지를 밟기도 했어. 하지만 종들은 무거운 짐, 그것도 순순히 들리지 않으려는 짐을 들고 가느라 아무것도 눈치채지 못했다.

"그만 가고 여기서 하지."

"음전하고 일 잘하는 년이었는데…."

"우릴 너무 원망 마라. 어쩌겠냐. 그러게 요령껏 피해보지 그랬어."

내 할아비 뻘인 수노(首奴)와 내 아비 또래의 중년 종이 자루에서 꺼낸 이는 도련님을 돌보고, 내가 맞으면 된장을 훔쳐다주던 여종이었다.

"나리를 몰라? 그냥 인사만 올리고 말지 그러게 눈웃음은 왜 쳐?"

"엉덩이를 살랑살랑 흔들며 가는 뒤태가 불안했지, 불안했어."

"이 큰 집에 젊은 여종이 너밖에 안 남았으면 행실을 조심했어야지."

"우리가 널 모르는 것도 아닌데 우리 손으로 할 수는 없으니, 괴로워도 조금만 참아라."

중년 종이 여종의 목에 밧줄을 걸어 두꺼운 나뭇가지 위로 던지는 모습이 어렴풋이 보였다. 손발이 묶인 여종이 몸부림치며 애걸하는 모습도…. 그리 애걸하는 데도 두 종은 아랑곳하지 않고 힘을 합쳐 줄을 당기더라. 여종은 발꿈치로 땅을 찍으며 끌려가지 않으려 안간힘을 썼다. 끝내 발이 허공을 뜨자 발끝을 세워 버텼다. 두 종은 자갈밭을 가는 늙은 소처럼 숨을 몰아쉬며 밧줄을 당겼다. 여종의 발끝마저 끌려 올라간 찰나 불벼락처럼 가지 부러지는 소리가 울렸어. 수노가 중년 종의 뒤통수를 후려쳤다.

"야, 이놈아! 튼튼한 가지로 잘 골랐어야지. 왜 일을 여러 번 하게 해? 우리도 힘들고 얘도 힘든 거 몰라?"

"아이씨, 어두워서 어느 게 실하고 아닌지 제대로 안 보여요."

잠시 숨을 고른 두 종은 횃불을 위로 올려 두껍고 튼튼한 가지를 찾았다. 그동안 여종은 몸을 굴려 도망치기 시작했어. 중년 종이 밧줄을 밟자 목이 졸려 숨 막히는 소리를 냈다. 그래도 벌레처럼 꼬물꼬물 기어서 달아나려 했지. 중년 종이 여종의 배를 연거푸 걷어찼다.

"이게 진짜, 곱게 보내주려고 했는데, 다 네 탓인 줄 알아!"

"야야, 걔 애 뱄다니까?"

수노가 만류했다.

"썅!"

중년 종은 한 대 더 찰 듯하다가 발을 멈췄다. 수노는 계집종을 내려다보며 혀끝을 찼어.

"곱게 가자, 응? 팔려 간 네 에미도 내가 동생처럼 예뻐했다."

더는 두고 볼 수 없다는 듯 하늘이 노성 같은 빛을 쏟아냈다. 그때까지는 그저 목소리와 힘쓰는 소리, 횃불 사이로 선득선득하게 비치는 인영, 끌리고 밟히는 소리로만 저게 누구인지, 어떤 상황인지 짐작할 따름이었다. 산중에 떠오른 태양처럼 쏟아진 빛이 가려져 있던 진실을 밝혔다. 고작 열여섯 살 먹은 여종의 부러져 옆으로 누운 코, 시커멓게 멍들고 부은 눈, 재갈을 흥건하게 적시고 목덜미까지 흐른 피와 침, 뒤틀린 발목, 한 집에서 먹고 자던 이들의 손에 쥐인 밧줄, 삽과 곡괭이, 무심해서 흉포한 얼굴까지 낱낱이 말이다.

"이놈드으으을, 하늘이 무섭지도 않느냐!"

그때 빛 속에서 들린 소리는 여자의 목소리도 남자의 목소리도 아니었다. 인간의 목소리가 아니었어. 그건 그자들의 악행에 진노한 산신의 목소리였다. 종들이 기겁해 삽과 곡괭이를 집어 던지고 어둠 속으로 달아났다. 비명 소리와 땅을 구르는 소리가 들리더라. 살려주소, 나도 데려가소! 형님을 찾고, 신령님을 부르고, 주인마님의 명에 따랐을 뿐이라는 절규들이 이어지다 끊어지길 반복했다.

통쾌했느냐고? 아니, 그저 두려웠다. 그 빛은 여종처럼 억울한 죽음을 앞둔 이에게는 구원의 빛이었으나 간악한 이들에게는 팔대지옥으로 가는 길을 여는 염라의 빛이었다. 빛이 내 몸까지 비추더라. 나는 이제 죽었구나 하고 두 팔로 머리를 감싸 땅에 박았다. 악을 지켜보고만 있던 죄 또한 악을 행한 바와 다르지 않으니 어찌 살기를 바라겠느냐.

그러나 아무 일도 일어나지 않았다. 지켜본 내 눈이 뽑히는 일도, 소리쳐 만류하지 않은 내 혀가 잘리는 일도, 무슨 구경거리처럼 따라온 내 다리가 부러지는 일도 없었다. 머리를 드니 빛 속에서 한 그림자가 여종을 부축해 데려가는 뒷모습이 눈에 들어왔다. 이어 빛이 사라지고 돌풍이 불어왔지. 나는 바람이 부는 쪽으로 고개를 돌렸다. 몸체 양쪽에 날개 같은 판이 달린 비선이 하늘로 올라갔다. 소문만 무성하던 말하는 비선, 어비선이었다!

종들은 마님에게 산신을 만나 여종을 버리고 왔다 고했다. 혼비백산한 종들의 꼴이 가관이었으니 믿지 않을 수 없었을 게야. 마님은 종들에게 그 일에 대해 함구하라 했으나 내 눈으로 직접 본 게 있었고 노비 수가 확 준지라 비밀을 유지하기 힘들었지.

내가 유추한 사건의 전말은 이러했다. 나리가 여종을 혼인시키려 했어. 마님은 집안의 흥망이 걸린 시기에 나리가 여종의 혼사에 신경을 쓰는 게 수상해 의원을 불렀고 의원이 여종이 임신했다 고한 게지. 여종이 행여나 아들을 낳아 나처럼 이러지도 저러지도 못할 애물단지가 늘어날까 두려웠던 마님이 후환을 없애려 했던 것이다. 아비가 양인이나 양반이면 어미가 노비라도 양인으로 올려야 한다거나 서자나 얼자라도 능력이 있으면 관직을 줘야 한다는 상소가 조정에 드물게나마 올라왔으니 뒤통수가 근질근질했겠지.

며칠 뒤 나리와 아비가 돌아왔다. 나리는 여종이 사라진 일에 대해서는 아무런 언급도 하지 않더라.

나는 아비에게 그 여종이 팔렸다 말했다.

"걔를 갑자기 왜?"

"내가 알겠소."

나는 무뚝뚝하니 대꾸했다. 다녀오는 길에 사 온 짐을 풀던 아비가 불현듯 깨달은 얼굴을 했다. 그리고 날 보았지. 나는 내가 보고 겪은 바를 눈에 담아 아비를 마주했다.

"땜질하는 법을 가르쳐주마."

나는 그날 아비에게 쇠와 쇠 사이를 땜질해 바람이 새지 않도록 하는 법을 배웠다. 땜질을 하는 내내 눈물처럼 흐른 땀방울이 달아오른 쇠에 떨어져 짧은 비명을 남기고 사라졌다. 이후 아비는 두 번 다시 내 몸에 손대지 않았다. 더는 때릴 필요가 없었지. 내가 진실을 알았으니까.

내 어미는 팔려 간 게 아니었다. 수노는 내 어미 일에도 관여했을 가능성이 컸지. 수노와 중년 종 둘 다 여종과 나를 갓난아기 때부터 봐왔어. 마님이 시키면 내게 매를 들기는 했어도 나중에 많이 아팠는지 물어도 보고, 닮긴 정말 빼닮았어, 라고 중얼거리며 슬쩍 머리를 쓰다듬기도 했던 이들이었다. 아예 낯모르는 자들이었다면 덜 두려웠을까?

운이 나빴다면 그들이 내 처지가 되었을 수도 있었어. 운이 나쁘면 그들의 딸이, 부인이 내 어미나 그 여종과 같은 일을 겪을지도 모를 일이야. 그런데도 그들은 철저하게 남의 일로 취급하며 다만 지시에 따른다는 말로 명분을 삼았다.

아비의 비정함은 자기가 날 아끼는 기색을 보이면 마님이 나에 대한 미움을 키울지도 모른다는 두려움에서 비롯했고, 아비의 매는 내가 쓸데없는 생각을 해 괜한 짓을 하지 못하게 막기 위함이었다. 행여나 내가 '나도 나리의 아들이니 그에 걸맞은 처우를 해달라'는 기색을 보였다가는 그 나무에 내 목이 매달릴 수도 있었으니까.

마침내 도련님에게 줄 장난감 말이 완성되었다. 안채로 가니 도련님의 눈이 퉁퉁 부어 있더라. 나는 즉각 말을 내려놓았지. 내 허벅지만 한 높이에 짚을 엮어 만든 갈기에

꼬리까지 달려 제법 그럴싸했다. 두세 달을 꼬박 바친 역작이었어. 도련님은 울다가도 새 장난감을 보면 관심을 보였었지. 이 장난감은 그전에 만든 어떤 것보다 뛰어났기 때문에 자신 있었어. 나는 힘차게 손풀무를 움직였다. 말이 앞으로 가기 시작했지. 언젠가 실물 크기의 말을 만들어 김을 이용해 도련님을 태울 수도 있을 것 같았다. 도련님이 다가오더구나.

"어떠세요, 도련…."

도련님은 말을 발로 걷어찼다. 옆으로 쓰러지긴 했어도 말은 멀쩡했고 쇠로 된 몸을 걷어찬 도련님만 발이 아파 한 발로 뛰었지. 화풀이를 하려다 더 성이 난 도련님은 마당을 둘러보다 큰 돌을 찾더니 손가락으로 가리키더라.

"부숴!"

차라리 나를 때리라고 말하고 싶었다. 땜질하고 나사를 조이고, 얇은 경첩을 만든 시간들이 지나가더구나.

"너를 대신 칠까?"

그 어린 나이에 어찌 그리 사나운 표정을 지을 수 있었는지 모르겠다. 타고난 성품이었을까? 아니면 부모가 모두 양반이라 천것들에게는 뭐든 시키면 이루어지는 게 당연한 삶을 살아왔기에 자기 뜻대로 되지 않는 일은 견딜 수가 없었던 걸까? 맞을 게 두려워서가 아니라 주인의 명이라 돌을 들었다.

그 말은 단지 공들여 만든 장난감이 아니었다. 나는 여종이 일을 당하던 그날 빛이 완전히 꺼지기 전 어비선의 모습을 똑똑히 보았다. 어비선의 주인은 신선일지 몰라도 비선 자체는 사람의 기술로 만든 것이었어. 나는 거대하거나 미세한 발조들이 맞물려 돌아가는 모습을 보았고 활색(活塞)이 움직이며 내는 황소의 콧바람 같은 소리를 들었다.

그런 비선을 만든다면 나도 이 집에서 달아날 수 있을까? 도련님이 커서 여종을 건드리고 자기 처의 눈을 피해 내게 보내고, 내 아이이자 내 아이가 아닌 아이가 도련님과 도련님의 처에게 맞는 꼴을 보거나, 그러지 못하게 차라리 내가 때려야 하는 삶을 피할 수 있을까?

그 말을 만들며 내 안에 그런 꿈이 자라고 있었던 게야. 실력을 키워서 그런 비선을 만들어서…. 내가 아비에게 어비선을 봤다는 말을 하지 않은 건, 아비가 믿지 못할까 봐서가 아니라 그 꿈이 들킬까 두려워서였다. 도련님은 그날 내게 단지 말을 부수게 한 게 아니라 내 꿈을 부수게 했다. 내 처지도 처절하게 알게 해주었지. 나는 내 시신을 그러모으듯 부서진 조각을 모아 사랑채를 나왔다.

그날 밤 잠자리에서 뒤척이다 도련님이 내가 누구인지 안다는 사실을 깨달았다. 언젠가 마님이나 도련님의 지시로 광에 갇혀 굶어 죽거나 멍석말이를 당해 맞아 죽거나 오밤중에 끌려가 나무에 매달리겠다는 것도.

나리가 죽기 전에 날 면천시키는 것만이 내가 살 길이었다. 나리가 그렇게 해줄까? 나리에게 나는 어떤 존재일까? 도련님과 마님을 포함해 집안에서 나리에게 불호령을 받아보지 못한 이는 나 하나였다. 아무리 생각해도 쓰지 않는 물건도 자기 것이면 남이 처분할 수 없듯 자기 눈앞에서 다른 이가 날 죽이거나 팔게 할 수는 없을 뿐, 자기 사후까지 날 챙길 것 같지 않았어.

그 일은 아비와 마님의 모진 매에도 견뎌왔던 내 안의 무언가를 꺾었다. 도련님이 그걸 알고 시켰는지 그냥 화풀이를 한 건지는 모르겠구나. 알고 했든 모르고 했든 결과적으로 도련님은 나라는 나무의 몸통을 베었다.

도련님이 부르면 가고 때리면 맞는 나날들이 이어졌다. 밤마다 서까래를 보며 언젠가 맞아 죽느니 지금 저기다 목을 매는 게 낫지 않을까 생각했지.

여느 때처럼 흠씬 두들겨 맞고 나오는데 수노가 날 부르더라.

"어찌 이리 웃전들 눈치를 살필 줄을 몰라? 도련님 기분이 안 좋다 싶으면 피해 있을 줄도 알아야지, 부른다고 제꺽 가?"

"도련님 기분이 좋은 날도 있나요?"

"그래도 화가 한 꺼풀 꺾인 다음에 가야지. 요새 집안 분위기 몰라?"

멀뚱히 서서 눈만 껌뻑이는 내가 답답했는지 수노는 날 구석으로 데리고 가 집안 상황을 설명해주었어.

내 아비는 그 몇 년 전 노산으로 허리 통증에 시달리는 마님을 위해 안마기(按摩汽)를 만들었었지. 사람 모양으로 수관을 깐 직사각형 판 안에 둥근 구슬들을 넣은 물건이었다. 구슬들은 어깨, 허리처럼 예민한 곳 밑에 있었어. 증기를 보내면 구슬들이 진동하며 아픈 부위를 두들기는데, 노비와 달리 몇 시간이고 지치지 않고 작동했지.

전답들은 거의 다 남의 손에 넘어갔고 일할 노비도 부족해 마님은 아비에게 안마기를 만들라 시켜서 내다 팔고 있었어. 양반은 상업에 종사할 수 없어 아비를 앞세웠던 게지. 나리는 양반으로서 안마기를 팔아 연명한다는 사실에 수치스러워했어. 그래서 도련님에게 기대를 걸었지. 임금의 마음은 나비의 날갯짓과 같아 어디로 날지 예측하기 어려운 법. 언젠가 가문이 새로이 설 날이 오리라 믿었다. 하지만 도련님은 공부에 도통 관심이 없었지. 나리는 좋게 타일러도 보고 엄하게 꾸짖어도 보다가 다 소용없자 종당에는 매를 든 게야.

"안마기를 파는 게 왜 수치스러운 일이죠? 먹고살아야 하잖아요."

"양반이 우리 같은 천것들 생각과 같아?"

나는 수노에게 잠자리가 나는 모양을 보고 비를 예측하

듯, 집안이 어떻게 돌아가는지를 알아야 나리와 마님, 도련님의 기분을 알 수 있고, 주인들의 기분을 알아야 괜한 불똥을 피할 수 있음을 배웠다.

"쓸모 있는 종이 되어야 해."

수노가 말했다.

마님은 내 아비가 내 어미와 혼인했고 날 키우고 있다는 이유로 내 아비도 미워했어. 하지만 내 아비에게는 손댄 적 없었다. 아비가 필요했기 때문이었지.

수노가 내 어미를 죽이고, 어린 여종을 죽이려 든 일도 살아남기 위해 쓸모 있는 자가 되기 위해 한 일일까? 지금은 내게 친절하지만 마님이나 도련님이 명하면 언제든 밤중에 날 끌고 가 목을 매달 수 있는 자에게서 살아남는 법을 배우는 건 내게 쾌감 이상의 희열을 안겨주었다.

몸통이 잘린 나무는 대부분 죽는다. 하지만 드물게 곁가지가 두껍고 단단해지며 새로운 몸통이 되는 경우도 있지. 수노와 잘 지내며 이런저런 요령을 배운 일은 곁가지가 새 기둥으로 자라듯 날 소생시켰다.

도련님은 아침을 먹기 무섭게 집을 빠져나가 동네 아이들과 어울려 놀았고, 혹 날씨가 좋지 않은 날이면 방에서 빈둥거렸다. 심심해 몸부림을 치면서도 절대 책은 펼치지 않았지. 그러다 해저물녘이면 온종일 한 획도 연습하지 않은 걸 알고 기가 팍 죽어 나리의 사랑채로 가 야단을 맞고 돌아왔어.

끝끝내 폭발한 나리는 마님이 들어와 만류했을 정도로 호된 매를 쳤다. 다음 날 나는 도련님에게 그간 만들어온 새 기기를 선보였지. 장작기를 응용해 집게 모양으로 만든 손에 먹이나 붓을 끼우면 왕복 운동을 통해 먹을 갈거나 획을 긋는 기기였어. 진작 만들었지만 나리가 한계에 이르러 터질 날을 기다렸었다. 미리 줬다면 내가 필요한 존재임을 자각하지 못했을 테니까.

먹은 기울어져 갈렸고 획은 삐뚤빼뚤했지만 나리는 도련님이 글자 연습을 시작했다는 데 만족했지. 도련님은 신이 났다. 이제는 해가 뉘엿해 와도 걱정하지 않았어. 나는 더 고운 선을 긋도록 차츰차츰 기기를 개선시켰고, 나리는 도련님이 마침내 철이 들었다고 믿었지.

꼬리가 길면 밟힌다고 어느 날 외출했다 돌아오던 나리가 도련님이 개울에서 동네 꼬마들과 벌거벗고 물놀이를 하는 꼴을 보고 말았지. 도련님은 나리를 보지 못했으나 나는 나리를 보았다. 물론 도련님에게는 아무 말도 하지 않았어.

저녁을 먹은 도련님이 사랑채로 건너가더구나. 나는 몰래 따라가 문 하나를 사이에 두고 두 부자의 모습과 대화를 보고 들었지. 도련님은 나리 앞에 앉아 평소처럼 먹과 글씨 연습을 한 종이를 내밀었다. 나리는 온종일 놀았음을 아는데 어떻게 이걸 했느냐 물었어. 기지를 발휘한 도련님은 오늘

놀려고 어제 두 배로 했고, 그걸 가져왔다고 대답했다. 나리가 그럼 먹은 왜 어제보다 닳았느냐 묻자 오전에 먹만 갈았다고 둘러댔지.

나리는 도련님의 종아리를 쳤고 도련님은 한두 대 맞기 무섭게 엎드려 나리에게 잘못했다고 울며 빌었다. 몇 번이나 팔을 추켜올리다 종국에는 힘없이 내리는 나리의 그림자가 장호지에 비치더라. 자식을 치는 마음, 차마 더 치지 못하는 마음을 그때의 나는 몰랐으나 그래도 나리의 목소리에서 애끓는 심정을 느낄 수 있었다.

"차라리 기대를 하게 하지 않으면 실망도 하지 않을 것이다. 널 어쩌야 좋단 말이냐."

나는 존재를 알자마자 버리고, 내가 마님과 도련님에게 그 많은 매를 맞는 동안 한 번도 살피지 않았던 이가 아들을 품에 안고 때린 자기가 더 아파 흐느끼더라.

나리는 도련님에게 획은 이제 어느 정도 그으니 글자를 연습하라 했다. 글자를 쓸 수 있는 기기를 만들어야 한다는 뜻이었다. 나는 일부러 마님 눈에 띄었고, 마님은 수노를 시켜 날 치라 했지. 우리는 수년간 때리고 맞으며 호흡을 맞춰왔다. 수노가 피하라는 뜻으로 세게 내리칠 때 나는 부러 팔을 내놓았다. 뼈가 부러지는 소리가 들리더구나. 끔찍하게 아팠다. 영문 모르는 수노가 기겁했지.

도련님은 어떻게든 기기를 만들어내라 나를 닦달했어.

그렇지만 나는 도련님이 때리고, 꼬집고, 걷어차도 왼팔만으로는 어찌할 수 없다는 말만 반복했다.

저녁이면 혼날 줄 알면서도 낮에 노는 걸 포기하지 못한 도련님의 종아리는 성할 날이 없었다. 몇 달이 지나 팔을 쓸 수 있게 되자 본격적으로 활자기(活字機)를 만드는 작업에 들어갔어. 도련님은 빨리 만들어내라고 성화였지. 나는 금방 된다고 장담했다. 그리고 마님이 지나갈 때 비질을 하는 척하다 빗자루를 쓰러뜨려 마님 쪽으로 흙바람이 일게 했지. 노발대발한 마님이 수노를 시켜 나를 치려 하자 도련님이 튀어 나와 말렸다. 군자는 노비도 함부로 대하지 않는다는 둥 내가 본디 멍청하니 봐줘야 한다는 둥 온갖 소리를 늘어놓다가, 내가 아프면 잔심부름 시킬 종이 없어 자기가 불편하다고 했지. 마님은 뭔가 미심쩍은 눈치였지만 일단 넘어갔다.

그 후에도 나는 두어 번 더 팔과 다리를 부러뜨렸다. 한 번은 내 의도를 눈치챈 수노가 도와줬고 한번은 나무를 하러 갔다가 일부러 비탈에서 굴렀지. 고진감래(苦盡甘來)라, 내 몸을 담보 삼은 끝에 도련님이 날 옆에 끼고 살며 다른 일은 하지 못하게 하는 데 성공했다.

천자문을 뗀 도련님은 유합, 명심보감 따위를 익혀나갔다. 내 활자기가 그만큼 복잡한 글자를 쓸 수 있을 정도로 개선되었다는 소리였다. 나리는 도련님이 매일 열심히 글공부를 하면서도 자기가 뜻을 물으면 제대로 대답하지 못하는 모습에 답답해했지. 그예 이따금 제대로 공부를 하는지 도련님의 방 앞을 서성이기 시작했다.

그때까지 쓰던 활자기는 나무토막 같은 몸통에 팔만 달려 있었어. 나리의 눈을 속이려면 상체를 만들고 어깨 관절도 그럴싸하게 움직여야 하니 필요한 부품이 많아 크기가 커질 수밖에 없었다. 도련님은 나이보다 크고 포동포동했지만 활자기에 필요한 부품을 다 욱여넣을 정도는 아니었어.

그 시절 조정 이야기를 좀 해야겠구나. 문정왕후는 자기 아들을 세자로 세우고 싶어 했다. 하지만 조정에는 이미 세자가 있었지. 우린 세자를 지지하는, 세간에서 말하는 대윤파였다. 몇 번 위기가 있었으나 선왕이 승하하자 세자가 보위에 올랐지. 나리도 훈도에 임명되었다.

하지만 집안 분위기는 여전히 우울했다. 다른 일가친척들은 부사나 군수에도 오른 중에 나리는 눈에서 수시로 진물이 흐르고 잔병이 끊이질 않아 모처럼 온 기회를 잡지 못하고 훈도 자리나마 간신히 지키고 있다는 박탈감과 이러다 관직에서 아예 밀려날지도 모른다는 위기의식 때문이었지. 도련님에 대한 나리의 기대는 더욱 커질 수밖에 없었고 그만큼 불호령과 회초리도 잦아졌다.

도련님이 또 맞고 온 날, 나는 도련님에게 내가 도련님의 옷을 입고 나리를 만나면 어떠하겠느냐 제안했지. 내가 한참 형이었지만 도련님은 어릴 때부터 잘 먹고 자랐고, 나는 안 죽을 만큼만 먹고 자라 키와 체형이 비슷했어. 얼굴은 갈수록 쌍둥이처럼 닮으니 마님은 내 그림자만 봐도 질색했다.

나는 활자기를 만드는 과정에서 글자와 뜻을 깨우쳤다. 우린 목소리마저 닮았고, 나리는 시력이 좋지 못해 밤에 촛불 아래에서라면 속일 수 있을 것 같았다. 도련님보다 잘 읽을 자신이 있었으니 도련님이 꾸지람과 매를 피하게 할 묘수였어. 이렇게 좋은 생각을 해낸 나 자신을 대견해하며 도련님에게 달려갔다. 내가 말을 마치기도 전에 도련님의 눈에서 살기가 번뜩였어. 도련님은 멧돼지처럼 달려들어 어깨로 날 밀쳐 쓰러뜨리더니 올라타 주먹으로 양 뺨을 번갈아 치고 두 손으로 머리를 잡아 올려 뒤통수를 땅에 박았다. 그러다 돌을 가져와 내 머리를 향해 추켜올리더라. 이제 죽는구나 하며 나도 모르게 오른팔을 들어 막았다. 아무 일도 없었다. 그새 부어 제대로 보이지 않는 눈을 뜨고 보니 돌을 든 도련님의 팔이 자기 분을 못 이겨 부들부들 떨리고 있더라. 도련님은 그때 분명 날 죽이려 했다. 하지만 내가 팔을 올린 극히 짧은 동안, 내 팔이 부러졌을 때 밤마다 나리에게 꾸중을 듣고 멍이 가실 새가 없이 종아리를 맞은 일이 생각났던 게야. 도련님은 내 얼굴에 침을 뱉고 배를 몇 번 더 걷어차고 물러섰다. 감히 노비 따위가 상전의 옷을 입으려 들어? 소리 내어 말할 필요도 없었다. 이제껏 물건으로 자기 자리를 지키게 해놓고 사람인 나는 안 된단 말인가? 기가 막힌 노릇이었다.

"그럼 도련님이 살을 더 찌우시든가요. 이보다 작게는 못 만듭니다."

이 말만 가까스로 뱉고 일어서서 오랜만에 아비의 처소에 갔다. 곰팡내 물씬 나는 방구석에 들어가 몸을 뉘이고 그대로 잠들었지. 깨니 아비가 내가 맞은 곳에 된장을 처덕처덕 바르고 있더라. 몇 년간 맞은 적 없던 내가 엉망인 꼴로 왔는데도 왜 맞았느냐 묻지 않았다. 노비가 맞는 거야 주인 기분에 달린 거지 물을 까닭이 있겠느냐.

수치심과 모멸감으로 그 밤을 꼬박 새웠다. 나란 인간은 어쩌면 이다지도 어리석고 한심한가. 그간 내 안에 도련님을 동생처럼 아끼는 마음이 생겼던 게야. 하다못해 어리석은 주인을 보필하는 충실한 노비 정도는 된다고 믿었다. 도련님이 내심 날 형처럼 생각해주길, 그러지 않아도 믿고 의지할 수 있는 노비 정도로는 대하는 줄 착각했어.

은행처럼 우뚝하니 중심 기둥이 서는 나무도 있지만 매화처럼 딱히 어느 게 중심이라 할 것 없이 여러 가지들이 한 그루를 이루는 나무도 있지. 나는 매화였다. 그 일은 비바람에도 잘 자라온 두터운 가지를 꺾어 균형을 흐트러뜨렸다. 쉽지 않았으나 나는 이전에도 살아남았듯 이날도 견뎌냈다.

그래도 꺾인 가지는 꺾인 자국을 남기는 법이지. 내가 늘 기가 죽어 지내는 것도 어릴 때 영문 모르고 맞은 매에 기를 꺾였기 때문이다. 아프지 않은 매가 없듯 모질지 않은 시련도 없고 가혹하지 않은 주인도 없다. 노비에게 친절한 주인이라는 건 토끼를 살살 잡아먹는 범처럼 언어도단이다. 진정 사람됨을 추구하는 자라면 애초에 노비를 두지 말아야 하는 게야.

나리는 자신은 총명했는데 도련님은 노력을 해도 안 되는 걸 보니 외탁이라 탓했고, 마님은 나리가 너무 어릴 때부터 도련님에게 매를 들어 망쳤다 나무랐지. 나리는 도련님에게 한 번만 더 밖에서 노는 게 걸릴 시에는 절에 거접(居接)을 보내리라 엄포를 놓았다.

집을 떠나는 게 무서웠던 도련님은 다시 나를 찾아 활자기를 보수하라 시켰다. 동시에 마님에게 기력이 없어 공부가 안 된다고 징징댔어. 마님은 좋다는 약은 다 지어 오고 점쟁이를 불러 점을 보고 먹고 싶다는 간식은 다 해다 바쳤다.

나는 나리에게 걸릴까 봐 나가 놀지 못하는 도련님을 위해서 작은 장난감을 만들었지. 사선으로 세운 낮은 나무판 안에 담벼락을 여럿 만들고 아래에는 구멍을 뚫었다. 구슬 여러 개를 위에서 굴리면 담벼락에 부딪쳐 튀기다 내려오는데, 그때 구멍 양쪽에 있는 막대로 공이 구멍에 빠지지 않도록 튕겨 내는 놀이였어.

온종일 먹고 앉아 놀이만 한 덕에 도련님은 피둥피둥 살이 쪄 활자기와 얼추 비슷한 체형이 되었다. 나리는 종종 찾아와 방 바깥에서 도련님이 책을 읽고 글을 쓰는 모습을 보았지. 기기가 책장을 넘기는 동안 도련님은 그림자가 바깥에 비치지 않도록 바닥에 납작 엎드렸다. 들킬까 벌벌 떨면서도 절대 장난감을 놓지는 않더라.

새로 보위에 오른 주상은 채 1년도 자리를 지키지 못하고 죽고 문정왕후의 어린 왕자가 등극했다. 문정왕후는 성렬대비라는 존호를 받아 어린 주상을 대신해 수렴청정을 했지. 대비에게 대윤파는 그간 벼려온 칼을 휘둘러 제거해야 할 대상이었다. 나리는 다급하게 살 길을 찾았으나 고작 훈도 벼슬에, 안마기를 팔아 양반으로서 체면치레나 하며 살아온 나리를 만나줄 이는 없었다. 설령 그간의 정을 빌미로 통사정해 사랑채의 문턱은 넘는다 해도 바칠 것이 없었다. 홍수가 날 줄 뻔히 알면서도 물난리를 막도록 둑을 세울 힘도 피해서 도망갈 곳도 없는 형세였어.

과연 대비가 수렴청정을 한 지 두 달이 되지 못해 대윤파의 수장이었던 윤임 어르신과 측근들은 참수형(斬首刑)을, 그들의 자식들은 교형(絞刑)을 받았다. 우리 집안은 윤임 어르신을 따르긴 했으나 눈에 띄는 직함은 얻은 적 없어 차라리 다행이다 싶었지. 하지만 일은 거기서 끝나지 않았다.

윤임 어르신은 돌아간 영정헌문의무장숙흠효대왕이 보위에 오른 뒤에도 소윤파를 가혹하게 대하지 않았거늘, 그자들은 어르신을 죽인 뒤에도 만족하지 못하고 피를 찾아다녔다. 나리는 와병(臥病)을 내세워 사직한 뒤 일가친척들에게도 몸을 낮추라 권고했다. 하지만 친척들은 대부분 재물을 쓰며 줄을 바꾸는 길을 택했지. 나리도 바칠 재물이 있었다면 그리했을 것이다.

다음 해에 역시 어르신을 따랐던 이임 등이 붕당을 선동했다는 죄명으로 죽거나 유배되었다. 그러다 양재역에 수렴청정 중인 대비를 비난하는 벽서가 붙자 한때 어르신과 조금이라도 가까웠던 이들은 모조리 끌려갔다. 나리도 추포(追捕)되어 곤장을 맞고 유배형을 받았을 정도니까.

그래도 나리는 청탁도 할 형편이 되지 않아 고만고만한 직함이나 얻었고 그나마도 즉각 물러나 그 정도에서 끝났지. 관직을 지켰던 벗과 친척들은 유배형에 처해졌고 처첩과 아홉 살 이하의 아이들은 정속(定屬)되었다. 바로 얼마 전까지만 해도 우리 집에 찾아오면 내가 납작 엎드려 시중을 들던 도련님, 아씨, 마님들이 노비가 된 게야.

도련님은 그즈음 열여섯 살이었으니 처음 나리의 몰락을 겪은 어린 날과는 달리 어떤 상황인지 알았지. 나리가 오랏줄에 묶여 가 개처럼 매를 맞고 오고, 사촌들과 이모, 고모가 노비로 전락했다. 자기도 자기가 그토록 경멸하고 함부로 대하는 나와 같은 처지가 될 수 있었던 거야. 그들이 노비가 된 게 자기 뜻이 아니듯 도련님도 그저 운이 좋아서 피했을 뿐이었다. 도련님은 온종일 방구석에 엎드려 내가 만들어준 놀이만 했다. 겁에 질렸고 그 겁을 피해 놀이 속으로 숨었던 게지. 사냥꾼을 보면 땅에 머리를 박아 자기에게 사냥꾼이 보이지 않으니 사냥꾼도 자기를 못 보리라 믿는 가련한 꿩처럼 말이나.

도련님을 탓할 생각은 없다. 꿩이 어리석어 땅에 머리를 박겠느냐. 자기의 죽음을 목도할 용기를 지닌 이가 세상에 몇이나 되겠느냐. 피할 길 없는 이의 최후의 몸부림인 게지. 도련님을 애처로워할 새도 없이 수노가 내게 달려와 말하더라.

"야야, 네 애비가 팔려 간다."

나는 산불을 만난 토끼처럼 뛰어나갔다. 아비가 낯선 노비 둘과 함께 대문을 나서고 있더라. 이 집에서 태어나 일평생 솔거노비로 살아온 아비가 영원히 집을 떠나며 챙긴 짐은 허리춤에 매단 여벌 짚신 한 켤레가 전부였다. 말을 뗀 뒤부터 그날까지 내가 아비라 부른 이는 그였다. 나리가 아니라 그가 내 아비였어.

두 노비는 내가 아비의 자식임을 상황으로 짐작하고 인사할 시간을 주겠다는 듯 멈춰 섰다. 아비는 거친 손으로 내 머리를 한 번 슥 만지고 돌아섰다. 그때 아비의 얼굴과 내 머리에 닿던 거칠고 투박한 손놀림이 지금도 생생하구나.

망연자실해 아비가 사라진 골목을 보며 서 있는 내 어깨를 수노가 잡았다.

"나리가 찾는다."

나는 사랑채로 갔다. 사랑채 안으로 들어서는 건 난생처음이었다. 나리와 독대하는 것도 당연히 처음이었지.

내 아비는 작고 앙상해 바람만 불면 날아갈 것처럼 위태로운 느낌을 주는 이였다. 나리는 풍채가 컸지. 내가 허술하게 먹고 컸는데도 체격이 좋았던 것도, 도련님이 쉽게 몸집을 불렸던 것도 다 타고난 체질이었던 게다. 너도 자라며 살이 붙었지. 피는 못 속이는 게야.

댓돌에 신발을 벗고 올라서는 것만으로도 송구해 내내 고개를 들지 못했다. 미닫이문을 잡아당긴 순간 계절의 변화를 알리는 바람처럼, 방 안의 공기가 나리가 예전의 나리가 아님을 알려주었다. 매는 양반과 노비를 가리지 않는 게야. 나리는 약해져 있었다. 나는 서안 앞에서 무릎을 꿇고 머리를 조아렸다. 아무리 약해졌다 해도 감히 나리의 얼굴을 똑바로 볼 엄두는 나지 않았다.

"네가… 올해 스물셋인가?"

"네, 나리."

"이제 다 컸구나."

"네, 나리."

"기기술을 제법 배웠다지?"

"네, 나리."

"널 데리고 갈 것이다. 스승 없이 기술을 익히는 게 쉬운 일은 아닐 터이나 세상에는 고난을 극복하고 스스로의 힘으로 큰일을 성취해낸 많은 성인들이 있다. 이제 네가 우리 집안에서 맡은 바 역할을 할 때니라. 네가 잘해준다면 내 죽기 전에는 반드시 널 면천시켜주마. 약조하겠다. 내 뜻을 알겠느냐?"

"네, 나리."

"가보거라."

"네, 나리."

나는 뒷걸음질 쳐 나왔다. 문을 닫는데 나리가 한껏 모은 가래를 뱉는 소리가 들리더라. 나는 휘청거리며 뒷간 쪽으로 가 쪼그리고 앉았다. 나리의 말을 듣는 내내 내 머릿속을 울린 생각은 하나였다. 아, 우리 집안이 망했구나. 한때는 공신이었다가 가세가 기운 뒤에도 어찌어찌 버텼으나 이제는 회복할 길 없이 몰락했구나.

내 말을 이해하겠느냐?

그래, 바로 그랬다. 내 아비가 집안의 생계를 맡고 있었어. 내 기술은 미처 아비를 따라잡지 못했을 때였지. 그런 아비를 팔았다는 건 내년에 심을 종자까지 먹어치웠다는 뜻이었어. 이제 우리 집안에 희망은 없었다.

나리의 유배지는 전라도 영암이었다. 나리는 식솔들을 데려가고자 했지. 일가친척이 다 풍비박산이 났는데 데려가지 않으면 마님과 도련님이 누구에게 기대 살겠느냐. 하지만 유배지까지 가는 데도 돈이 필요했다. 그래서 나리는 전부터 내 아비를 탐내던 이에게, 식솔들을 데려갈 노잣돈과 영암 군수에게 우리를 잘 부탁한다고 쓴 서한을 받고 아비를 넘겼던 것이다. 그러고 나니 내내 존재하지도 않는 양 굴었던 나를 안으로 불러 독대하며 면천시켜주겠다 운운할 만큼 절박해졌던 게야.

똥 냄새 풀풀 나는 뒷간 옆에 앉아 나리의 입에서 나온 '반드시'니 '약조'니 했던 말들을 되새겼다. 내 말 명심하거라. 누구든 '자기는 약조는 반드시 지키는 자'라 한다면 그는 약조를 지키지 않는 자다. 상인이 '자기는 저울을 속이는 파렴치한 짓은 하지 않는다' 하면 그는 저울을 속이는 자다. 늑대를 만난 노루가 간혹 바로 도망치지 않고 제자리에서 뛰는 경우가 있다. 난 잘 뛰니 쫓아오면 너만 손해라는 허세를 부리는 거지. 사람도 그와 같아 자기 약점을 가리려 오히려 과장하는 것이다. 나리도 마찬가지였다. 단언하건데 나리는 어떤 일이 있어도 날 면천시키지 않을 것이기에 내게 면천을 담보했다. 나리는 주인일 뿐 내 아비가 아니고 결코 아비가 될 수 없었어. 나는 재산을 불리기 위해 접붙여 태어난 송아지 같은 존재였다. 전부터 헛된 기대

임은 알고 있었으나 직접 확인한 건 달랐지.

나리는 몇 푼이라도 더 쥐어보려 대대손손 솔거노비로 일해 온 수노를 포함해 남은 노비를 다 팔았다. 내 아비를 판 마당에 아까운 노비가 있었겠느냐.

노비의 운명은 주인에게 달린지라 주인의 가문이 흥하면 양반 앞에서도 목을 세우고, 주인의 가문이 망하면 염소 한 마리 값도 못 되는 돈에 가족과 생이별해 생판 모르는 곳에 팔려 가 그 집 노비들이 싫어하는 온갖 궂은일은 다 도맡게 되는 게지. 수노가 자기처럼 쓸모 있는 노비가 되어야 한다며 우쭐거리던 모습이 떠올랐지만 내 아비가 팔려 간 마당에 그를 비웃을 기운은 없었다.

나도 그리 먼 길을 떠나본 적이 없는데 매까지 맞았던 나리와 도련님, 마님은 오죽했겠느냐. 말로는 다할 수 없는 고생 끝에 영암에 도착해 군수에게 서한을 건넸다. 아직 죽을 때는 아니었는지 영암 군수의 조부가 나리의 조부처럼 공신이었다며 잘 보살펴주겠다 하더라.

우리는 군수가 마련해뒀다는 집으로 갔다. 나리는 도련님에게 군수를 잘 만나 다행이라고 언젠가 유배가 풀릴 테니 그때를 위해 준비하라 당부했지. 도련님은 이제야 비로소 발 뻗고 쉴 수 있다는 생각에 그저 고개만 주억거렸다.

관노가 우리가 머물 집에 데려다주었다. 기와는 깨지고 삭았고 기둥은 금이 갔으며 처마에는 거미줄이 맥없이 늘어져 있었다. 대문을 연 순간 누워 죽음을 기다릴 뿐 아무 것도 하지 못하는 노인처럼 쇠락한 냄새가 몰아쳤지. 나리는 문턱을 넘으며 이제부터 시작이라며 마음을 다졌지만 도련님은 열린 문 안쪽에서 불어온 죽음의 냄새에 마지막 희망까지 모두 날려버렸다.

나는 어땠느냐고? 아, 이게 내 아비의 몸값이구나, 했지. 내 아비가 기술이 좋아 비싼 값에 팔렸구나. 유배를 간 이들 중에는 한 칸 초가집에서 연명하는 이들도 많다 들었다.

물만밥만 먹어도 살이 찌는 도련님은 한양에 있을 때처럼 기기를 앉혀두고 공부하는 척만 했지. 나리가 공부한 내용을 묻는 저녁이 와도 걱정하지 않았다. 도련님은 나리에게 야단맞는 걸 내가 아침이면 일어나 마당을 쓸고 나무를 해 오듯 일과로 받아들인 것이다.

나는 도련님이 시킨 대로 집 뒤에 작은 토굴을 파고 거기에 이부자리 따위를 가져다 놓았다. 도련님은 먹고 잘 때를 제외하면 온종일 거기 숨어서 장난감을 가지고 놀았지.

그렇게 몇 해가 지났다. 이따금 군수가 쌀이나 오승목(伍升木)* 따위를 보내주었으나 종종 오래 묵어 좀까지 슨 진맥(眞麥)으로 연명해야 했다. 나리는 그 와중에도 작은 인연이라도 맺었던 곳에는 서한을 보내 아쉬운 소리를 하

* 중급 면직물

며 도련님이 공부할 책과 먹과, 피지라도 좋다며 종이 따위를 청했다.

그렇게 애를 쓰고 도련님도 종일 책상머리에 붙어 앉았는데도 아침에 가르친 건 저녁이면 잊어버리고, 저녁에 가르친 건 자고 일어나면 사라지니 나리로서는 기가 찰 일이었지. 나리는 자기 옆에서 글공부를 하라 명했다. 도련님은 마님에게 아비가 무서워 공부를 못하겠다고 울며 하소연했다. 유배를 온 뒤 눈물로 세월을 보내던 마님은 그저 흐느낄 뿐 나리를 막아주지 못했다.

불행인지 다행인지 그날 밤 나리가 창증이 도져 앓아누웠다. 도련님은 안도하며 내게 활자기를 개량하라, 장난감은 이제 물릴 대로 물렸으니 다른 걸 만들라 눈을 부라렸지. 난 그럴 시간이 없었다. 이 집에 사는 사람은 넷인데 일하는 사람은 나뿐이라 작은 밭뙈기를 일구는 일부터 물을 길어 오고, 밥을 짓고, 새는 지붕을 수리하는 일까지 모두 나에게 떨어져 있었거든. 일은 다 내가 하는데 그나마 좋은 밥은 주인에게 가고 나는 남은 누룽지나 긁어모아 끓여 먹으니, 세상에 이런 법도가 있나 싶더라. 대비가 승과(僧科)를 다시 시행했다는 소식에 도망쳐 중이 될까도 했다. 하지만 이는 많은 사대부들이 격렬하게 반대하는 조치였어.

나리와 마님은 유배를 온 뒤에도 점을 쳐 도련님과 가문의 앞날을 물었고, 승려가 올 때마다 한주먹이라도 보시를 하며 같은 질문을 했다. 우리 집안만이 아니라 많은 사대부가 그러했지. 그러면서도 불교와 무속은 대놓고 따라서는 안 되는 일이었어. 선왕이 죽자 우리 집안이 몰락했듯 대비가 죽으면 중들이 죽을 게 자명했다.

스승을 붙여줄 테니 너는 부디 바둑을 배우거라. 바둑은 한 수를 움직이며 10수 앞을 예측하는 법을 알려줄 것이다. 물론 그때 내가 도망하지 않은 건 10수 앞을 봤기 때문이 아니었다. 지금 살지 못하면 훗날에 대한 대책이 다 무슨 의미가 있겠느냐. 노비들이 도망쳐 중이 된 게 그들이 어리석어 앞날을 읽지 못해서였겠느냐. 당장 죽느냐, 10년 후에 죽느냐 가운데 골라야 한다면 10년 후를 택하지 않을 이는 없다.

아침에 눈을 뜨면 예정된 고된 하루에 도망치고 싶었고, 밤이면 두려움에 눌러앉았다. 마님은 내 어미를 죽였고 나리는 그걸 모른 척했고 집안을 먹여 살렸던 내 아비를 팔았는데도 이 집안에서 태어나 자란 나로서는 다른 인생을 살 용기가 나지 않았다.

도련님은 방법을 찾지 못하면 매를 들겠다는 엄포를 놓았고, 나는 필경 도망밖에는 답이 없다는 결론을 내렸다. 나무를 해 돌아오며 오늘 밤은 반드시 도망치리라 마음을 다지는데, 도련님이 숨어 있는 토굴에서 낯선 이의 목소리가 들리더라. 허둥지둥 가보니 60줄에 이른 사내가 서 있었다.

사내는 코가 크고 눈이 깊어 눈썹이 눈에 닿을 듯했다. 나는 사내의 기이한 얼굴에 놀라 잠시 굳었다가 뒤늦게 사내가 갓을 쓰고 두루마기를 입었다는 사실을 알아보고 꾸벅 인사를 올렸지. 도련님이 날 보며 환하게 웃더라. 반가의 자식이 토굴에 숨어 있는 걸 낯선 이에게 들켰는데 싱글벙글한 모습에 어안이 벙벙했지.

"여기 도로 공께서 내게 좋은 선물을 주신다 한다."

도로가 뭐라 할 새도 없이 도련님이 흥에 겨워 설명한 바에 따르면, 오래전 마님이 어떤 승려에게 구입한 물건이 있는데 그게 그가 찾는 것이라 그 물건과 새 장난감을 교환하자고 했다는 것이었다. 나는 도로에게 어떤 장난감을 만들어줄 건지 물었다.

그는 내가 만든 장난감을 살피더니 원리를 설명했고, 거기에 용수철을 추가하면 더 흥미로운 장난감으로 개선할 수 있으리라 말했다. 더불어 다른 장난감도 하나 더 만들어주겠다 제안했지. 용수철이라니? 처음 듣는 이름이었다. 내가 용수철이 뭔지 모르는 기색을 보이자 그는 내게 나선으로 꼰 쇠줄을 보여주었다. 얇은 쇠줄이 가진 탄력보다, 양반이 기기술에 해박한 정도를 넘어 나도 모르는 부품을 이용한 기술을 알고 있다는 게 놀라웠다.

"그게 어디 있는지 아느냐?"

도련님이 희희낙락하며 물었다. 나는 한숨도 쉬지 않고

도로에게 우리 목소리가 들리지 않을 곳으로 도련님을 데려갔다. 도련님이 장난감 하나에 혹해 바로 주겠다고 대답한 덕분에 도로도 자기 속을 쉽게 드러내고 말았지. 도로는 그 물건을 오래도록 찾아 헤맸고 어렵게 단서를 얻어 여기까지 왔다. 그만큼 귀한 물건이라는 뜻이었다.

"고작해야 장난감 하나에 넘길 물건이 아닙니다."

도련님은 그 말에 정신을 차렸다. 게으르고 놀기를 좋아하나 잔꾀에는 밝아 단박에 더 많은 걸 받아낼 수 있음을 알아챈 게야. 우린 의논을 마치고 도로에게 돌아갔다.

"그건 도련님의 앞날에 큰 복을 가져올 물건이라며 마님이 어렵게 구해 아끼는 물건입니다."

"무얼 바라나?"

도로가 내게 물었다. 진짜 협상 상대는 나임을 간파해 거추장스러운 예의는 벗어버리자는 뜻을 보인 것이었다. 놀랍게도 그건 내가 노비라 막 대하는 게 아닌 거래상대에 대한 존중이었다. 예의 따위는 자기와 나 둘 다에게 시간 낭비기 때문이었지.

나는 도로를 데리고 뒷문으로 들어가 활자기를 보여주었어.

"얼토당토 않는 소리로 들릴 줄 압니다만, 쇤네는 이 활자기를 걷고 말하게 하려 합니다. 거기에 도움을 주실 수 있다면 바라는 물건을 내드리겠습니다."

도로는 가볍게 고개를 흔들었다.

"기기는 음성을 구현하지 못해."

"할 수 있습니다."

확신에 찬 내 목소리에 도로가 기이하리만큼이나 감정이 보이지 않는 눈으로 나를 바라보았다.

불현듯 도로라는 이름이 낯익다는 생각이 들더구나. 오래 전 기공들과 아비에게 들은 바 있는 이름이었어. 기공들은 어비선이 있다 했고, 아비는 없다 했지. 하지만 어비선은 실재했다. 기공들은 어비선을 만든 이의 이름이 도로라 했었다! 어비선을 목격하고, 수노와 중년 종, 계집종의 모습에 큰 충격을 받아 그 전에 들은 이야기는 까맣게 잊고 있었던 게야.

시간이 멈춘 듯한 정적 속에서 나는 지금 내 눈앞에 있는 이가 바로 그 도로이고, 진짜로 그가 어비선을 만들었다는 사실을 깨달았다. 다리에 힘이 풀려 넘어지지 않으려 뒷걸음치다 오히려 더 크게 넘어지고 말았지.

왜 그리 놀랐느냐고? 내가 비밀을 알았기 때문이었다. 비밀은 힘을 가진 자에게는 무기이나 힘이 없는 자에게는 독이다. 힘을 가진 이는 그 비밀로 더 큰 힘을 얻지만 힘이 없는 자는 비밀과 함께 사라진다.

"어비선을 봤느냐?"

"네, 나리."

나는 일어서지도 못하고 대답했다.

"언제, 어디서 봤느냐?"

나는 도로에게 어비선을 본 날 있었던 일을 빠짐없이 고했다. 말하는 내내 눈물이 멎지 않더구나. 당시에는 곧 죽으리라는 게 무서워서, 나리의 핏줄로서 평생을 이 집안에서 살아왔지만 누구도 날 구해주지 않으라는 데 절망해서, 어미는 죽고 아비는 팔려 간 데다 혼인도 못 했으니 내가 죽어도 슬퍼할 이 하나 없음에, 내가 죽더라도 도련님은 계속 게으름을 피울 거고, 나리는 어떻게든 머슴이라도 하나 데려와 날 대체할 테니 나는 아무 존재도 아니었다는 무상함에 우는 줄로만 알았다. 많은 세월이 지난 후에야 그날 내 눈물에 숨어 있던 또 다른 이유를 깨달았다.

나는 진즉 울어야 했다. 마님이 수노를 시켜 어미를 죽였음을 알았을 때, 내게 된장을 발라주던 여종이 당한 일을 봤을 때, 아비가 팔려 갔을 때, 나는 그때마다 울어야 했다. 왜 울지 못했는지, 왜 지켜만 봐야 했는지, 왜 아무것도 하지 못했는지….

이야기를 마치고 나니 건드리기만 해도 바스라질 낙엽처럼 몸에 힘이 하나도 없었다. 겨우 고개를 들어 그를 보았으나 날 가련히 여기는 기색은 보이지 않았다. 그게 놀랍거나 서럽지 않았다. 본능적으로 내 의문에 대한 답을 알고 있었으니까. 다 내가 노비였기 때문이었다. 가뭄이 들면 기우제를 장마가 지면 기청제라도 지내지, 노비인 나로서는 주인이 때리면 맞고 팔면 팔릴 뿐 아무것도 할 수 없었다. 사지가 옥죄인 말하는 소에 불과한 노비의 울음에 무슨 의미가 담길 수 있겠느냐. 운다고 죽은 어미가 돌아오겠느냐, 운다고 나리가 아비를 도로 데려오겠느냐, 운다고 날 면천시키겠느냐. 울어 봐야 나만 지치고 살 기력만 빠져나간다. 그래서 울지 않았고 그래서 울지 못했다. 그렇게 긴 세월 축적된 울음이 그날 임계점을 넘어 터졌던 게야.

문득 그가 입가를 올려 빙그레 웃는 듯했다. 무언가를 대견하게 여기기라도 하는 것처럼 말이다. 날 향한 미소는 아니었어. 무슨 뜻이었는지는 지금도 모르겠구나. 다만 그가 날 죽이지 않으리라는 건 느껴 안도했다.

우리가 새 활자기를 만들기 위해 고군분투하는 동안 도련님은 어떻게 해야 마님의 방에서 문제의 물건을 훔칠지 궁리했지. 마님도 영암까지 오는 길에 상한 몸이 낫지 않아 안채를 비우는 시간이 드물었어. 도련님은 마님에게 근방에 영험한 절이 있다는 말을 흘렸지. 고려 때부터 있어온 절이라는 말에 마님은 가서 불공을 드려야겠다고 했다. 편찮은 마님 혼자 가기에는 버거운 길이라 도련님이 자기가 모시고 함께 다녀오겠다고 말했다. 나리는 도련님이 마님을 모시고 치성을 드리러 간다는 말에 기꺼워했어. 정신을 차릴 계기로 봤던 게지.

마님이 떠나자 나는 안채를 뒤져 서랍장 가장 깊은 곳에서 문제의 물건을 찾았다. 펼쳐 보니 꼭 지도 같았는데 거기 쓰인 글자는 한자도 국문(國文)도 아니었어. 읽을 수 없는 글자와 천 같기도 종이 같기도 한 낯선 질감은 외경심과 두려움을 불러일으켰다. 나는 지도를 공손히 챙기고 도로가 시킨 대로 분갑에서 분도 덜었지.

마님과 도련님이 떠나고 나리와 단둘이 남자 갑작스레 도적의 소굴에 일꾼으로 잡혀온 것처럼 정신이 혼미해지더라. 아침상을 차려 들어가는데 입이 바짝 마르고 손이 떨려 상을 엎을까 두려웠다. 나는 거의 나오지 않는 목소리로 아침상을 가져왔다 인사를 올리고 나리를 부축해 일으켰다. 나리는 나면서부터 종을 부리며 살아온 사람답게 당연스레 내 시중을 받더구나.

도대체 핏줄이란 무엇이기에 일생 단 한 번도 날 자식으로서 봐주지 않은 이를 앞에 두고 이리 가슴앓이를 하는지, 도대체 반상의 법도란 무엇이기에 도련님은 손가락에 가시만 박혀도 자기 다리가 부러진 양 아파하고 마음 쓰는 사람이 나는 사람으로도 보지 않는지 궁금했다.

참담한 마음을 안고 도로의 집으로 갔다. 그는 활자기를 만들기 위해 작은 규모의 기와집을 하나 빌렸었지. 도로는 사랑채 내부의 칸막이를 모두 트고 작업대를 들여 작업장으로 만들자고 말했다. 그는 내게 시키고 감독하는 게 아니라 자기도 팔을 걷어붙이고 함께했다. 일하는 솜씨가 야무진 게, 그간 어느 사화에든 휩쓸려 귀양을 다녀온 적이 있나 싶었지. 아무리 그래도 그렇지 사랑채를 공방으로 쓰겠다는 발상이나 일을 시킬 노비가 있는데 손수 칸막이를 들고 옮기는 행동이나, 참으로 양반답지 않은 이였어.

작업대를 놓고 각종 부품을 제자리에 놓아 일할 준비를 모두 마치자 도로가 내 얼굴을 정면으로 보며 물었다.

"안 좋은 일이 있었느냐?"

"아닙니다, 나리."

나는 눈을 내리깔았다.

"거짓말이로구나."

양반에게 거짓을 고한 게 들켜 가슴이 덜컹 내려앉는 동시에 왜 이리 사소한 질문에 집착하는지 의아했다. 아니라고 말하면 그냥 넘어가면 되는 일 아닌가.

"잘못했습니다."

수저만 잘못 놔도 매를 맞는 게 노비였다. 노비가 잘못했다며 때려죽인 양반이, 재물보다 법도를 중시한다며 칭송받는 세상이니 무슨 벌을 받을지 오금이 저려왔지.

"내가 어찌 알았는지 궁금하느냐?"

"네?"

사람이 기분이 좋은지 좋지 않은지는 기색만 보면 알 수 있는 일이었다. 그런데 도로의 표정은 새로 만든 장난감이 시험 운행에 성공했을 때 내 표정을 보는 것 같았어.

"얼마 전부터 나는 조선에서 배제하는 이들에 대해 관심을 갖게 되었다. 너를 보며 내가 노비에게도 관심이 없었음을, 적을 때도 열에 한둘, 많을 때는 열에 다섯은 노비인 조선에서 보면서도 보지 않고 지나쳐왔음을 알았다. 노비는 내 일에 아무 도움이 되지 않는다고 생각해왔기 때문이지."

"네, 나리."

"본디 나는 활자기만 만들어주고 떠나려 했다. 하지만 네가 관심이 있다면 내가 어떻게 네 기분을 알았는지를 알려주마. 그걸 어떻게 사용할지는 네게 달렸다."

"네, 나리."

도로는 두루마기를 풀더니 가슴에서 가로 한 뼘, 세로 두 뼘에 두께는 새끼손가락 한마디만 한 금속판을 꺼내 보여주었다.

"아마 너는 사람의 기분을 파악하는 게 뭐 어렵다고 이런 기기까지 만드나 하겠지. 네겐 숨 쉬듯 자연스러운 일일 테니. 그건 타고난 존재로서 이루어지는 일이기도 하나 한편으로는 네가 만나는 이들이 한정되어 있기 때문이다. 조선의 사대부들은 겉과 속이 다르다. 좋아도 싫다 하고 싫어도 좋다 하며 그걸 예(禮)라 하니 청탁하는 이들은 알아서 그 속내를 파악해야 한다.

오래도록 나는 어떻게 해야 사람의 진짜 속마음을 읽을

수 있을지 연구해왔다. 처음에는 표정으로 하려 했지만 그건 내가 가진 기술로서도 불가능에 가까웠다. 사람마다 타고나는 인상이 다른 데다 나이가 들며 끊임없이 변화한다. 경우의 수가 거의 무한에 가까워 나조차도 그 정보를 다 처리할 수가 없었지. 오랜 연구 끝에 목소리를 이용하면 된다는 걸 알아냈다. 목소리는 표정만큼 감춰지지 않거든. 나는 목소리의 높낮이, 크기, 속도, 말과 말 사이의 간격으로 상대의 진의를 파악하는 기기를 만들었다. 그게 바로 이것이다. 내가 아까 네 기분이 좋지 않음을 간파한 것도 네가 평소보다 말수가 적고 목소리도 작고 낮았기 때문이다."

"네, 나리."

나는 무슨 소리인지도 모르고 그저 네네, 했지.

"아비에게 기기술을 배웠다 했지? 하지만 장작기를 활자기로 발전시킨 건 너다. 끽해야 이런 구식 기술을 가지고 복잡한 한자를 쓸 정도로 정밀한 기기를 만들다니 그 기술과 발상에 절로 감탄이 이는구나. 그간 많은 기공을 만나왔으나 너만 한 가능성을 지닌 이는 드물었다. 기술에 응용력이 가해진다면 놀라운 기기를 만들어낼 수 있지. 내가 알려주는 기술로 네가 뭘 하게 될지 궁금하다. 배워보겠느냐?"

부끄럽게도 네 앞에서 눈물을 보이는구나. 매를 맞지 않거나 혼찌검 받지 않고 지나가면 다행인 하루하루를 살아온 내 생애 처음 들은 칭찬이었다. 도로가 말을 마치자 그의 뒤에 있는 벽이 문처럼 열리고, 그 문에서 빛이 쏟아지는 환영이 보이는 듯했다.

도로가 떠난 뒤에도 이따금 그에 관한 이야기를 들었지. 어떤 기공은 그가 산신의 아들로, 대대손손 모두 한 사람이라 말하더라만 허무맹랑한 소리였다. 나는 그를 눈앞에서 봤다. 그는 분명 살이 있고 피가 흐르는 인간이었어. 인간이 어찌 그리 오래 살 수 있단 말이냐. 그러나 그날 나는 그가 스스로를 산신이라 말하면 믿었을 것이고, 그가 죽으라고 하면 배를 갈라 오장육부를 보이며 죽을 수도 있었다. 그는 날 사람으로 대해주었다. 그런 이를 위해서라면 못할 게 있겠느냐.

"배우겠습니다, 나리. 뭐든 배우겠습니다!"

도로의 얇은 입술 양 끝이 올라갔다. 웃는 모습을 연습한 사람의 웃음 같던 게 기억나는구나.

아침저녁으로 나리의 요강을 갈고, 식사를 만들어 올리고 나면 도로의 공방으로 달려가 활자기를 만드는 데 온 힘을 쏟았다. 당연히 밭을 일구는 따위의 일은 소홀할 수밖에 없었지. 나리는 집에 상전이라고는 아파 제구실을 못 하는 자기밖에 남지 않자 내가 딴짓을 한다고 여겼지만 집안에 남은 종이 나뿐이라 섣불리 나무라지도 못했다. 제대로 눈을 마주쳐본 적조차 없었던 나리가 종인 내 눈치를 보는 모습은 차라리 안쓰러웠다.

첫 번째 목표는 활자기를 걷게 만드는 것이었지. 백성을 가르치는 용도로 쓰이는 교화기(教化機)를 통해 이미 기기를 걷게 만드는 기술이 있다는 건 알고 있었으나 내가 직접 만들어 본 바는 없었어. 게다가 다소 엉성하게 걸어도 용납되는 교화기와 달리 내 활자기는 진짜 사람처럼 움직여야 했지.

하지만 도로의 말마따나 이미 한자를 쓸 정도로 섬세하게 움직이는 관절을 만들어본 내게 사람처럼 자연스레 걷게 만드는 것쯤은 일도 아니었다. 몇 번의 시행착오 끝에 나는 제법 그럴싸하게 걷는 기기를 만들어냈다.

나 자신에게 뿌듯해한 것도 잠시, 육성분석기라는 난관에 부딪혔다. 도로가 자기가 쓰는 분석기는 내가 쓸 수 없어 내 몫은 설계부터 새로 해야 한다 하더구나. 그는 선비의 탈을 쓰고 있으나 내면은 기공이었다. 도로는 약조를 지키기 위해서가 아니라 그 자신이 심취해 기기를 만들었다. 그의 도움을 받아가며 가로 한 뼘 반, 세로 두 뼘, 높이는 손가락 두 마디만 한 육성분석기를 만들어냈다. 판 안에는 검지 두께의 얇은 종이를 둘둘 만 관과 빈 관 하나, 먹물을 채운 바늘을 넣었지. 사람의 목소리가 들리면 종이가 두 번째 관으로 옮겨 가는데 그동안 바늘이 사람의 소리를 기록했다. 소리의 높낮이에 따라 굴곡이 생겼고, 소리의 크기에 맞춰 선의 두께가 변화했다. 여백은 말을 하지 않고 쉰 시간이었지.

육성분석기는 도로가 도왔다 해도 내가 만들었다고 자부할 수 있다. 하지만 음성기는 어디서부터 시작해야 할지 감도 오지 않더구나. 노비가 면천을 받으면 양민이 될 수 있다. 그러나 노비가 양반이, 더해 정승 판서가 되는 건 감히 꿈도 꿀 수 없는 일이듯 육성분석기를 만드는 기술에서 음성기를 만드는 기술로 넘어가는 건 격이 다른 문제였어. 도로야말로 그 점을 명확히 아는 게 분명했다. 그간 육성분석기를 만드느라 헤매는 날 지켜보며 더러는 스스로 답을 찾길 기다리고 더러는 실마리를 던지며 길을 찾아주던 도로가 음성기를 만드는 법은 가르쳐주지 않고 본인이 직접 만들었거든. 물론 나는 전 과정을 옆에서 꼼꼼히 지켜보았다. 하지만 까막눈이가 글자를 쓰는 과정을 본다 해 글을 읽겠느냐. 아무리 봐도 도무지 원리를 이해할 수가 없었어. 음성기를 만든 부품들도 대부분 그가 이미 가지고 있던 것들이었다.

그의 육성분석기도 참으로 신통한 물건이었다. 딱 한 번 그가 자기 육성분석기의 내부를 보여주었는데 거미줄처럼 가는 금속선들과 나로서는 뭔지 감도 오지 않는 정교한 부품들이 정연히 놓여 있었어.

도로가 완성한 음성기를 활자기에 결합시켰다. 활자기는 "네." "아니요." "음…." 딱 세 가지만 말할 수 있었어.

거기서 "흐음." "으으으음." "네에." 따위로 억양에만 변화를 주었지. 그는 현재 조선에서 만들어 쓸 수 있는 도구와 기술로 사람 크기의 기기가 음성을 구현하는 건 이 정도가 한계라는 말을 했어. 그러면서 어비선이 말할 수 있었던 건 비선 크기의 몸체를 가졌기 때문이라고 덧붙였다.

활자기는 스스로 "네."라고 말해야 할지 "아니요."라고 말해야 할지 판단하지는 못했다. 나는 일단 "네."와 "음…."이 무작위로 나오도록 설정했다.

가장 어려운 고비를 넘어가자 그 다음은 일사천리였지. 얼굴은 소가죽을 탈색하고 다듬어 만들었어. 도로가 소가죽으로 사람 얼굴을 만드는 솜씨가 놀랍더구나. 그는 어느 기공의 어깨너머로 배웠다며 배운 기술을 써볼 기회가 왔다는 데 뿌듯해했지. 도련님이 없었기에 내 얼굴을 기본으로 하고 분을 발랐다.

얼굴의 핵심은 눈이었다. 눈은 아예 만드는 과정을 보지도 못했어. 도로가 완성품을 주며 자기에게 남은 몇 안 되는 눈이라고 했단다.

도련님은 떠난 지 거의 4개월이 지나서야 돌아왔지. 도련님이 마님에게 여기까지 온 김에 나리의 병이 낫고 가문이 흥하도록 100일 기도를 올리자 했다는 게야. 그리고 정말 100일 동안 하루도 빠뜨리지 않고 불공을 올렸다더라. 나는 도련님의 속내를 짐작할 수 있었다. 딱 100일만 고생하면 앞으로는 더 고생할 필요가 없으리라 스스로를 독려한 게지. 다시 하라 하면 못했을 것이다.

도로는 도련님이 오기 전에 떠나고 없었다. 나는 도련님에게 활자기를 보여주었지. 도련님은 목구멍이 보이도록 커다랗게 웃었단다.

도련님의 옷을 입힌 활자기를 사랑채로 들여보냈다. 활자기는 지팡이를 짚고 느릿느릿 걷는 노인의 속도로 움직였어. 나는 사랑채 밖에서 조마조마하게 나리와 활자기의 대화를 들었지. 나리는 잘 다녀왔는지, 혹 거기서 짬짬이 공부를 했는지는 물었고 활자기는 이따금 "네." "음."이라고 대답했다.

"성(誠)은 무망(無妄)이라고도 하고 불기(不欺)라고도 한다. 차이를 말해보아라."

천만 다행히도 활자기는 "아니요." 대신 "음…."이라고 말했다.

"이 정도 질문에도 답을 못하느냐?"

나리는 성이 나 당장 나가라고 고함쳤지. 가장 우려한 순간이었는데 다행히 활자기는 일어서서 나왔다. 나는 나리의 목소리를 흉내 내 "그만 나가 보거라." "당장 나가!" 따위의 말을 들으면 일어나 나오도록 해두었던 것이다.

매일 나리가 말하는 음성의 유형을 분석해, "네."와 "음…." "아니요."라고 답할 때를 활자기에 입력했다. "아니요."라고 말해야 하는 경우는 극히 드물었어. 활자기는 갈수록 그럴싸해졌지.

나리는 고질병이었던 눈병이 재발해 시야가 흐릿한지라 염려할 필요 없었지만 마님의 눈에는 절대 띄면 안 되었다. 갓난아기 때부터 젖을 물리고 기저귀를 갈아 가며 키운 어미와 자라는 모습을 지켜보기만 한 아비는 다르다. 마님은 속일 수 없었다. 도련님도 그 점을 받아들여 마님에게 문안 인사는 직접 갔지. 한두 번 뒷모습을 들킨 적은 있지만 다행히 정면에서 기기를 보인 적은 없었다.

위험한 순간은 그 뒤에도 있었다. 군수가 찾아온 날도 그랬지. 나리는 그 얼마 전부터 "네." "아니요." "음…."이나 겨우 대답하는 아들을 보며 방식을 바꿨다. 대답을 못 하는 문제는 직접 가르치기로 한 게야.

"나라는 안으로는 내실을 다지고, 밖으로는 외적의 침입에 대항해야 한다. 외적의 침입을 대항하려면 어찌해야 하느냐?"

"으음…."

"인자무적(仁者無敵)이라 했다. 적은 많은 군사와 강한 무기만으로 물리칠 수 없다. 한 문제가 흉노를 덕으로 이끌어 전쟁을 피했듯, 신하는 왕을 성군으로 만들고, 성군은 덕으로 다스려 적을 감화시켜 애초에 누구도 침입할 생각을 하지 못하게 해야 한다."

"네."

나리는 이어 백성에 대한 치정(治定)과 교화(敎化)의 차이, 치정과 교화를 하는 법을 가르쳤다. 그러다 군수가 찾아오자 그만 나가보라 했지. 활자기는 공손히 인사하고 나왔다. 다른 사람이 활자기를 보는 건 처음이라 걱정되어 문밖에서 엿들었는데 군수가 글쎄 활자기를 칭찬하는 게 아니냐. 아픈 아비에게 아침저녁으로 문안 인사를 오고 가르침을 공손히 받는 모습을 좋게 본 것이야. 내게 주어지는 칭찬인 양 발끝에서부터 머리끝까지 전율이 휘몰아쳤다.

"매일 글공부를 하는데 진척이 없어 속이 탑니다."

"성실함과 우직함이 군자의 표본입니다. 바탕이 되는 성품이 좋으니 길만 열리면 많은 이들에게 존경받을 것입니다."

군수의 어조에서 진심이 느껴지더라.

기약 없는 세월이 흘렀다. 나리는 답답한 마음에 점쟁이를 불러 도련님의 이름을 두 번이나 바꿨다. 이름을 바꾸면 본성도 바뀌어 영민해지지 않을까 기대한 게지. 이따금 마님이 이전보다 서슬 푸른 눈으로 날 주시하는 기색을 느꼈지만, 내가 유일한 노비라서인지 대놓고 날 건드리지는 않았다.

을묘년에 왜구가 침입해 왔다. 달량성이 함락되었다는 소식이 들리더니 삽시간에 강진현, 가리포가 왜구의 손에 넘어갔어. 영암이 코앞이었지. 군수는 그 전해에 한양으로 돌아갔다. 가면서 그를 이어 부임한 군수에게 우리를 잘 봐 달라 했으나 새 군수는 우리에게 아무 관심이 없었어. 마님과 나리는 달아나고 싶어도 몸이 따라주지 않았다. 나리는 내게 도련님이라도 데리고 피난하라 했지. 영암까지 오던 고된 길이 떠오른 도련님은 안 가겠다고 무턱대고 버텼다. 천만 다행히도 왜구는 영암성에서 막혀 돌아갔지.

임금이 승하했고 새 임금이 즉위했다. 이날만 기다린 신하들이 지난 사화 때 무고하게 휩쓸린 이들에 대한 신원 요청을 올렸어. 임금은 그 뜻을 따랐으나 윤임 어르신은 제외되었다. 내심 기대했던 나리는 상심이 컸지.

그런데 영암 군수였던 이가 우리에게 살 길을 내려주었다. 그는 한양으로 간 뒤 승정원 서리가 되었는데 다른 이들이 신원 요청을 할 때 합세해 슬쩍 나리의 이름을 올렸지.

과거 제도의 폐해에 대한 상소도 우리를 살리는 데 한몫했다. 과거는 문장으로 관원을 뽑는 제도라 관료들은 겉멋든 문장만 만들 뿐 덕과 치정의 원리를 모르니 가까이서 지켜본 이들의 천거를 통해 관원을 임명해야 한다는 논리였다. 당시 신진 사림 중 가장 두각을 나타내던 율곡이라는 이가 강력하게 주장하자 많은 이들이 따랐지. 서리는 그 흐름을 타 자기가 영암 군수일 때 나리와 도련님을 보니 세 선왕의 기일마다 목욕재계하고 금식을 하며 제를 올리더라,

더해 도련님은 아침저녁으로 부모님께 문안 인사를 올리며 편찮으신 부모님을 지극정성으로 모시니 효와 인을 두루 갖춘 인재라며 도련님을 적극 천거했다.

나리의 유배가 풀리며 도련님은 승문원 권지부정자로 임명되었다. 그때 내 나이는 마흔하나, 나리는 칠순을 바라볼 때였다. 나리는 이날을 보려 자기가 입때껏 죽지 않고 살아 있었다며 깊이 팬 주름마다 눈물을 받았지.

서리는 나리와 마님, 도련님이 불편함이 없이 올라오도록 노잣돈과 종을 보내며 한양에 집도 마련해두었다 했다. 나리는 감지덕지했고 도련님은 사색이 되었고 나는 서리의 꿍꿍이가 무얼지 궁금했다.

나리와 마님은 한양으로 가는 도중 건강이 악화되어 문경에 있는 서리의 친척 집에서 몸조리를 하기로 하고 도련님과 나만 올라왔다. 한양에 도착하자 당연한 일처럼 서리의 외동딸과 도련님의 혼인이 추진되었어. 마님은 그리 신세를 질 수 없다며 반대했지만 아마도 그건 핑계였을 것이다. 관직에 오르게 되니 외아들을 데릴사위로 보내는 것보다 더 나은 혼처를 찾기 바란 거겠지. 하지만 지방에서, 그것도 서리의 친척에게 얹혀 지내는 중에 계속 거부할 수는 없었다.

내 궁금증도 풀렸지. 서리의 딸이 성질이 사나워 혼기를 훌쩍 넘기도록 혼인을 하지 못했던 거다. 서리의 딸은 바느

질을 곱게 하지 못했다며 여종의 손가락을 잘랐고, 꽃신에 흙먼지가 일었다며 마당을 쓸던 어린 종을 매질해 죽였다. 모두 자기가 직접 한 일이었어. 더해 술과 고기를 즐겨 낮부터 취해 있기가 다반사니 온 동네에 소문이 파다해 매파마다 고개를 저었다. 서리는 외동딸이 스물여섯 살이 되니 이러다 영영 사윗감을 구하지 못할 것 같아 몸이 달았지. 대가 끊길 상황이었다. 서리는 도련님이 어리숙하나 무던해 자기 딸을 감당하리라 여겼던 게야.

나는 도련님의 부인인 작은 마님을 본 즉시 죽지 않으려면 납작 엎드려야 함을 감지했다. 마님처럼 나리의 눈치를 볼 이유도 없는 이였어. 도련님이 날 지켜줄 수 있을 것 같지 않았다.

작은 마님은 탐욕스러운 이였어. 이전에 무산된 혼담은 전혀 아쉬워하지 않았으니 더 좋은 가문의 사내와 혼인하고 싶었기 때문이었다. 하지만 부모님이 이 혼인마저 깨지면 비구니로 보내고 양자를 들여 제사를 지내게 한다 하니 도리 없었지. 작은 마님은 한눈에 도련님이 유약해 자기 뜻대로 할 수 있는 이임을 간파했다. 어떻게든 도련님을 움직여 출세시켜 정승의 부인이 되리라 마음먹었지.

도련님은 유배를 간 뒤 근 20년을 토굴에 숨어 놀이만 하며 지냈다. 마님과 나 외에는 제대로 이야기를 나눈 사람도 없었어. 도련님은 등청일(登廳日)이 관에 들어가는 날인 양 겁에 질려 밤에는 잠을 자지 못했고 낮에는 밥을 먹지 못했다. 작은 마님의 성화에 억지로 몇 술 떴다가 체증에 걸려 며칠을 고생하기도 했지. 도련님이 밥을 거부하고 먹은 걸 소화시키지 못하는 모습에 가슴이 내려앉았다. 노인은 어제까지 멀쩡하다가도 오늘 한번 삐끗하면 한순간에 저승으로 가기도 한다. 까딱하다간 도련님도 그럴 수 있겠다 싶었어.

그예 등청 전날 밤이 왔다. 도련님은 나리에게 종아리를 맞고 나면 마님을 찾아가 아버지가 무섭다 울었듯, 작은 마님 앞에서 목 놓아 울며 자기는 죽어도 못한다 했지. 천자문도 제대로 못 뗀 자기가 어떻게 관원 노릇을 하겠느냐는 거야. 작은 마님은 아버지 말이 그래도 공부는 성실히 했다는데 그게 무슨 소리냐 채근했고 궁지에 몰린 도련님은 모든 걸 이실직고하고 말았다.

마님도 없고 나도 작은 마님의 눈치를 보느라 안채에 가지 못해 도련님은 혼인 후 내내 고립되어 있었어. 작은 마님에게 모두 다 털어놓는 외에는 살 도리가 없었던 게다.

작은 마님은 즉각 나를 불렀다. 나는 작은 마님에게 활자기를 보여주었지. 작은 마님은 기기를 이리저리 둘러보며 움직임을 살폈다.

나는 그동안 꾸준히 활자기를 개선해왔다. 용수철을 이용해 관절에 탄력을 주어 걷는 모습도 훨씬 매끄러워졌고,

도로가 가르쳐준 잠열의 원리를 이용해 이전보다 적은 열로도 더 오래 움직일 수 있도록 했다.

이런 일을 대비했느냐고? 그랬던 것 같지는 않다. 다만 내게 재능이 있다고 칭찬한 도로의 말이 내 가슴에 영원히 꺼지지 않는 동력원인 태양이 되었던 것 같구나.

작은 마님은 그럴듯하다 여겼는지 자기 분을 내주며 활자기를 꾸며 등청시키라 했다. 장인은 늙었고, 도련님과 작은 마님에게는 입때 후사가 없었다. 도련님이 길을 트고 연줄을 만들지 못하면 자칫 무늬만 양반으로 전락할 수 있었어. 우리 집안이 끈 떨어진 연이 된 후 무려 20년을 제자리에서 고인 물이 되어 썩어가던 걸 생각하면 작은 마님이 필사적이었던 것도 이해할 수 있었다.

도련님은 영암을 떠난 이래 처음으로 고봉밥을 비우고 숙면을 취했다. 나는 활자기가 들통 나면 어떻게 할지에 대한 두려움, 실제 관원의 일을 활자기가 해낼 수 있을지에 대한 막막함, 활자기가 많은 이들에게 선을 보인다는 데 오는 흥분이 교차해 밤잠을 설쳤다.

다음 날 아침 도련님은 나가는 척하고 뒷문으로 돌아와 안채에 숨었다. 나는 노비로서 활자기를 따라갔지. 아무도 눈치채지도 의심하지도 않았다. 사람들은 타인에게 관심이 없을뿐더러 누가 내 앞에 있는 이가 사람이 아닌 기기라고 상상하겠느냐.

갑자기 도로 공 이야기는 왜 꺼내느냐? 도로 공이 정말 사람이라 생각하느냐고?

글쎄다…. 돌아보니 마음에 걸리는 점이 없지는 않구나. 그는 종종 인간을 타자(他者)처럼 말했다. 마치 자기는 인간이 아닌 것처럼 말이야. 그가 준 눈은 뻔히 기기인 줄 아는 내 눈에도 진짜 눈 같았지….

만년(晩年)에 이르도록 나는 남몰래 기기술에 대한 연구를 이어왔다. 연구를 하면 할수록 도로가 선보인 기술에 가까워지는 게 아니라 그의 기술이 얼마나 신묘한 경지에 이른 것인지를 깨닫게 되더구나. 기기술은 발전을 거듭했는데도 그의 기술과 현재 조선의 최첨단의 기술 사이에는 거대한 간극이 있어. 한 사람의 성장이든 기술의 발전이든 기어 다니다가 일어서고 그러다 걷고 그 다음에 뛰는 것이 순리거늘 조선은 아직 네 발로 어기적어기적 기고 있는데 도로는 뛰고 있는 것이나 마찬가지야.

그러니 어쩌면… 사람들이 활자기를 사람이라 믿었듯, 나도 그의 본질을 놓쳤을 수도 있다.

하지만 그게 뭐가 중요하겠느냐. 중요한 건 내가 한평생 만나온 사람 중 그만이 날 사람으로 대접해줬다는 것이다.

누구도 활자기를 의심하지 않았고, 관원 노릇도 쉬웠다. 관원들이 사실상 아무 일도 하지 않았기 때문이었지. 율곡이 과거 제도를 비판하며 한 말은 사실이었어. 관원들은 유교 경전을 줄줄이 외며 토론하고 누가 성리학의 진정한 대가이며 누가 군자이고 소인배인지를 따질 뿐, 진짜 일은 할 줄 몰랐다. 얼마나 높은 관직을 얼마나 많이 가지고 있는가가 세도의 척도라, 한 사람이 예조, 호조, 병조 관직을 모두 받기도 하니, 설사 일할 줄 안다 한들 그 일들을 어찌 혼자 다 감당하겠느냐. 실제로 일을 하는 이들은 그 밑에서 일하는 이원(吏員), 즉 나 같은 노비들이었다. 조선은 관료제로 이루어진 나라인데, 그 관료제를 떠받치는 건 녹봉도 없는 노비들이라는 말이다. 물론 그들은 보통 노비는 아니었지. 실질적인 권한이 그들에게 있으니 양인도 그들 앞에서는 머리를 숙였고 양반도 그들을 함부로 대하지 못했다. 군역과 형벌을 담당하는 병조나 형조에서 일하는 이원들은 포를 빼돌리고 죄를 감해주는 대가로 돈을 받으니 어지간한 양반 못지않은 부와 권세를 누렸어. 이원들은 물정 모르는 관원들이 애먼 지시를 내리면 겉으로는 공손히 지시를 받되 돌아서서는 비웃으며 자기들이 하던 방식으로 처리한 뒤 보고서만 그럴싸하게 만들어 올렸다.

일이 이러하니 활자기가 청에서 하는 일이라고는 동력을 공급받기 위해 계속 뜨거운 차를 마시는 것과 보고서를 읽는 척하며 "으음…." 하고 고개를 끄덕이는 게 전부였다. 나나 도련님에게는 참으로 다행스러운 일이었지.

시간이 지날수록 활자기는 관원들 사이에서 좋은 평판

을 얻었다. 누가 어떤 말을 얼마나 길게 하든 싫은 기색 한 번 없이 경청하기 때문이었지. 사람들은 활자기와 술을 마시며 그를 대인배라 추켜세웠다.

세상에 말수가 적은 사람은 없다. 자기보다 더 말이 많은 사람이 존재할 뿐이야. 또한 사람은 듣기보다 말하기를 좋아하는데, 인간을 기기라 본다면 귀 기울여 듣고 머리로서 이해하고 마음으로 공감하는 행위는 많은 동력을 소모하는 까닭이다. 관원들은 어떤 이야기든 들어주는 활자기를 자신의 진정한 벗이라 여겼어. 더해 사람은 뭐든지 자기 편할 대로 해석하는 존재라 활자기가 내는 아무 뜻 없는 소리는 자기 말에 찬동하는 의미로, 의미 없는 몸짓은 자기 의견에 공감하는 행위라 믿었지. 활자기는 특히 윗사람에게 사랑받아 정식 부정자가 되었고 곧이어 정9품인 정자에 올랐다.

하지만 사람들이 활자기를 좋아한다 해서 안심할 수는 없었다. 누굴 좋아하는가 싫어하는가보다 중요한 건 이해관계니까. 당시 사림은 노(老)당과 소(小)당으로 갈려 있었지. 어느 쪽과도 척지지 않는 것도 중요하지만 때로는 입장을 명확히 해야 했다.

나는 매일 밤 육성분석기의 개선에 온 힘을 쏟았다. 대세가 어느 쪽인지를 알아야 했어. 더 많은 정보를 처리하려면 육성분석기가 더 커져야 했지. 작은 마님은 낮에도 수시로 다과상을 올리게 해 도련님을 먹였다. 방에 숨어 온종일 먹기만 한 도련님은 수월하게 몸집을 불렸지.

도련님은 활자기가 퇴청하면 방에서 나와 잠시 바깥바람을 쐬었는데, 활자기처럼 거의 의사표현을 하지 않았고 장인에게 문안 인사를 드릴 때도 최소한의 말만 했다. 활자기는 표정이라 할 게 없었기에 도련님도 늘 무표정을 유지하고, 소란에도 놀라지 않는 침착함을 유지해야 했지.

사림의 원로였던 퇴계, 노당의 영수였던 이준경, 소당의 영수였던 기대승이 세상을 떠나며 노·소의 대립은 일단락되었지만, 나는 옳고 남은 그름이 사람의 본성이라 남은 이들은 동인과 서인으로 갈렸다.

활자기는 예조 좌랑에 올랐고 다른 관직들도 두엇 더 받았다. 지위가 올라갈수록 추락의 위험도 커지는 법. 나는 활자기가 상관과 아랫사람들의 말을 모두 경청해 분석하도록 육성분석기의 회전판을 열 개로 늘렸고, 각 사람의 현재 지위와 친인척 관계 등을 토대로 점수를 매겼다. 각기 다른 의견이 들어오면 점수를 합산해 가장 높은 쪽의 의견을 따랐지.

내가 가장 경계한 이는 율곡이었다. 총명한 만큼 이목이 집중되니 화를 입을 가능성이 컸다. 가까이 지냈다가 자칫 같이 쓸려 갈까 두려웠지. 율곡은 당시 조정 내에서 많은 지지자를 둔 서경덕, 퇴계, 조식에 대해서도 비판적이었으니 왕의 총애를 잃는 순간 조광조 신세가 될 위험이 있었다. 한편으로 사림에서 칭송받는 이라 멀리해서도 안 되었어.

활자기는 율곡이 젊은 관원들에게 둘러싸여 있을 때 대면할 기회를 얻었다. 나는 활자기가 다가가 공손히 인사하고 율곡의 말을 경청하게 했지. 율곡은 말을 멈추고 잠시 활자기를 예의 주시했다. 마당에서 풀을 뽑다 뒤늦게 마님이 날 지켜보고 있었음을 알아차렸을 때처럼 가슴이 선득해지더라. 율곡은 활자기가 하는 "네."와 "음."이 아무 뜻 없는 소리임을, 고개 조아려 듣는 태도에 아무런 혼이 실려 있지 않음을 간파했다. 율곡은 활자기는 상대할 가치조차 없다는 듯 고개를 돌렸지. 활자기가 공허한 존재임을 알아챈 유일한 이였다. 그 뒤 나는 절대 활자기가 율곡을 마주치지 못하게 했어.

활자기가 대신할 수 없는 일도 있었다. 장인이 도련님을 불러 술을 마시자 할 때가 그러했지. 장인은 사위가 말술로 소문이 난 게 자랑스러웠던 터라 도련님과 술을 마실 때면 아예 방에 독을 가져다 놓았어. 도련님이 취해 실수하면 곤란하기 때문에 작은 마님과 나는 궁리 끝에 도련님에게 술을 마시는 척 옷 안에 숨긴 주머니에 버리는 법을 가르쳤다.

장인은 그때그때 정세에 대한 질문을 하기도 해 예상 질문에 대한 답변도 외우게 했지. 혹 준비한 것과 다른 질문이 나오면 장인의 뜻을 듣겠다는 의미로 "음…."이라고만 대답하라 했다. 게으른 도련님도 이럴 때는 100일 치성을 드렸을 때처럼 최선을 다해 익히고 외웠지.

당시 조정에서 중요하게 논의되던 일 중 하나가 바로 군사 정책이었다. 유배 때 겪었듯 왜구는 수시로 해안선을 침입하는데 명부에 오른 군졸의 이름은 대부분이 허구라 막을 병사가 없었어. 개나 닭의 이름까지 올라가 있을 정도니 말 다했지. 나는 일간 장인이 군사 정책에 대한 질문을 할 터이니 답을 잘 외워두라 당부했다.

아니나 다를까 얼마 뒤 장인이 도련님을 불러 군사 정책에 대해 물었다. 도련님은 장인이 자기가 생각한 답을 말하길 기다리며 일단 "으음…."으로 시간을 끌었으나 장인은 반드시 답을 들을 기세였어. 도련님은 헛기침을 하고 입을 열었다.

"인재의 발탁이 가장 중요합니다. 목민과 치정에 뛰어난 절도사를 두면 무신이 무에 필요하겠습니까. 병기는 사람을 상하게 하는 흉기이며 군사를 일으키면 우리 백성의 목숨도 잃게 되니 안팎으로 덕을 행해 적이 없게 하고 백성을 잘 다스리어 어버이를 섬기듯 왕을 따르게 교화하면 설령 생활이 빈곤할 지라도 외적이 쳐들어올 시 스스로 목숨을 내어 바쳐 싸울 것이니 이야말로 군자가 추구해야 하는 길입니다."

나는 사랑채 밖에서 둘의 이야기에 귀를 기울였다. 도련님은 가르친 대로 느리게 말하면서도 막히거나 주저하지 않았어. 문득 도련님이 타고난 자질이 아예 없지는 않았을지도 모른다 싶더라. 자라느라 기운이 넘치는 아이들이 스스로 차분히 앉아 공부에 매진할 수 있겠느냐. 도련님도 자라며 나처럼 꺾였던 게야. 하지만 새 가지로 기둥을 만드는 대신 가는 가지나 몇 개 틔우며 숨만 이어갔지. 퍼뜩 나도 거기에 일조했을지도 모른다는 생각이 스쳤다.

"너도 율곡을 따르느냐?"

도련님의 말은 율곡의 군정책과 그가 평소 한 말들을 내가 요약해준 것이었다. 도련님은 미처 답변을 준비하지 못한 질문을 받자 "음…."으로 말을 흘리며 술잔을 넘겼다. 장인도 술을 마셨고 취한 장인은 승려였던 자가 중책을 받는 현실을 개탄했지.

작은 마님은 날 열아홉 살 난 여종과 혼인시켰다. 일종의 선물이었지. 나라고 혼인하고 싶지 않았겠느냐. 하지만 혼인해 나 같은 자식을 만들까 두려웠다. 고작 열아홉 살에 나처럼 늙은 남자와 혼인하게 된 네 어미도 가련했지.

말이 혼인이지, 빈 몸뚱이로 공방 문간에서 머뭇거리는 네 어미를 데리고 들어와 정화수를 놓고 맞절을 한 게 다였다. 그래도 혼인한다고 얼굴은 말끔하게 씻었지.

그 무렵 도련님은 마당 한 바퀴만 돌아도 숨을 몰아쉴 지경으로 살이 찌면서 이목구비가 살에 파묻히다시피 했었어.

덕분에 우린 예전처럼 누가 봐도 형제임을 알 정도로 비슷해 보이지는 않았다. 그 집 사람들은 내 출생을 몰랐으니 굳이 도련님과 내 얼굴을 비교할 이유도 없었지. 그래도 도둑이 제 발 저린다고, 누가 눈치챌까 두려운 도련님은 집 밖에 공방을 지었고 내게도 다른 사람들의 눈에 띄지 말라 명했다. 옳다, 그래서 내가 도련님을 찾아뵐 때면 얼굴에 재를 발랐던 게야.

네 어미가 자꾸 내 얼굴을 힐끔거리더라. 나는 모르는 척하고 아무 말도 하지 않았다. 알아 뭐하겠느냐. 하지만 네 어미가 끝까지 몰랐을 것 같진 않구나. 어느 날, 어느 순간 알아챘을 게야.

작은 마님은 아들을 낳았고 일주일 뒤 네가 태어났지. 자랄수록 날 닮으니 행여나 작은 마님이 알게 되면 어찌 나올지 두려워, 네가 나리 댁 근방만 서성여도 오금이 저렸다.

지금 삼경을 알리는 북소리가 들린 게냐? 하루가 일각처럼 가듯 세월도 한순간에 지나갔구나.

몇 해 뒤 율곡이 죽었다. 동인과 서인을 중재하던 이가 사라졌으니 피바람이 일 건 당연지사였다. 사화에 휩쓸리는 건 돌풍에 나뭇잎이 날리는 것과 같아 누구도 안심할 수 없었다. 내 활자기는 당시 우세했던 동인을 택했으나 서인 중 일부와도 나쁘지 않은 관계를 유지했지. 치우침을 경계하는 유자(儒者)들의 뜻을 따른 것이다. 하지만 맹자가 '지혜로운

이도 형세를 타는 이만 못하다'고 했듯, 아무리 머리를 써 처신한다 해도 형세가 도와주지 못하면 살 방도가 없는 것이다. 이 말이 어려우냐? 그럼 이리 말해보자. 약한 씨앗이라도 봄에 땅에 떨어져 좋은 햇빛과 충분한 물을 받으면 발아해 열매를 맺으나 아무리 좋은 씨앗이라도 한겨울에 뿌려지면 얼어 죽는 것과 같은 이치다. 동인과 서인은 피차 먼저 상대를 치려 호시탐탐 기회를 노렸지. 하루가 다르게 정세가 급변하니 활자기의 육성분석기로도 분석하는 데 한계가 왔다.

이 뒤 일은 너도 다 컸을 때니 기억할 것이다. 나리가 돌아가셨다는 서한이 왔지. 병환이 중해 숨만 쉬는 나무토막이 된 지 10년이었는데, 그간 이 순간을 위해 버텨온 것처럼 느껴지더구나. 활자기는 부친상을 구실로 관직에서 물러났다.

도련님이 안방에서 숨어 지내는 동안 내가 지석(誌石)을 골랐고, 활자기에게 성복(成服)을 입혔고, 활자기와 함께 3년간 재사(齋舍)에서 지내며 묘에 자라는 풀을 깎고, 망전(望奠), 묘제(墓祭), 대상(大祥) 따위를 모두 빠짐없이 올렸다.

어느 겨울밤이 기억나는구나. 함박눈이 내리는 밤이면 부엉새도 울지 않고 온 사위가 적막해지지. 문득 혼자 마시는 술이 적적했다. 한 번도 활자기를 사람으로 대한 바 없었고, 쓸데없이 동력을 낭비하면 나만 고생일 줄 알면서도 앞에 앉혀 잔을 채웠다.

"보는 눈도 없는데 어쩌자고 사서 이 고생인지 모르겠다. 아무래도 내가 아비 노릇은 받아본 적 없으나 자식 노릇은 해보고 싶었던 모양이다."

나는 술잔을 비웠다. 도로가 만들어준 눈이 나를 응시하더니 가만히 고개를 위아래로 움직였다.

"예."

활자기에 대해 모든 걸 아는 내가 그 짧은 음절에서 위안을 받아버렸다. 어리석은 짓인들 어떠한가, 내 마음인 것을. 내 마음을 누가 뭐랄 것이며, 아무도 없는데 누구 눈치를 볼 것이냐. 내 마음의 반향에 껄껄 웃다 그만 눈물을 쏟았다. 나는 더 이상 나리를 미워하거나 원망하지 않는구나. 나는 나리를 미워하고 원망했구나.

많이 놀란 모양이구나. 장인이 재사에서 지내는 사위를 염려해 네게 종종 옷가지와 음식을 들려 올려 보냈었지. 그래, 네가 만난 이는 도련님이 아니라 활자기였다. 도련님, 나, 작은 마님 외에는 누구도 몰랐다. 도련님의 아들인 작은 도련님마저 몰랐던 일이야.

2년 뒤 정여립의 난이 터졌다. 정여립을 추포하기 위해 하늘에서는 비선 열 대가 천반산으로 날았고, 지상에서는 말 탄 장수와 병사들이 흙먼지를 일으키며 달려 그 자체로

장관이었다더라.

일이 터지고 나서야 전조가 있었음을 깨닫고는 하지. 정여립은 위험한 자였다. 천하는 공물(供物)이라 정해진 주인이 없으니 능력 있는 자가 다스려야 한다, 서얼을 금고(禁錮)하는 법을 혁파해야 한다는 따위의 발언을 일삼았지. 이런 소리를 곱게 들어 넘길 임금은 없다. 하물며 선왕의 유명을 받지 못했다는 사실이 꼬리표처럼 따라다니는 임금이야 말해 무엇하랴.

수백 명의 동인이 끌려가 문초를 당하다 죽고 유배를 갔다. 예전 같으면 노비로 떨어뜨렸을 죄인의 어린 아들과 노모도 형신(刑訊)을 받다 죽었다. 한 사화에서 그 많은 이들이 죽은 적은 이전에 없었다. 나는 매일 나리의 묘에 절을 올리며 부디 우리 집안이 이 화를 피하도록 지켜달라 빌었지.

조선의 왕권은 신권(臣權)을 능가하지 못해 많은 왕들이 신하들을 이이제이(以夷制夷)로서 다스렸다. 임금은 정철을 무기 삼아 정여립과 동인을 쳤다. 그 반동으로 서인이 우세해지자 이번에는 정철을 치며 서인을 솎아냈지.

나리는 일순간도 날 아들로서 대한 바 없었다. 그런 면에서 나리는 최소한의 원칙은 있었다. 하지만 유자들이 인간의 모든 기(氣)가 결집된 이라, 그가 바로 서면 작게는 조정과 나라가 바로 서고 크게는 천지만물마저 순한 기운을 타 가뭄과 홍수도 일지 않게 한다는 왕에게는 아무 원칙이 없었다.

삼년상이 끝나고 얼마 지나지 않아 작은 마님이 또 회임을 했다. 자손이 귀한 집안이라 다들 경사로 여겼다. 도련님만 노산인 작은 마님을 보며 노심초사했지. 도련님이 누굴 걱정하는 모습은 처음 보았다. 기우가 아니었는지 작은 마님은 아이를 낳다 죽었다. 그래도 아들이라 불행 중 다행으로 위안했던 것도 허무하게 태어난 아이도 이레를 넘기지 못하고 죽었지. 정모도 오래전에 죽었는데, 작은 마님과 갓난아이마저 죽자 장인은 급속히 기력을 잃어 자리보전을 했다.

집안에는 물안개처럼 우울한 적막이 감돌았으나 바깥은 정철의 귀양으로 활력을 되찾은 동인들로 인해 시끌벅적했지. 벗들이 도련님을 찾아와 부친상이 끝났으니 그만 관직에 나오라 권했다. 도련님은 작은 마님이 죽은 뒤 나를 제외하고는 누구에게도 얼굴을 보이려 들지 않아 모두 활자기가 응대했지. 사랑채에는 나 외에 어떤 종도 들어오지 못하게 했고 활자기도 도련님 방에서 지냈다. 밤이 오면 도련님은 활자기를 요에 눕히고 자기는 구석에서 웅크리고 잤다.

활자기는 찾아오는 이들에게 "으음…."으로 확답을 피했고, 나는 돌아가는 사람들에게 도련님이 부친의 삼년상을 치르며 건강을 상했다 전했지. 그러나 와병을 핑계로 관직에 나가지 않는 것도 눈치껏 해야지, 자칫 괜한 의심이나 눈총을 받을 수 있는 일이었다. 엎친 데 덮친다고 장인이 도련님의 혼인을 추진할 뜻을 비쳤어. 그야말로 사면초가였다.

돌아간 작은 마님은 활자기를 적극 수용했지만 다음 부인에게도 그걸 기대하기는 어려웠다. 작은 매화 가지 하나에서 수십 개의 꽃이 피듯, 비밀을 아는 이가 하나 늘 때마다 비밀이 새어 나갈 구멍은 기하급수적으로 늘어나는 법이다. 그래서 내가 너와 네 어미에게마저 감춘 것이다. 비밀을 아는 이는 한 명도 많다.

그리고 끝내 도련님에게 의령 군수로 가라는 서경(署經)이 왔다. 나는 도련님이 관직을 사양할 방법을 궁리해보라고 날 달달 볶을 줄 알았는데 뜻밖에 선선히 받아들이더라. 이 집에 계속 있으면 새 부인을 들이라는 장인의 압박을 피할 도리가 없었던 게지. 차라리 지방으로 가 활자기를 시켜 관직에 나가는 게 낫다 여긴 게다.

여러 사람이 힘을 써 비선을 타고 갈 수 있게 배려해주었으나 도련님은 자기는 어지럼증이 있는 데다 고작해야 군수 임명으로 나랏돈을 낭비해서야 되겠느냐며 물리쳤지. 비선은 무게 제한이 있는데 활자기는 300근이 넘었다. 무엇이기에 이리 무거운지, 어디에 쓸 물건인지 물으면 대답할 말이 궁했던 것이다.

의령으로 떠나기 전날, 모두 잠든 한밤중에 나는 도련님과 함께 마당을 거닐었다. 도련님이 오랜만에 활자기처럼 걷는 연습을 하는 거였지. 활자기는 도련님을 모방해 만들었지만 만들어진 다음부터는 도련님이 활자기를 모방해야 했다.

활자기는 하체에 무게중심이 실려 있었다. 도련님은 복부에 살이 많아 활자기보다 무게중심이 높았지. 도련님은 무게 중심이 아래에 있는 것처럼 느리게 걸었다. 도련님의 걸음걸이는 한숨에도 흔들리는 촛불 그림자처럼 불안정하게 휘청거렸다.

도련님은 나만 데리고 길을 나섰지. 나 하나로 되겠느냐고 다른 종을 더 데려가라는 장인의 말을 극구 사양했다. 그때가 도련님이 마지막으로 자기 역할을 한 날이있다. 직접 장인에게 하직 인사를 올리고 아들인 작은 도련님을 잘 부탁한다 말했지.

작은 도련님은 가끔 서당을 빼먹고 놀다가 들켜 장인에게 회초리를 맞고, 그러면 며칠은 얌전히 공부하는 척하다 재차 해이해지기를 반복했지만 도련님만큼 게으르진 않았다. 나이가 차 혼사를 알아보려던 차 조부상을 당했지. 도련님이 의령으로 떠난 뒤에 서한을 보내 점쟁이가 늦게 혼인해야 앞날이 밝다 했으니 혼인을 서둘지 말며, 자기처럼 대기만성형이니 잠시 논다 해 지나치게 나무라면 오히려 앞날을 해칠 상이라 마음껏 놀게 하면 알아서 깨우칠 날이 오리라 했다. 덕분에 작은 도련님은 한성시(漢城試)만 겨우 치르고 이제껏 유산(遊山)을 다니며 세월을 보냈지.

날이 밝아오는구나. 어제가 지나면 오늘이 오고, 한 임금이 죽으면 다른 임금의 시대가 열리듯 이제 내 세월은 가고 네 세월이 시작될 때가 되었다. 마님의 서한을 다오.

내가 왜 이리 박장대소 하느냐고? 마님이 나와 너를 둘 다 죽이라는구나. 너도 읽어보아라.

아들아, 네가 이 편지를 받을 무렵이면 어미는 이 세상 사람이 아닐 터, 아마도 이것이 이 어미가 네게 남기는 마지막 편지가 될 것이다.

나는 네가 그놈이 만든 그 흉측한 기기로 하는 수작을 진즉 알고 있었느니라. 어린아이란 다 꾀를 부리기 마련, 자라면 자연히 철이 들 줄 알았지.

유배지에서 네가 그 흉물스러운 물건을 부친의 방에 들이는 걸 보았다. 노비로 사는 언니와 조카들 생각에 눈물로 지새우다 널 바로잡을 때를 영영 놓쳤나 싶어 눈앞이 캄캄했다.

부친에게 매를 맞은 네가 내 품에 안겨 흐느낄 때 널 달래지 말아야 했을까. 네 부친처럼 나도 널 호되게 나무라야 했을까. 어미는 이전에 아이를 둘이나 잃었다. 배 속에서 느껴지던 태동이 어느 날 사라졌을 때의 허무함과 상실감, 자책을 필설로 다할 수 있겠느냐. 내가 먹은 것, 먹지 않은 것, 한 일, 하지 않은 일들을 떠올리며 어디서 잘못했을지 거듭해서 생각하고 생각하며 날 탓했다. 기적처럼 널 가진 뒤 열 달을 노심초사했고, 네가 무사히 태어나준 것만으로도 천지신명께 감사했고, 아프지 않고 자라주는 것만으로도 더 바랄 게 없었기에 그 귀한 네 몸에 손을 대는 네 부친을 원망했다. 내 죄로 앞서 두 아이를 보냈고 내 눈이 멀어 널 제대로 키우지 못한 것이다. 널 어찌해야 하나, 어찌해야 하나, 수많은 밤을 꼬박 새우며 고뇌했다.

어느 밤 문득 내 모친이자 네 외조모가 혼인 전날 내게 당부하신 말씀이 떠오르더라. 아이란 자기 발로 걷기 시작한 뒤부터는 부모의 뜻대로 되지 않는 법이라, 온종일 좇아다녀도 아이가 넘어지는 걸 막을 수 없듯, 아이의 앞날은 아이에게 달렸으니 잘되면 감사하고 잘 풀리지 않더라도 애끓지 말라 하셨지.

사촌 오라버니는 유배길에 병을 얻어 죽었다는데 시신은 누가 어떻게 수습했는지 알 도리가 없고, 내 언니는 나이가 든 뒤에도 고왔으니 지금쯤 무슨 일을 겪었을지 앞으로 어찌 살지 생각하면 눈앞이 아득하고 무릎이 후들거리는데, 나는 남편이 곁에 있고 군수가 돌보아주고 내 아들은 양반으로 살고 있지 않은가. 이 이상 바라는 건 죄받을 일이다 싶었다. 네가 멀쩡한 네 방을 놔두고 공부를 하느니 토굴에 숨어야겠다면 그걸 누가 어쩌랴. 부친도 너로 인해 기운을 소진하면 병환만 더 깊어질 터. 내 언니의 삶을 내가 어찌해줄 수 없듯 네 성품과 그로 인한 네 삶 또한 네 몫임을 받아들였다.

유배가 풀리더니 네가 관직을 얻고 혼인까지 하게 되었다. 사돈이 널 좋게 본 것이겠느냐, 그 흉측한 걸 좋게 본 것이지.

자기 자리가 아닌 걸 욕심내면 화를 부른다. 그래서 내가 그 혼인을 반대했느니라. 하지만 나는 새도 떨어뜨릴 권세를 누리던 자들도 한순간에 나락으로 떨어지고, 때로는 임금조차 자기 자리를 보전하지 못하는데, 한낱 여인이 자기 뜻대로 할 수 있는 게 있겠느냐. 혼인이란 일단 하면 물리기 어려운 일이니 사돈이 네 실체를 알아도 널 가련히 여기기만 바랐다.

네가 기어이 등청했다는 이야기를 듣고 네가 사돈마저 속였음을 알았다. 매일 밤 그게 그만 들켜 너부터 시작해 사돈 가문과 우리 모두 목이 잘리거나 노비가 되거나 형장을 맞아 죽는 꿈을 꿨다. 하루에도 몇 번이나 그만두라 편지를 썼다가 그래도 네가 자리를 잡아야 손자의 앞날에 도움이 될 듯해 쓰다 만 편지를 불태우기를 반복했다. 그러다 네가 승진했다거나 관직을 더 받았다는 편지를 받으면 나조차 속이며 그게 네가 한 일인 양 기뻐했지.

죽을 날이 다가오니 하늘이 무섭구나. 내가 받을 벌이 아니라 네게 닥칠 화가 두렵다. 염라대왕을 만나면 모두 자식을 잘못 키운 내 죄라 사죄할 것이니, 너는 그만 관직에서 물러나거라. 네 아들은 올바른 방법으로 키워 자기 힘으로 관직에 오르게 하라. 설령 오르지 못해도 그 또한 아이의 팔자니 욕심 부리지 말거라.

죽음을 목전에 둔 어미의 마지막 당부다. 그놈과 이 편지를 가져가는 그놈의 아들을 죽여라. 반드시 죽여야 한다. 그놈이 네게 삿된 기기를 만들어주지만 않았어도 네가 잘못된 길에 빠졌겠느냐. 일이 여기에 이르렀겠느냐. 부디 이 어미의 유지(遺旨)를 받들어다오.

이제 내 이야기를 마칠 때가 되었구나. 활자기를 태울 튼튼한 달구지와 힘센 소를 구하느라 한참 애를 먹었지. 달구지에는 기기술을 적용하기가 어렵다. 기기술을 적용하면 몸체가 커질 수밖에 없는데, 조선은 8할이 산이라 길이 좁고 구불구불해 큰 달구지는 지날 수 없다. 기기로 된 달구지를 쓰려면 산길부터 넓게 닦아야 하는데 그게 보통 공사겠느냐.

소달구지 두 대에 도련님과 활자기를 태워 길을 나섰다. 한 달구지에는 도련님과 옷가지 따위의 짐을 싣고, 다른 달구지에는 활자기를 실었지. 힘이 좋은 황소도 활자기의 무게가 버거워 허덕거렸다.

나는 하루에 두세 번 소를 교체해 한 소만 무리하지 않도록 했고, 진흙길을 만나면 달구지를 같이 밀었고, 위태로운 길에서는 소를 달래며 이끌었다. 도련님은 내가 활자기를 만들고 개선하는 동안 놀이만 하며 지냈듯, 편한 길에서도 궂은 길에서도, 내가 삐걱거리는 달구지를 수리하고 지친 소에게 여물과 물을 먹일 때도 남 일처럼 그냥 앉아서 반쯤 졸기만 했다. 부임지로 가는 길이 그간 살아온 인생사 같더라.

가야산을 넘다가 뭐에 걸렸는지 크게 덜컹하더니 달구지

바퀴가 빠지며 활자기가 중심을 잃었다. 옆으로 쓰러진 활자기는 달구지를 부수며 비탈 아래로 굴렀지. 허둥지둥 내려가 보니 제 무게가 힘을 더해 관절은 꺾이고 몸체는 구겨졌으니, 오래전 도련님이 내게 직접 부수라 명했던 말 장난감처럼 못 쓰게 되어 있더구나. 몸체야 다시 만들면 되지만 박살난 음성기와 깨진 눈은 도로가 만들어준 것이라 내 힘으로는 어쩔 도리가 없었다. 육성분석기라도 무사한 걸 다행으로 여기며 챙겨 비탈을 올라왔다.

"도련님, 이제 어찌하죠?"

"으음…."

도련님의 목소리가 꼭 활자기의 목소리처럼 들리더구나.

"아무래도 직접 등청하셔야 할 것 같습니다."

"음…."

도련님은 가볍게 고갯짓했다. 그 역시 활자기 같았지. 어쩌면 가능할지도 모르겠다는 기대가 들더라. 그러나 그는 내 헛된 바람이었다. 도련님은 그날부터 죽을 때까지 단 한 번도 입을 떼지 않았다. 해 질 녘이 되어 빛이 옅어지면 그림자도 흐려지듯, 하루가 지나면 하루만큼 이틀이 지나면 이틀만큼 약해지더니 의령이 멀지 않은 역참에서 숨을 거뒀다.

우린 한밤중에 역참에 도착했었지. 나는 도련님에게 며칠 쉬며 건강을 돌보자 했었다. 도련님이 옷을 벗는 걸 도와드리고 활자기를 눕히듯 도련님을 요 위에 눕혔다. 아침에 도련님에게 세숫물을 올리러 들어갔는데 왠지 모르게 등골이 서늘하더구나. 상을 내려놓고 무릎걸음으로 가 검지를 코에 대니 숨을 쉬지 않았다.

"이리 가시오?"

나는 도련님 옆에 앉아 중얼거렸다. 활자기처럼 도련님도 내가 만들어온 것이나 다름없었다. 허탈할 뿐 놀라지는 않았으니 한양을 떠난 뒤부터 마음 깊은 곳에서 머지않아 이런 날이 올 줄 예상하고 있었던 듯했다.

"잘 가시오."

도련님의 얼굴은 마침내 인간사 팔고(八苦)에서 벗어난 양 평온해 보였다.

나는 얼굴과 손을 깨끗이 씻고 도련님의 옷을 벗겨 입었다. 도련님에게는 내 옷을 입히고 얼굴에는 재를 발랐지. 도련님은 오는 동안 살이 빠져 나와 체격이 비슷해져 있었고, 설사 조금 차이가 있다 한들 어젯밤에 잠시 본 사람을 누가 기억하겠느냐. 누가 노비의 얼굴 따위에 관심을 갖겠느냐.

나는 찰방(察訪)에게 내 종이 앓던 지병이 있었는데 어젯밤 급사했다 했지. 찰방은 도련님을 알아서 묻어주겠다며 의령까지 혼자 어찌 가느냐고 관노를 하나 수행원으로 붙여주었다.

나야말로 활자기를 그대로 흉내낼 수 있었으니 군수 노릇은 어렵지 않았다. 나는 육성분석기를 내 배에 감추고

"그리하거라." "음…."을 적당히 썼다. 때로 어찌해야 할지 모르겠는 경우에는 활자기라면 어떻게 했을지를 생각하며 모호한 몸짓을 했다.

심지어 나는 유교 경전이나 외우는 다른 관원들과 달리 이전에 같은 노비로서 이원들에게 접근했던 경험으로 구실아치들과 이원들이 날 언제, 어떻게, 얼마나 속이고 무얼 바라는지 속내를 알기에 적당히 속아주는 한편으로 내 이득도 챙길 수 있었지. 날 잘 구슬리면 일이 쉬워진다는 걸 깨달은 이들 덕에 편하게 살아왔다.

작은 도련님은 지금 인왕산에 있는 절에서 거접을 한다며 흥청망청 놀고 있지. 그래, 장인에게 도련님의 혼사를 늦춰야 한다, 글공부를 하라 너무 몰아세워서는 안 된다는 서한을 쓴 게 모두 나다.

도련님의 옷을 벗겨 입은 그 순간부터 나는 이날만을 기다려왔다. 내 말 잘 듣고 그대로 행하거라. 인왕산으로 가 작은 도련님에게 마님이 돌아가셨음을 알리고 함께 문경으로 가거라. 이걸 받아라, 비상이다. 기회를 봐서 찻숟갈 하나 분량을 타 먹이고 옷을 바꿔 입거라. 단, 인가나 역참에서는 안 된다. 너와 작은 도련님도 많이 닮았지만 체구가 달라. 작은 도련님은 너보다 비대하니 사람이 있는 곳에서는 쉽게 들킨다. 반드시 산길을 걸을 때 행하거라.

문경에 도착하면 종이 오는 길에 학질에 걸려 죽었다

해라. 마님은 죽었고, 너는 문경에 가본 적 없고, 작은 도련님 또한 열 살 이후 처음 내려가니 아무도 의심하지 않을 것이다. 이후 가능한 한 많이 먹어 작은 도련님보다 더 살을 찌워야 한다. 그럼 혹여 작은 도련님을 알던 이가 널 봐도 살이 쪄 인상이 달라졌으려니 할 것이다.

장례를 마치면 의령으로 오너라. 장인은 병환이 중하니 길어도 한두 해만 피하면 될 것이다. 장인이 죽으면 집으로 가 네 어미에게 상황을 설명하여라. 어미는 자식을 버리지 못하니 널 지켜줄 것이다. 네 어미는 노비라 나는 그를 첩으로 삼을 수밖에 없다. 그래도 너는 네 어미에게 자식으로서 공경을 다해야 한다. 다만 단둘이 있을 때도 서모로서 대하며 매사 경계를 늦추지 말아라.

내가 네게 매까지 들며 글을 가르친 것은 혹여 작은 도련님이 도련님처럼 게으르면 네가 보필해야 하지 않을까 해서였다. 애먼 곳에 팔려가거나 맞지 않으려면 가치 있는 종이어야 하니 말이다. 하지만 종내 일이 여기에 이른 걸 보니 창천불부고심인(蒼天不負苦心人)이라는 말이 참으로 맞구나.

얼마 전 일본에 다녀온 통신사들이 일본의 조선 침략 의도를 놓고 상반된 주장을 하고 있다. 너도 패옥(佩玉)을 차게 되면 어느 쪽이든 입장 표명을 해야 할 순간이 올 것이다. 이 책을 받거라. 그간 육성분석기를 통해 영향력이 큰 사람을 중심으로 주변 관계를 그리고, 각 사람마다 점수를 매겨 온 책자니라. 힘의 균형은 시시각각 변하니 이를 참고해 너만의 지표를 만들어가거라. 신권이 왕권을 능가한다 해도 신하들의 권세는 결국 왕에게서 나오는지라, 아무리 많은 공을 세우고 명망이 높은 자라도 왕이 경계하는 자는 경계하라.

양반 노릇을 어찌하느냐고? 두려워 말고 차분하게 군자답게 행동하면 된다. 육성분석기가 한 번에 담을 수 있는 소리는 한계가 있으니 네 말은 아끼고 타인의 말을 경청하며, 마님이 미신을 믿어 지도를 산 덕에 나와 네게 길이 열렸으니 남 앞에서는 성리학을 숭상하면서도 세간의 믿음을 저버리지 말며, 활자기가 한 뜻 없는 소리에 많은 이들이 의미를 담았듯 타인의 오해를 기꺼워하며, 만에 하나라도 실수해서는 안 되니 술은 버리되 음식은 넘치도록 즐겨 늘 큰 체구를 유지하거라.

내가 지금 웃고 있다고? 그렇구나. 웃음이 가시지를 않는구나. 마님이 내게 도련님의 시중을 시킨 이유를 기억하느냐? 지나가던 승려가 그랬다지, 금의 기운이 있는 아이를 액막이로서 곁에 두면 장차 대운을 가져다준다고. 도련님의 사주에도 금의 기운이 있었다. 나보다 하나가 더 많았지.

박씨부인전

김이환

저는 전기수(傳奇叟)입니다. 사람들에게 이야기를 들려주고 돈을 받는 이야기꾼을 전기수라고 합니다. 20년째 장터와 저잣거리를 떠돌아다니며 행인들에게 이야기를 들려주고 돈을 벌고 있습니다. 오늘은 몇 년 전 강원도에서 겪은 기이한 일을 들려드리려고 합니다.

그날은 일진이 좋지 않았습니다. 장터 한쪽, 사람이 많이 오가는 곳에 자리를 잡고 책을 읽었는데 반응이 좋지 않았습니다. 처음 책을 펼치고 이야기를 시작했을 때는 사람들이 모여들었지만, 책을 읽을수록 곧 떠나기 시작했습니다. 나중에는 꼬마 아이 하나만 남아서 제 이야기를 듣더군요. 이야기가 재미있는지 없는지는 듣는 사람의 표정을 보면 바로 압니다. 하지만 관객이 없으니 표정을 보고 말고 할 것도 없었죠. 그래도 읽다 보면 사람이 다시 모일까 해서 계속 이야기를 이어갔지만, 여전히 듣는 사람은 없었습니다. 나중엔 읽는 저도 흥이 깨져서 목소리가 작아졌고, 그냥 책을 덮고 말았죠. 전기수가 어떻게 돈을 버는지 아십니까? 이야기를 실감 나게 들려주며 관객의 마음을 쥐락펴락하다가, 사람들이 가장 궁금해할 때쯤 이야기를 갑자기 중단합니다. 그리고 사람들이 돈 내길 기다리죠. 사람들이 앞다투어 엽전을 던지면 곧 전기수의 앞에 수북이 쌓입니다. 그렇게 돈을 걷은 다음, 다시 책을 읽다 결정적인 순간에 중단하기를 반복합니다. 그러니까 이야기를 궁금해하는 사람이 없으면 돈도 없는 것이죠.

꼬마는 그때까지도 제 이야기를 듣고 있었습니다. 저는 무릎을 굽혀 아이의 얼굴을 마주 보고 물었습니다.

"이야기가 재밌니? 재미없니? 그래서 어찌 됐을까 궁금하니?"

갑자기 나타난 아낙네가 꼬마를 야단치더군요. 엄마하고 같이 다녀야지 여기 있으면 어쩌니? 그리고 치마폭에 싸서 데리고 가버렸습니다. 아이는 저에게서 고개를 돌렸고 그게 그날의 끝이었습니다. 결국 저는 꼬마 아이에게도 이야기를 끝까지 들려주지 못했습니다.

그날 저녁 주막에서 친한 전기수 박수삼을 만났을 때는

더 기가 죽었죠. 수삼은 종일 일이 잘 풀려서 돈을 많이 벌었다고 신이 나 있었습니다. 장터 어디에 있었느냐고 물었더니 더 좋은 곳에 있다가 왔다고 슬쩍 운을 띄워 사람을 궁금하게 만들더군요. 아마 양반댁을 다녀온 듯했습니다. 어떻게 양반댁에 들어갔는지 호기심이 생겼지만, 수삼은 제가 물어도 제대로 대답해주지 않았습니다. 워낙 허풍이 많은 친구라 제대로 된 대답을 듣기 어렵죠. 사실은 그냥 저처럼 일이 없었는지도 모릅니다. 하지만 수삼의 허풍은 듣는 것만으로도 재밌었기 때문에, 믿어도 좋고 믿지 않아도 좋았습니다. 수삼은 주모를 붙잡고 오늘 돈을 많이 벌었다고 허풍을 쳤고, 바쁜 주모는 듣는 둥 마는 둥 시큰둥한 얼굴로 술과 전을 내오더군요.

"정말 양반댁에 들어갔나?"

제가 묻자 수삼은 양반집의 안채에 들어갔다고 대답했습니다. 외간 남자가 양반댁 안채에 들어가다니, 정말 쉽지 않은 일입니다. 요즘처럼 나라에서 전기수를 못마땅해하는 시절은 더욱 그렇죠. 어떻게 들어갔는지 궁금했는데, 수삼은 뜸을 들이고 말을 하지 않더군요. 전기수가 업이라 그런지, 상대방이 궁금하게 만든 다음 꼭 돈을 내야 들려줄 것처럼 말을 끊곤 합니다. 저는 반쯤 핀잔 섞어서 물었습니다.

"도술이라도 써서 들어갔나?"

"도술보다 더한 걸 했어. 여장하고 들어갔지. 치마저고리를 입고 도포를 써서 얼굴을 가리고 여장하고 들어갔단 말이야. 마님 앞에서 책을 읽고 돈을 두둑이 받아 나왔지. 그리고 돈 말고도 더 재밌는 일이 있었는데, 무슨 일이 있었냐면 말이지…."

수삼은 또 말을 끊고 뜸을 들이기 시작했습니다. 저는 어이가 없어 핀잔을 줬습니다.

"말 안 해주면 내가 돈이라도 낼 것 같은가? 그리고 자네가 여자로 변장했다니 그걸 누가 믿어? 자네 여장에 속은 사람이 있으면 그야말로 재밌는 일이지."

저도 웃고 수삼도 웃었습니다. 그렇지만 그가 정말 양반집에 들어간 건 확실했습니다. 잠시 생각에 잠겨 있더니 《수호전》을 했다고 털어놓았고, 앞으로 더 자주 불려갈 것 같다고 말했기 때문입니다. 수삼의 《수호전》은 제가 아는 전기수 중 최고입니다. 사람들을 웃기다가 울리다가 초조하게 하다가 통쾌하게 하다가… 제일 잘하는 것을 했으니 반응도 좋았겠다고 말하자, 수삼도 그렇다고 하더니 저에게 넌지시 물었습니다.

"중업 자네는 왜 가장 잘하는 책을 읽지 않나? 《소대성전》이나 《임경업전》 말이야. 요즘은 왜 안 하나?"

맨날 같은 걸 하니 지루해서라고 돌려서 말했습니다. 하지만 사실이 아니었습니다. 저는 제 이야기를 하고 싶었습니다. 처음 전기수를 할 때부터 제가 직접 지은 이야기를 들려주고 싶은 마음이 있었습니다. 하지만 남의 이야기를 읊기는 쉬워도 제가 만들어 들려주긴 쉽지 않더군요. 이상하게도 수줍음이 생겨서 흥이 나질 않습니다. 왜일까요? 수삼은 지루하다니 그게 말이 되느냐고 물었습니다.

"특히《소대성전》은 자네처럼 잘하는 이도 없잖아."

"그렇지. 한번은 너무 잘해서 칼을 맞을 뻔한 적도 있었지. 한창《소대성전》을 하고 있는데, 소대성이 자객에게 죽을 뻔한 부분 있지 않나, 거기서 듣던 사람이 벌컥 화를 내더니 왜 소대성을 죽이느냐면서 낫을 들고 덤벼서 하마터면 죽을 뻔했지. 운이 좋아 간신히 낫을 피했지만. 그 후로는 의관도 안 챙기고 글도 외우는 게 아니라 책을 들고 직접 읽게 됐네."

"헛소리 말게. 처음엔 칼이라더니 왜 뒤에서 낫으로 바뀌어? 그리고 그건 자네 일이 아니라 이업복이 겪은 일이잖아."

사실 이업복이 겪은 일인지 확실하지도 않고, 그런 일이 있었다는 풍문만 들었을 뿐입니다. 수삼은 계속 캐물었습니다. 왜 두루마기를 차려입고 정자관을 쓰지 않느냐고, 글을 다 외웠으면서 왜 책을 들고 읽느냐고 말입니다. 전기수들은 그렇게 합니다. 선비처럼 차려입고, 책은 들고만 있을 뿐 이야기를 모두 외워서 하죠. 저도 모든 이야기를 다 외우고 있으니 책을 보지 않고도 할 수 있습니다. 하지만 그러지 않았습니다. 수줍음 때문입니다. 내 글을 들려줄 때면 이상하게도 수줍음이 생깁니다. 그래서 남의 이야기인 것처럼 책을 보는 척하면서 들려주는 것입니다. 그 때문인지 반응은 없었습니다. 그날 저는 심심해 보이는 꼬마 아이에게도 끝까지 들려주지 못했습니다.

"또 엉뚱한 데 정신 팔렸군."

뭐가 문제일까 생각하는 동안, 수삼이 말했습니다. 그는 바쁜 일이 있다면서 갑자기 자리를 떴습니다. 곧 밤이 될 텐데 어딜 간단 걸까요? 또 누군가에게 이야기를 들려주러 갈 수도 있고, 혹은 그냥 저를 궁금하게 하려고 어딘가 가는 척한 건지도 모르겠습니다.

혼자 남아 술을 마시며 생각에 빠졌습니다. 왜 사람들이 제 이야기를 재미없다고 할까요? 저는 영웅 이야기를 주로 했고, 제가 만든 이야기도 영웅의 이야기였습니다. 호쾌한 영웅이 팔도를 다니며 도술을 쓰는 내용을 넣으면 사람들이 좋아할 줄 알았는데, 오히려 도술 장면에서 사람들이 지루해하고 하나둘 자리를 떴던 것 같습니다. 이유가 뭘까요? 이야기 속 도술이 시시해서일까요? 한참 생각에 잠겨 있었는데, 낯선 남자가 말을 걸었습니다.

"아까 장터에서 뵌 전기수 아니십니까?"

낯선 남자가 자리를 청했습니다. 저는 술이 약간 취한 채로 남자를 올려다봤습니다. 자신을 도로라고 소개했는데, 희한한 이름이었습니다. 옷차림으로 봐서는 장터를 돌아다니는 평범한 행상인데 말투가 무척이나 점잖았습니다.

"저는 이중업이라고 합니다."

그가 장터에서 제 이야기를 들었다고 해서 곰곰이 생각했지만, 얼굴이 기억나지 않았습니다. 몇 사람 없었으니 기억이 날 법도 한데 말이죠. 그에게 이야기가 재밌었는지를 물었더니 처음에는 재밌었지만 듣다 보니 이상했다고 말했습니다.

"그때 들고 계신 책은《조웅전》이었는데, 하시는 이야기는《조웅전》이 아니더군요."

"제가 만든 이야깁니다."

솔직히 말했습니다. 직접 만든 글인데 자신이 없어서 그랬다, 그런데 듣는 사람은 없었다, 그래서 흥이 깨져 그만뒀다고 말했습니다. 도술 부분이 장황해서 그런가 싶어 고민 중이라고도 했습니다. 그런데 정말로 도술이 시시해서 재미가 없었냐고 제가 묻자, 도로는 말했습니다.

"실감 나는 도술이라는 게 정말 있기는 합니까?"

대답을 듣고, 저는 다시 생각에 잠겼습니다. 그의 말이 옳았습니다. 도술을 실제로 본 적은 없으니까요. 그렇다면 뭐가 문제일까요? 그때 귀에 이런 말이 들렸습니다.

"도술이라도 쓰나 보지."

돌아보니 옆의 평상에서 농부 둘이 호미를 놓고 대화하

던 중이었습니다. 농부들은 새로 산 호미를 두고 이 씨 대장간 호미가 정말 좋다, 질이 다른 것 같다, 어떻게 만들었는지 모르겠다, 이런 말을 하고 있었습니다. 그러다가 도술이라도 써서 호미를 만들었나, 라는 말이 나온 것입니다.

"대장간이 산중에 있다더군요."

제가 두 농부의 대화를 듣는 걸 알았는지 도로가 말했습니다. 대장간이 산에 있다니, 이상한 일이었습니다. 산중에 있는 대장간을 누가 찾아가겠습니까? 그러자 이번에는 농부가 우리의 대화에 끼었습니다. 대장간이 분명 산에 있다면서, 대장장이 이 씨가 장터에 물건을 가지고 내려와서 팔 때도 있고 안 그럴 때는 그러지 않으면 찾아서 올라가야 한다고 했습니다. 대장장이의 이름은 이시백인데 사람이 말도 없고 좀 무섭지만, 호미는 정말 신묘할 정도로 좋다고 말했습니다. 그리고 농부들은 이렇게 말했습니다.

"부인이 있는데 누구도 얼굴을 본 사람이 없죠."

"어떻게 아무도 보질 못했답니까?"

호기심이 생겼습니다. 어떻게 본 사람이 없을까? 농부와 도로가 부인에 얽힌 소문을 번갈아 말했습니다. 너무 못생겨서 밖으로 안 나온다는 사람도 있고, 부인이 도술을 써서 호미를 만들기 때문에 사람들 앞에 안 나온다는 소문도 있다고 했습니다. 그런 말을 듣고 있으니 웃음이 다 나왔습니다. 호미 하나 잘 만든다고 그런 소문까지 퍼지다니 황당한 일입니다. 하지만 농부들은 정말 수상한 대장간이라면서 가보면 안다고 말했습니다.

도로가 말했습니다.

"궁금하세요? 혹시 알까요? 박씨 부인을 만나면 도술에 대해 들을 수 있을지요. 실감 나는 도술을 이야기에 넣고 싶다고 하셨잖습니까. 어떠신가요?"

*

내가 귀신에게 홀렸나, 산을 오르면서 생각했습니다. 지나가던 사람들 말을 듣고 밤중에 대장간을 찾아가다니, 술에 취해서일까요? 아니면 정말 뭔가에 홀렸던 걸까요? 도로인지 뭔지 하는 사람이 저를 구슬려서 엉뚱한 짓을 하게 만든 걸까요? 저보고 가보라고 바람을 넣은 도로가 동행해 준 것도 아니었습니다. 저 혼자 대장간을 찾아 나섰으니까요. 가장 큰 문제는, 농부들이 가르쳐준 길로 아무리 가도 대장간이 보이질 않아 계속 헤맸다는 것입니다. 하늘에 달이 떠 있어서 날이 어두운 것도 아니었습니다. 하지만 아무리 가도 같은 길이 또 나오고, 어떤 때는 한 자리를 빙빙 도는 것만 같았습니다. 이야기 속의 주인공이 산에서 길을 잃는 내용이 생각나 겁이 났습니다. 제가 알고 있는 이야기에서는 밤중에 산을 걷다 보면 나무가 산을 넘어가고, 언덕이 일어나고, 호랑이가 사람을 잡아먹기도 합니다. 밤이 깊으면서 바람이 점점 서늘해지자 술도 깼고, 그 때문에 무서움이 더했습니다.

"도술이 궁금하답시고 무턱대고 왔다가 대체 이게 무슨 일인가."

그때 멀리 산 너머에서 자욱한 안개가 흘러나오기 시작했습니다. 능선의 나무를 천천히 넘으며 다가오는 안개가 곧 저에게도 올 것 같았습니다. 덜컥 겁이 나 걸음을 서둘렀지만, 속절없이 안개가 주변을 덮었고 길은 오리무중이 되었습니다. 뒤에서 발소리가 들린 것도 그때쯤이었습니다. 처음에는 바람 소리인 줄로만 알았는데 차츰 명확해지는 소리는 분명 사람의 발소리였습니다. 저벅저벅 걸음을 걷는 소리와 함께 쇠가 짤그랑거리는 소리가 들렸으니까요. 겁이 덜컥 났습니다. 누구냐고 물어보려는데, 겁을 먹어 그랬는지 목소리가 잘 나오지 않았습니다. 그때 바로 앞에 사람 그림자가 나타나서 꽥 소리를 지르고 말았습니다.

그림자가 물었습니다.

"무슨 일로 밤늦게 오셨습니까?"

바람이 불어와 안개가 천천히 사라지더니, 집이 보였습니다. 대문 안에서 말을 건 사람은 평범한 아낙이었습니다. 숨을 헐떡이며 땀을 흘리고 있던 저는 이렇게 대답했습니다.

"도술… 때문에…."

*

호미나 낫도 아니고 도술 때문에 대장간에 왔다고 대답하다니 정신이 나갔었나 봅니다. 하기야 밤중에 호미를 사러 왔다고 말한들 여전히 정신 나간 놈으로 보였을 겁니다. 저는 대장간으로 들어가자마자 흙바닥에 주저앉았고, 그녀가 대접에 떠준 물을 얼른 마시고 숨을 가다듬었습니다. 그때쯤 안개도 완전히 걷혔고 차츰 정신도 맑아진 것 같습니다. 설마 안개 속에서 누가 따라왔을 리 없다고 생각하고 마음을 가라앉혔습니다. 아마 헛걸 들었거나, 박 씨의 발소리를 듣고 착각했을 겁니다.

맞습니다, 저를 맞이한 여인이 박 씨였습니다. 사람들이 한 번도 얼굴을 본 적 없고, 흉하게 생겼다, 도술을 할 줄 안다, 소문이 무성하던 그 박 씨는 평범한 여인이었습니다. 머리에 수건을 두르고 무명 저고리를 입고 소매를 접어 올린 평범한 차림의 아낙네였습니다. 소문이란 것이 다 그렇죠. 알고 보면 별것도 아닙니다. 전기수도 마찬가지로 소문에 시달립니다. 허황한 이야기로 민심을 흉흉하게 한다느니, 사대부집 아녀자들과 음행을 한다느니 하는 소문 때문에 곤욕을 치를 때가 있어서 잘 알고 있습니다. 저는 그제야 침착하게 말을 할 수 있었습니다. 호미를 사러 왔다, 대장간이 솜씨가 좋다고 들었다, 길을 잃은 게 아닌지 걱정했다,

가깝다고 들었는데 꼭 뭐에 홀린 것처럼 길을 찾을 수 없었다, 이렇게 설명했습니다.

"그나저나 대장간이 왜 산속에 있습니까?"

"귀찮은 일이 많아서요."

박 씨는 대답하고, 잠시 기다리라고 청한 후 사라졌는데 아마도 대장장이 이 씨를 부르러 가는 것 같았습니다. 그동안 대장간을 둘러봤는데, 별다른 점은 없었습니다. 모루가 있고 풀무가 있고, 불쏘시개 통에서는 불꽃이 움직이고 있었습니다. 낯선 점이 있다면 대장간 주변을 맴도는 이상한 소음이었습니다. 물소리 같기도 하고 바람 소리 같기도 한, 웅웅대는 여러 소리가 구분되지 않고 뒤섞여 있었습니다. 그리고 산골에 있는 대장간치고는 규모가 크다는 것도 알았습니다.

대장장이 이시백이 나와 저를 맞이했습니다.

"무슨 일이십니까?"

그도 평범한 대장장이로 보였는데, 어딘가 거동이 불편해 보였습니다. 정확히 몸 어디가 불편한지는 모르겠지만 움직임이 뻣뻣했는데, 오른팔이 잘 움직이지 않는가 싶었습니다. 제가 왜 대장간을 찾아왔는지 설명할 때는 의심쩍은 얼굴이다가, 전기수라고 소개했더니 호기심을 보이더군요. 옆에서 지켜보던 박 씨도 마찬가지였습니다. 전기수의 이야기를 직접 들어본 적 없다며 궁금하다고도 했습니다.

저야 다행인 일이었습니다.

"기왕 찾아온 거 이야기를 하나 들려드리면 어떨까요?"

그렇게 말했더니 이시백은 크게 웃었습니다. 땅바닥에 주저앉아 그런 말을 하는 제가 우스꽝스러웠나 봅니다.

이시백의 안내를 받아 사랑채로 들어가 술을 마셨습니다. 요가 깔려 있고 작은 상이 하나 있을 뿐인 단정한 방이었습니다. 멧돼지 고기와 술을 대접받았는데, 저는 어떤 이야기를 하면 좋을지 고민하느라 음식이 잘 넘어가진 않았습니다. 딱딱한 분위기를 풀려면 재미있는 이야기여야 할 것입니다. 적은 수의 관객 앞에서라면, 저는 주로《이춘풍전》을 합니다. 자다가 일어나도 할 수 있을 만큼 익숙한 이야기고 길이도 적당합니다. 봇짐에서 담배를 꺼내 피우며 한동안 숨을 돌리다가 이윽고 이야기를 시작했습니다. 처음에는 좀 더듬고 말이 빨리 나오고 음이 잘 맞지 않는다는 걸 알았습니다. 하지만 계속하다 보니 몸이 풀리면서 저는 물론 이시백과 박 씨도 이야기에 집중했습니다. 주인공이 멍청한 짓을 하면 즐거워하다가 긴장했다가 다시 웃었습니다. 특히 이춘풍이 아내에게 혼나는 장면에서 입을 가리고 웃던 박씨 부인의 환한 얼굴이 아직도 기억납니다. 남장한 이춘풍의 아내가 이춘풍 앞에 나타났을 때 분위기가 가장 고조됐는데, 그때 이렇게 말했습니다.

"여기서 보통 돈을 받습니다."

조마조마한 표정으로 다음 이야기를 기다리던 박 씨는 제 말에 웃음을 터뜨렸습니다. 물론 저는 돈을 받지 않고 이야기를 끝냈습니다. 이야기를 계속 곱씹던 표정의 박 씨는 이렇게 말했습니다.

"이춘풍이 잘못을 안 뉘우칠 때는 제가 다 답답하더군요."

이야기가 잘 끝나서, 저도 이제 편한 마음으로 술을 마셨습니다. 이런저런 대화를 이어가다가, 장터에서 들은 이상한 소문을 조심스럽게 꺼냈습니다. 불편해할 줄 알았는데 그렇지 않았습니다. 이시백은 다 알고 있다고만 말했고, 박 씨는 옆에서 웃음을 참고 있었습니다. 저도 그 이유는 알 것 같았습니다. 두 사람 모두 도술을 쓰지는 않는 평범한 대장장이였으니까요.

그런데 도로라는 사람을 만나서 그의 말을 듣고 여기로 왔다고 설명하자, 갑자기 놀라서 되물었습니다.

"도로요?"

"아시는 분입니까?"

이시백이 도로의 인상착의를 물었고, 저는 저녁에 주막에서 본 대로 설명했습니다. 이 씨가 아는 사람이라고 답했을 때는 제가 더 놀라고 말았습니다. 도로가 이시백을 원래 알고 있었다니, 아는 사람이라면 왜 대장간을 모른 척했을까요? 이곳으로 가보라고 한 의도는 뭘까요? 저에게도 일부러 접근했을까요? 정말로 제가 도로에게 홀려 여기까지 오게 된 걸까요? 그렇다면 도대체 왜 그랬을까요? 갑자기 혼란스러웠습니다.

이시백은 단지 그가 장난을 좋아하는 사람이라서 그런 것 같다고, 대수롭지 않은 일이라고 말하며 말을 흐렸습니다.

"언제 어디서 나타나서 무슨 일을 저지를지 모릅니다."

그냥 장난이었을까요? 저도 수삼에게 장난을 치곤 하니까요. 하지만 아무리 생각해도 이상한 일이었습니다. 이 씨와 박 씨가 잠시 눈빛을 주고받더니, 이윽고 이 씨가 말했습니다.

"저희는 다른 대장간과 다릅니다. 혹시 깨달으셨는지 모르겠지만…."

그러고 보니 대장간이 큰 편인데, 부부 외에 다른 사람이 보이지 않았습니다. 대장장이와 아내 둘이 관리하기엔 이상하게 큰 규모였죠. 당연히 일을 돕는 소년이라도 같이 있는 줄 알았는데, 그게 아니었습니다.

"사실 도술로 착각할 만한 것이 있긴 합니다. 혹시, 증기를 사용한 기술을 아십니까?"

"알죠… 증기라… 증기라면 압니다. 원에서 들여온 기술이고… 이제 증기 기계는 사용이 금지되지 않았습니까?"

증기를 사용한 기계를 써서 농기구를 만들고 있고, 물건이 도술로 만든 것처럼 좋은 이유가 증기 기술 때문이라고 했습니다. 부부 두 사람만으로 여러 농기구를 쉽게 만드는 것도 그 때문이었습니다. 증기로 물건을 만드는 곳이 있다는 말은 전혀 들은 적이 없었습니다. 이시백은 이전에는 증기 기술이 훨씬 많이 쓰였다는 말을 했습니다. 물론 저도 과거에 썼던 기기인에 대해서는 많이 들었습니다. 보부상들이 많이 썼죠. 하지만 증기사화 이후로 기술이 금지된 지금은 당연히 쓰지 않습니다. 그런데 대장간에서 쓰고 있었던 것입니다.

"이걸 알고 관아에서 나오기라도 하면 큰일이죠."

감시가 엄중하니 지금 증기로 농기구를 만든다는 사실을 들키면 안 된다고 했습니다. 그래서 대장간도 산에 있고, 이 씨도 박 씨도 사람을 잘 만나지 않았던 겁니다. 박 씨에 대한 이상한 소문 역시 그들이 직접 퍼뜨린 것일지도 모른다는 의심도 들었습니다.

"도로도 증기 때문에 알게 됐습니다."

이시백이 저에게 증기 기술을 털어놓은 이유가 도로 때문이었습니다. 그를 이전부터 알고 있었고, 도로가 여러 기술을 알려줬다고 했습니다. 처음엔 가깝게 지내며 그에게 증기 기술을 배우고 의논하기도 했지만, 곧 의견이 달라지며 거리를 두기 시작했던 겁니다. 그래서 헤어진 후로는 한동안 교류가 없었는데, 갑자기 찾아온 낯선 사람의 입에서 이름이 나온 겁니다. 저는 혹시 이시백이 저를 도로의 사주를 받은 사람이라고 의심하면 어쩌나 걱정돼서, 이렇게 말했습니다.

"저는 이야기꾼입니다. 하지 말아야 할 말과 해도 될 말을 구분할 줄은 압니다. 특히 요즘처럼 나라에서 전기수를 싫어할 때는 더 그렇죠. 그래서 전기수들은 겪은 일을 모두 허풍인 것처럼 말하기도 합니다. 허풍이었는데 그걸 믿으면 어떡하나? 이렇게요. 아무튼, 두 분이 도술을 쓰시지 않는다는 걸 확인했으니 안심입니다."

제가 웃으며 말하자, 부부는 안심한 표정이었고, 그렇게 이야기는 끝났습니다.

*

두 사람은 시간이 늦었으니 묵고 가라며 제게 잠자리도 마련해줬습니다. 저는 사랑채에 혼자 남아 잠을 청했습니다. 내일 수삼에게 지난밤 어디 다녀왔는지 설명할 허풍이나 준비해둬야겠다 생각하며 눈을 감았습니다. 피곤하나 머리는 복잡하고 얼른 잠이 들 것 같으면서도 긴장이 풀리지 않았습니다. 밖에서 들리는 바람 소리와 산짐승 우는 소리 사이로 계속 정체 모를 웅웅 소리가 들려서, 무슨 소리인지 신경이 쓰였습니다. 달그락, 방에서 쇠가 부딪히는 소리가 난 것이 그때쯤이었습니다. 밖에서 들리는 소리가 아니라, 분명히 방 안에서 들리고 있었습니다. 놀라서 벌떡 일어나자 다시 달그락 소리가 들렸는데 소리가 봇짐에서 나오고 있었습니다. 짐을 펼쳤더니 처음 보는 장도가 있었습니다.

가지고 다니지 않는 장도가 짐에 있을 리 없는데, 달그락달그락 소리를 내며 움직이고 있기까지 했습니다. 게다가 칼이 튀어 올라서는 저를 찌르려 해서 소스라치게 놀랐습니다. 이불을 걷어차고 방에서 마당으로 구르듯이 내려왔습니다. 제가 나오는 소리를 듣고 이 씨가 농기구를 넣어둔 광에서 나왔는데, 분명 공중을 날아다니던 칼이 저를 지나쳐서 이 씨에게 날아갔습니다. 칼이 이 씨의 몸에 꽂히려는 순간 이 씨가 맨손으로 칼을 낚아채듯 콱 잡는 것을 보고 저는 입을 다물지 못했습니다. 그리고 칼은 더 움직이지 않았습니다.

이 씨와 눈이 마주쳤는데, 그의 얼굴에 떠오른 의심의 표정을 잊을 수가 없습니다. 저는 체면도 잊고 덜덜 떨며 말했습니다.

"저는 모르는 일입니다. 그냥 장터를 다니는 전기수입니다… 이런 도술을 할 줄도 모르고… 칼은 가지고 다닌 적도…."

"도술이 아닙니다. 꼭 도술처럼 보이지만, 도술이 아니라 증기입니다."

광에서 남편을 따라 나온 박씨 부인이 말했습니다. 그때 칼을 잡고 있던 이 씨의 오른손에서 천천히 증기가 새어 나왔습니다. 제가 증기를 보고 놀라는 것을 보고 이 씨가 왼손으로 오른손을 움켜쥐었지만, 증기는 멈추지 않았습니다. 오히려 증기가 새는 소리만 더 커졌죠. 박 씨가 그의 손을 펼쳐서 상처를 확인하는 동안, 칼에 베인 손에서 피가 아닌 증기가 흘러나오다가 천천히 멎었습니다.

"그게… 뭡니까? 왜 손에서… 상처가 저절로 낫고…."

놀라서 횡설수설하고 있을 때 박 씨가 말했습니다.

"따라오시죠."

*

이 씨가 저를 어디 가두려는 것이 아닌지 겁을 먹었지만, 일단 따라갔습니다. 풀무와 화로가 있는 대장간 뒤에 헛간이 딸려 있었습니다. 방바닥에 깔린 거적을 들자, 그 밑에 나무문이 있었습니다. 이 씨가 문을 열었고, 언제 땅을 파고 숨겨진 방을 만들었을지 궁금해할 틈도 없이 이 씨와 박 씨에게 떠밀리듯 밑으로 먼저 내려갔습니다. 사다리를 타고 힘겹게 아래로 내려가니 열기와 증기가 훅 느껴졌습니다. 나무 타는 냄새가 진동하는 그곳에는 둔탁한 쇳소리와 날카로운 쇳소리가 동시에 들렸습니다. 바로 그 웅웅

대는 소리, 사랑채에 누워 있을 때 바람 소리 사이로 들리던 소리였습니다. 순간 방에 증기가 훅 차올랐다가 사라졌고, 기겁해서 감았던 눈을 뜨자 희한한 광경이 드러났습니다.

대장간보다 넓은 방이었습니다. 곳곳에 불이 켜져 있었습니다. 촛불도 횃불도 아닌 이상한 불빛인데 상당히 밝아서, 무슨 불빛인지 궁금해 한동안 보고 있으니 눈이 다 아플 정도였습니다. 그리고 방 중앙에 커다란 기계가 있었습니다. 이글거리는 불꽃을 안에 품고, 쇠막대기가 위아래로 움직이고, 관에서 증기를 뿜어대고, 쿵쿵 소리를 내며 꿈틀대듯 움직이는 시커먼 기계를 보고 놀라 입을 다물 수가 없었습니다. 이 씨가 불빛으로 다가가더니 칼을 비춰보고 말했습니다.

"이걸 전해주려고 했군."

이 씨의 말에 저도 다가가 장도를 자세히 보았는데, 그가 손잡이를 비틀자 안에 감춰져 있던 비녀처럼 작은 쇠막대기가 튀어나왔습니다. 엄지손가락 길이에 겉에는 복잡한 요철이 있는 가는 막대를 이 씨는 한참이나 들여다봤습니다.

"그게 뭡니까?"

제 말에 여전히 막대기를 보고 있는 이 씨 대신 박 씨가 대답했습니다.

"도로가 보낸 것입니다. 경고의 의미와 도움을 주려는

의미 둘 다인 것 같습니다. 도로는 항상 그런 사람이었습니다."

도로가 보냈다면, 제가 술에 취해 있을 때 봇짐에 몰래 넣었을까요? 왜 그랬을까요? 이 씨와 박 씨가 상 위에 막대기를 놓고 바닥에 앉았고, 저도 엉거주춤 옆에 앉았습니다. 두 사람은 막대기를 살펴보기만 할 뿐, 뭐라 설명을 해주지 않아서, 눈치를 보다가 제가 먼저 물었습니다.

"증기에는 무슨 힘이 있기에 이런 기계를 움직일 수 있습니까?"

"단지 밀어내는 힘이 있을 뿐입니다."

박 씨는 커다란 기계에 붙은 위아래로 움직이는 막대 하나를 가리켰습니다. 증기의 힘이 막대를 밀어 올리면 그 막대가 다른 막대를 밀고, 그것이 또 다른 막대를 밀고… 그게 전부라고 설명했습니다. 하나를 밀어 올리면 두 개를 밀 수도 있고, 두 개가 네 개를 밀고, 막대가 아닌 관이 움직이고, 복잡한 바퀴가 돌기도 하면서 더 많고 복잡한 움직임도 만든다는 것입니다. 단순한 움직임 하나하나가 맞물려서 설명할 수 없는 놀라운 일을 하는 것처럼 보인다고 말했습니다.

대장장이는 쇠를 담금질하고 다시 내리치고, 다시 담금질한 다음 내리치는 까다로우면서도 힘든 동작을 반복합니다. 사람이 하면 쉽게 지치고 실수가 생기지만, 기계를 사용하면 어려운 동작도 지치지 않고 반복할 수 있다고 했습니다.

"큰 기계는 그렇다고 하면, 하지만 작은 칼은 어떻게 날아다닐 수 있습니까?"

"기계를 아주 작게 만든다면 어떨까요? 손바닥보다 작고, 손가락보다도 작게요."

저 큰 기계를 아주 작게 만든다면…. 저는 모르겠다고 했습니다. 상상하기 어려운 일이었습니다. 아주 작게 만든다고 해도 칼이 날아다닐 수 있을까요? 박 씨가 이 씨의 팔을 가리켰습니다.

"이를테면, 손가락의 움직임은 어떨까요? 손가락이 물건을 쥐거나 내려놓거나, 혹은 움켜쥐거나 붙잡아 들어 올리는 것 같은 복잡한 동작도, 여러 단순한 동작이 얽혀 만들어진 것입니다. 그러니 아주 작은 기계로 손가락의 움직임을 흉내 내고 팔의 움직임을 흉내 내면 진짜 사람의 손과 팔이 하는 것과 같은 일을 할 수 있지 않겠습니까?"

박 씨가 대답했을 때, 이 씨가 왼팔로 자기 오른팔 어깨 밑을 붙잡고 손으로 꽉 쥐었습니다. 그리고 오른팔을 왼팔로 잡아당기자, 왼팔이 떨어져 나와 상에 떨어졌습니다. 옷자락 밑으로 팔이 쑥 빠져나오는 광경에 얼마나 놀랐는지 모릅니다. 기겁해서 뒤로 물러선 저에게 이 씨가 팔의 단면을 들어 보였는데, 작고 복잡한 쇠 기계가 안에 가득 차 있었습니다.

"기계로 만든 의수입니다."

그러니까 어깨까지는 사람의 팔이었지만 어깨 밑으로는 쇠로 만든 팔이었던 겁니다. 팔이 불편해 보인다고 생각은 했으나 가짜 팔일 줄은 상상도 못 했습니다. 이 씨는 사고로 팔을 잃었고, 박 씨가 만든 의수를 대신 끼고 있었다고 말했습니다. 칼에 맞아 생긴 상처를 이 씨가 쓰다듬자 손가락이 저절로 움직였습니다. 제가 넋을 놓고 보고 있자, 박 씨는 한번 만져보겠느냐고 물었습니다. 저는 잠시 망설였으나, 호기심을 이길 수 없어 슬쩍 손으로 팔을 문질러보았습니다. 쇠의 촉감과는 다른 완전히 부드러운 피부와 같았으나 대신 사람의 온기가 없어 서늘한 기운이 있었습니다.

이 씨가 말했습니다.

"제가 창조한 기술은 아닙니다. 과거에 존재했던 기술을 발전시켰을 뿐이죠. 중종 때 기기인처럼 복잡한 움직임이 가능한 증기 기계가 많이 있었으니까요. 저희가 사용한 많은 기술이 기기인을 만든 기술을 활용한 것입니다."

"하지만 기기인은 사람을 조잡하게 흉내 낸 큰 기계에 옷을 입혔을 뿐이라고 들었습니다. 쇠로 살가죽을 흉내 내진 못하는 것 아닙니까? 지금 이 감각은 쇠를 만지는 것과는 완전히 다릅니다. 게다가 손가락이 움직이는 것과 칼이 저절로 허공을 날아다니는 것도 같은 원리로 보이지 않습니다."

제 질문에 전혀 다른 대답이 돌아왔습니다.

"저희도 어쩌다가 이런 위험에 빠졌는지 모르겠습니다."

이 씨가 말했습니다. 증기 기술을 연구하다가 피치 못한 사정 때문에 신분을 숨기고 대장장이가 됐다고 했습니다. 들키지 않고 증기 기술을 연구하기엔 대장장이 일이 적합했다는 말도 덧붙였습니다. 증기 기술이 당장은 박해를 받고 있지만 언젠가 나라에 도움이 되리라 믿는다고 말했습니다. 당장 기술을 사용하면 백성의 생활이 얼마나 편해질 것이냐고 되묻기도 했고, 증기로 병력을 보충하면 병자호란 같은 일도 있지 않았을 거라고도 말했습니다. 그래서 증기 기술을 포기할 수 없었고, 도로도 기술을 연구하던 중 만났다고 했습니다. 이 씨는 쇠 막대기를 만지작거리며 말했습니다.

"우리에게 보내는 경고 같습니다."

그 순간 땅 위에서 쿵쿵, 소리가 들려왔습니다. 소리를 듣고 먼저 박 씨가 밖으로 나갔으나 누군가 땅을 오가는 소리만 들릴 뿐 박 씨는 돌아오지 않았습니다. 곧 이 씨와 저도 밖으로 나가보았습니다. 분명 누군가 대장간에 찾아왔구나 싶었지만, 마당에는 이 씨와 박 씨 외엔 아무도 없었습니다. 마당에서 저를 기다리던 박 씨가 말했습니다.

"이만 가셔야 할 듯합니다."

*

도로가 보낸 쇠막대기는 박 씨도 아직 완성하지 못한 기술을 담은 물건이라고 했습니다. 어떤 기술인지는 말해주지 않았습니다. 도로가 직접 가지고 오지 않고 굳이 제 봇짐에 넣은 건 위험이 다가오고 있음을 알려주는 경고라고 설명했습니다. 그리고 위험이라면, 당연히 증기 기술을 사용하고 있다는 걸 관아에서 알아냈다는 뜻이라고 했고요. 이시백이 저더러 당장 산 어귀로 내려가서 몸을 피하는 편이 좋다고 해서, 저는 대장간에 숨어 있는 건 어떠냐고 물었습니다. 하지만 이시백은 관원이 산을 전부 뒤질 테니 내려가는 쪽이 낫다고 했습니다. 저는 망설이지 않고 대장간을 나왔습니다.

문제는 왔던 길로 가지 말고 돌아서 내려가라고 했는데, 온 길도 제대로 못 찾은 제가 돌아가는 길을 제대로 갈 리 없었다는 겁니다. 산에는 여전히 안개가 자욱했고, 저는 길을 제대로 찾을 수가 없었습니다. 그리고 안개 속에서 발소리가 들리기 시작했습니다. 쿵쿵, 땅을 울리는 발소리였습니다. 대장간으로 올 때 들었던 그 소리였습니다. 그때는 헛것을 들었다고 생각했지만, 그럴 리가 없습니다. 분명 안개 속에서 다가오는 발소리를 똑똑히 들었으니까요. 왜 아니라고 생각했다가, 이제야 제대로 알았을까요? 정말 무엇엔가 홀렸나 봅니다. 갑자기 가까운 곳에서 쿵 소리가 났다가, 이윽고 멀리서 쿵 소리가 났습니다. 발소리가 가까워졌다가 멀어졌다가 왼쪽에서 들렸다가 오른쪽에서 들렸다가 하니 제가 얼마나 놀랐겠습니까?

저는 걸음을 멈추고 안개 속을 돌아보며 말했습니다.

"뉘시오? 왜 따라오는 게요? 사람이라면 대답을 하시오. 사람이 아니면…."

짐승이나 귀신이라면 물러가라고 하고 싶었으나 덜덜 떨려서 목소리가 잘 나오지 않았습니다. 발소리가 점점 다가오더니, 안개 속에서 몸이 드러났습니다. 다 해어진 옷을 입고 얼굴과 손은 천으로 칭칭 감은 사람의 형상이었는데, 눈이 어둠 속의 횃불처럼 노랗게 빛나고 있어서 숨이 턱 막혔습니다. 다가올 때마다 쇠가 부딪히는 소리가 났고, 열과 증기가 더 강하게 느껴졌습니다. 목을 감은 천 사이로 금속이 보였을 때 저는 놀라서 되물었습니다.

"기기인?"

이시백과 관계있는 기기인일까요? 기기인은 아무 대답 없이 양팔로 제 몸통을 꽉 붙잡았습니다. 그리고 훌쩍 뛰어서 하늘로 날아올랐습니다. 꼭 도술처럼 말이죠. 제가 놀라서 소리를 지르려고 하자 얼른 입을 틀어막았는데, 기기인의 손을 감싼 천 밑으로 딱딱한 쇠가 느껴졌습니다. 기기인은 저를 데리고 공중으로 솟았다가 땅으로 내려왔다가 다시 껑충 뛰기를 반복했습니다. 제가 산을 오르면서, 그리고 대장간에서, 그리고 다시 내려가면서 계속 들었던 쿵쿵 소리가 기기인이 땅을 박차는 소리였던 것이죠. 기기인이 움직일 때마다 몸에서 증기가 빠져나와 안개와 뒤섞였는데, 혹시 산을 덮은 안개가 기기인이 만들어냈던 증기가 아닐까, 그의 손에 붙잡혀 날아가면서 생각했습니다.

*

기기인은 저를 다시 대장간에 내려놓았습니다. 하늘을 날아온 탓에 속이 뒤집혀 울렁였고, 다리가 후들거려 제대로 설 수가 없었습니다. 그때 누가 제 팔을 붙잡는 바람에 놀라 소리를 지르고 말았는데, 돌아보니 이 씨였습니다.

"조용히 하십시오. 큰 소리를 내면 안 됩니다. 제가 만든 기기인이니 안심하셔도 좋습니다."

그리고 박 씨도 마당에 나왔습니다. 어째서인지 남자 옷을 입고 있던 박 씨가 기기인에게 다가가자, 기기인이 입을 벌리고 말을 하기 시작했습니다. 사람 목소리를 내려고 애썼지만 그러지는 못하고, 단지 증기가 쇳덩이 사이를 빠져나오는 소리와, 쇠와 쇠가 부딪히는 소리 사이로 띄엄띄엄 사람 목소리 비슷한 거친 말소리가 나왔습니다. 저는 알아듣지 못하는 말을 박 씨는 용케 알아들었습니다.

"관원이 이미 산 주변을 포위했다고 합니다. 산을 다 뒤질 터이니 다시 이곳에 숨는 편이 나을 것 같아 데려왔답니다. 헛간으로 숨으시죠. 날이 밝을 때까지 계시면 큰 탈 없을 겁니다."

하지만 박 씨는 저를 기계가 있는 지하로 데려가는 것이 아니라, 대장간 뒤쪽의 헛간으로 데리고 갔습니다. 저는 헛간에 있으면 괜찮은 건지, 도망가야 하는 것 아닌지, 이 씨와 박 씨는 어떻게 할지를 되물었습니다. 그러자 박 씨가 대답했습니다.

"산을 다 둘러쌌다고 하니, 어디로 갈 수 있을까요?"

저는 헛간 바닥에 앉았고, 덩치가 큰 기기인은 구석에 몸을 웅크리고 앉았습니다. 낡은 천을 감은 기기인의 얼굴과 천 사이로 보이는 노란 눈동자를 마주 보았는데, 자세히 보니 닳아서 해진 옷 밑으로도 쇠로 된 몸이 보였습니다. 산을 온통 돌아다녔다면 옷이 해어질 수밖에 없었을 겁니다. 그리고 박 씨가 기기인에게 몸을 기울여 목 주변을 살피다가, 도로가 보낸 쇠 막대기를 꺼내서는 목에 밀어 넣었습니다. 끼리릭, 쇠가 부딪히는 소리와 함께 잠시 증기가 목에서 새어 나왔고, 기기인의 몸에서 쇳소리가 끊임없이 이어졌습니다. 저는 아무 말 못하고 앉아 있었고, 박 씨도 뭐라 말하지 않고 밖으로 나갔습니다. 밖에서 부산하게 움직이는 이 씨와 박 씨의 발소리, 바람 부는 소리, 기기인의 몸 안에서 쇠가 부딪히는 소리만 한동안 들렸습니다.

어느 순간 기기인의 눈동자가 뭔가 달라지더니, 눈빛이 저에게 내리꽂히는 듯하다고 느껴졌을 때였습니다.

"전기수라고 들었습니다."

기기인이 말했을 때 저는 숨을 헉 들이쉬고 말았습니다. 분명 저를 똑바로 바라보고 말을 걸고 있었습니다. 그 목소리는 마당에서 들었던 증기 새는 소리가 아닌 사람의 목소리였습니다. 완전히 사람 목소리는 아니었습니다. 높낮이가 불분명해 억양이 없고, 얼굴을 싼 천 밑에서 입술이 부지런히 움직였으나 발음이 사람처럼 매끄럽지 어눌했습니다. 쇳소리 또한 여전히 섞여 있었습니다. 그래도 알아들을 수 있는 목소리였습니다. 사람이 아닌 것이 사람을 흉내내는 느낌이 들어 무서웠지만, 지금 저를 보호하고 있는 건 그 기기인이라는 점을 다시 생각했습니다.

"맞습니다."

제가 대답하자, 기기인은 말했습니다.

"이야기를 들려주시겠습니까?"

그리고 밖에서 사람들이 소리치기 시작했습니다. 관아의 사령이 들이닥친 것입니다. 이시백의 이름을 부르고, 나라에서 금지한 증기 기술을 사용했으며, 나라의 비밀을 적에게 팔았고, 허황한 기술로 민심을 혼란스럽게 했으니 죄인은 당장 나오라는 말이었습니다.

그런데 태연하게 기기인이 다시 말했습니다.

"이야기를 듣고 싶습니다. 들려주시겠습니까?"

"이야기요? 지금? 지금 말입니까?"

이 씨가 사령의 말을 듣지 않자 곧 사령이 집으로 들어왔고, 밖에서 사람들의 고함, 서로 부딪히고 넘어지는 소리, 칼이 쨍그랑대는 소리, 비명, 물건 부서지는 소리가 들렸습니다. 저는 겁에 질려 두 팔로 머리를 감쌌습니다. 하지만 기기인은 저를 조용히 보기만 할 뿐, 전혀 동요하지 않았습니다. 대신 천천히 문으로 다가가더니 문을 살짝 열어 밖을 보여줬습니다. 안개 사이로 박 씨가 보였는데, 팔과 다리에 쇠를 감고 있었습니다. 꼭 쇠로 만든 갑주를 입었다고 할까요, 아니 갑주보다 더 두꺼운 것을, 팔과 다리를 대신하는 것을 몸에 두르고 있었습니다. 박 씨는 갑주를 몸 전체에 두르고 관원들과 싸웠고, 박 씨의 팔이나 다리에 닿은 사람은 그대로 날아가 땅에 뻗었습니다. 안개 속에서 들리는 비명은 관원들이 박 씨에게 맞아서 쓰러지는 소리였습니다. 그동안에도 갑주는 연신 증기를 내뿜었습니다.

기기인은 문을 닫고 걱정할 것 없다고 말했습니다.

"제가 몸을 감춘 이유는 지나치게 강하기 때문입니다. 저까지 나섰다가는 몇 사람의 목숨을 뺏을지 모릅니다. 관원은 마님에게 맡기고 저희는 조용히 있으면 될 일입니다. 기다리기 지루하니 이야기를 들려주시겠습니까?"

난처한 부탁이지만, 딱히 거절할 수가 없었습니다. 이상하게도 그랬습니다. 기기인이 해달라고 하니 해줘야 할 것 같았습니다. 편하게 《소대성전》을 하려고 했습니다. 지금처럼 황당한 상황에서 할 수 있는 것은 《소대성전》밖에 없을 것 같았습니다. 그런데 첫 소절을 말하자 기기인이 고개를 저었습니다.

"《소대성전》은 알고 있습니다. 《임경업전》도, 《유충렬전》도 압니다. 《조웅전》과 《홍길동전》과 《심청전》도 압니다. 《삼국지》도 알고 있습니다. 다른 것은 없습니까?"

그러면 해줄 것이 없다고 말하려다, 잠시 고민에 잠겼습니다. 앞으로 기기인을 만날 일은 없을 겁니다. 지금이 기기인과 대화하는 처음이자 마지막이 되겠죠. 처음 만났고 앞으로도 만날 리 없는 기이한 관객에게 어떤 이야기를 하면 좋을까요?

"이 이야기는 모르실 겁니다."

저는 오직 기기인을 위한 이야기를 시작했습니다. 원래 알던 이야기에 지루한 도술 대신 기기인이 좋아할 증기를 넣어 더 재미있게 바꾼 이야기였습니다. 이야기를 들려주는 동안 기기인은 처음부터 끝까지 흥미를 잃지 않고, 노란 불빛이 나오는 눈동자를 저에게 집중했습니다. 밖에서 안개가 휘몰아치고, 사람이 쓰러지는 소리와 기계가 움직이는 소리, 쿵쿵 소리, 고함이 이어졌다가 곧 침묵만 남았습니다.

그리고 이 씨와 박 씨가 걸어 다니는 부산한 소리, 기계가 움직이는 소리가 들리기 시작했습니다. 그래도 저는 모든 것을 잊고 이야기에만 전념했습니다.

이야기가 끝나자 기기인은 말했습니다.

“재미있군요.”

그는 마치 사람들이 생각에 잠기면 그러듯 눈을 감고 가만히 있다가 곧 눈을 떴습니다.

“《소대성전》과도 비슷하고 《전우치전》과도 비슷하군요. 영웅의 이야기는 모두 비슷합니다. 비범한 인간이 시련을 겪고 영웅이 됩니다. 하지만 두 이야기와 또 다릅니다.”

“관객들은 시련을 좋아하죠. 그 부분이 있어야 영웅의 행동이 더 재미있어지는 것 같습니다.”

“왜 그런가요?”

“그건 저도 모르겠습니다.”

“그것을 알고 넣은 것이 먼저인가요? 아니면 넣었는데 사람들이 좋아하니까 계속 넣게 됐습니까?”

저는 그것도 모른다고 대답했습니다. 깊이 생각해본 적이 없었습니다. 시련을 겪는 장면을 좋아하는 줄 알고 넣었느냐, 넣었다가 알게 됐느냐… 처음에는 모르고 넣었다가 누군가는 깨닫고 의도적으로 넣었을 겁니다. 그렇다면 저는 알고 넣었던 걸까요?

기기인이 다시 말했습니다.

“도술이 아니라 증기 기술이었음이 밝혀지는 부분도 재밌었습니다. 그 부분에서 다른 영웅의 이야기와 많이 달라집니다.”

사람이 아닌 기기인이 이야기가 어떻다고 이러쿵저러쿵 말하는 것이 신기했지만, 좋다고 하니 그건 기분 좋은 일이었습니다. 그런데 그다음 기기인이 한 말은 잘 이해가 가지 않았습니다.

“증기가 들어갔기 때문에 이야기가 달라진 걸까요? 아니면 이야기가 달라지기 위해 증기가 들어갔을까요?”

무슨 뜻인지 몰라 잠자코 있자, 기기인이 말했습니다.

“영웅이 시련을 겪기 때문에 사람들이 좋아한다고 하지 않았습니까? 도술도 마찬가지로 사람들이 좋아하니까 나오고요. 하지만 전기수님의 이야기에는 도술 대신 증기가 들어갑니다. 그러면서 이야기가 달라집니다. 증기가 들어가면서 이야기가 변화했을까요? 이야기가 달랐기 때문에 증기가 들어간 것일까요?”

사람들이 도술을 재미없어해서, 기기인에게 이야기 할 때는 도술 대신 증기를 쓰는 부분을 넣었습니다. 하지만 증기를 사용하는 주인공 때문에 이후 이야기의 흐름이 달라졌던 것도 같습니다. 어떤 때는 증기가 먼저고, 어떤 때는 이야기가 먼저일 것입니다. 이야기 전체로 따진다면… 어떻게 될까요?

밖에서 괴상한 소리가 들렸습니다. 커다란 기계가 움직이는 소리였는데, 쇠가 부딪히는 소리야 계속 들렸지만, 이번의 소리는 완전히 달랐습니다. 정말 컸으니까요. 마치 커다란 바위가 굴러가기라도 하는 소리 같았습니다. 기기인은 고개를 돌려 문을 쳐다보더니 천천히 몸을 일으켰습니다.

"떠나야겠습니다. 길게 인사는 못 드릴 것 같습니다. 해 뜨기 전까지는 나오지 마십시오."

기기인이 나갈 때 문이 살짝 열렸고, 저도 밖을 내다보았습니다. 마당의 안개 사이로 무언가 거대한 쇳덩이 같은 것이 천천히 걷고 있었습니다. 거대한 그것은 소음과 함께 증기를 내뿜고 있었는데, 기기인이 그것으로 다가가자 곧 증기에 파묻혔습니다. 거대한 물체 역시 증기인지 안개인지 모를 희뿌연 공기 사이로 사라졌습니다. 소리도 점점 멀어져서 곧 더는 들리지 않았습니다.

*

저는 고지식하게 기기인의 말대로 해가 뜨기 전까지 헛간에서 나가지 않았습니다. 중간에 꾸벅꾸벅 졸았는데, 그래서 이 모든 일이 꿈인지 생시인지 헷갈리기도 했습니다. 아침에 마당으로 나오자 대장간에는 이 씨나 박 씨도, 기기인도, 관원도 없었습니다. 광 지하로 내려가니 기계도 없었습니다. 대장간에는 아무도 없이, 그저 지난밤의 소동을 증명하듯 모든 것이 부서진 흔적만 있었습니다.

이것이 이야기의 끝입니다. 그 이후로는 이시백이나 도로의 소식을 듣지 못했습니다. 증기를 연구하는 사람도 보지 못했고, 기기인에 대한 소문도 듣지 못했습니다. 제가 대장간을 다녀온 걸 아는 사람이 없어서 다행이었습니다. 저는 박수삼에게도 아무 말 하지 않았습니다. 그리고 이후, 저는 누군가 만든《박씨부인전》이라는 이야기를 하기 시작했습니다. 잘 아는 이야기였기 때문에 정좌관을 쓰고 의관을 갖춰 입고 책은 들고 있지만 펼쳐 보지는 않고 했습니다. 장터나 길에서 사람들을 모아놓고 이야기를 시작하면, 사람들은 도술이 아닌 증기를 사용하는 영웅의 이야기라니 신기하다며 귀를 기울였습니다. 제가 중요한 장면에서 이야기를 끊으면 앞다퉈 엽전을 던지고 이야기가 이어지길 기다렸습니다. 이야기는 이렇게 시작합니다. 강원도에 이시백이라는 사람이 있었는데, 흉한 외모의 박 씨와 혼인을 합니다….

염매고독

박하루

…남의 집 어린애를 도둑해다가 고의적으로 굶기면서 겨우 죽지 않을 정도로 먹인다. …그 아이는 살이 쏙 빠지고 바짝 말라서 거의 죽게 될 정도에 이른다. 이러므로 먹을 것만 보면 빨리 끌어 당겨서 먹으려고 한다. 이렇게 만든 다음에는, 죽통(竹筒)에다 좋은 반찬을 넣어 놓고 아이를 꾀어서 대통 속으로 들어가도록 한다. 아이는 그 좋은 반찬을 보고 배불리 먹을 생각으로 발버둥치면서 죽통을 뚫고 들어가려 한다. 이럴 때에 날카로운 칼로 아이를 번개처럼 빨리 찔러 죽인다. 그래서 아이의 정혼(精魂)이 죽통 속에 뛰어든 후에는, 죽통 주둥이를 꼭 막아 들어간 정혼이 밖으로 나오지 못하게 만든다. 그런 다음, 그 죽통을 가지고 호부(豪富)한 집들을 찾아 다니면서, 좋은 음식으로 아이의 귀신을 유인하여 여러 사람에게 병이 생기도록 한다….

—《성호사설》 제5권 만물문(萬物門) 염매고독(魘魅蠱毒)

1

"너희 왕가에 저주 있을 것이다! 왕조는 3대 안에 멸망할 것이고, 이 땅의 백성들은 다시는 나라 바깥으로 나가지 못할 것이다. 왕의 자손들은 병을 얻어 단명할 것이고 백성들은 무능한 왕을 원망하며 전란과 가난과 역병에 휘말려 죽어갈 것이다!"

주술사 김수팽은 피눈물을 흘리며 외쳤다. 과천 현감 최강희는 그 불경한 소리를 틀어막고자 했으나 그것이 마지막 말이었다. 김수팽은 그대로 고개를 떨어뜨리고는 다시는 들지 못했다. 도포처럼 둘러 양반을 흉내 냈던 흰 옷자락은 이미 빈 곳 없이 검붉게 물들어 있었다. 치아는 이미 모조리 악물어 부서졌고 무릎뼈는 제 모양을 찾지 못할 만큼 망가져 혼자서는 걷지도 못할 상태였다. 언제 죽더라도 이상하지 않은 몰골이었다.

"치워라. 다음 문책은 차일로 미루겠다."

현감은 말했다.

관아에서는 며칠간 비명과 피 냄새가 떠나지 않았다. 최강희는 사람들을 고문하는 것을 그리 즐기지 않았다. 사실 이 짓거리의 의미조차 알지 못했다. 다시 옥사에 가두고 얼마 지나지 않아 김수팽이 죽고 말았다는 보고가 올라왔다.

최강희는 깊이 고민하다 객사 안쪽 방으로 발걸음했다. 그 안에 이 사태의 원인이 있었다.

"죽었습니까."

흔들리는 촛불 아래 갓 그림자 속에 꼿꼿이 앉아 있던 사내가 말했다.

"어사 나리."

최강희는 그 앞에 마주앉았다.

"이해할 수 없습니다. 기껏해야 민가의 소문입니다. 어명이라고는 하나, 이렇게까지 해야 할 이유가 있습니까."

장부를 보고 있던 어사 조영세가 말했다.

"염매는 태조께서 직접 명하시어 금한 중대 죄입니다. 사면이 있을 때도 항상 제외되었죠. 반역죄와 마찬가지로 대우해야 하는 죄입니다."

물론 그렇다. 그것은 최강희도 잘 아는 바였다. 하지만 여전히 납득할 수 없었다.

"왜 그것을 지금 조사하는가 이 말입니다. 확실한 증거나 피해자가 있는 게 아니잖습니까. 소문은 대개 이치에 맞지 않고 또 아무런 이유 없이 스스로 퍼져나가기도 합니다. 하물며 무지몽매한 사람들이 제멋대로 떠들어대는 말 아닙니까. 그것을 들은 사람도, 떠들어댄 사람도 정확히 알지 못하고 그리했을 가능성이 큽니다."

어사는 가늘게 눈을 떴다.

"현감께서는 어명에 의문을 제기하시는 겁니까."

"물론 어명은 받들겠습니다. 하지만 무엇을 찾을 수 있을지는 모르겠습니다. 그런 허황된 소문을 입에 담지 말라고 엄포를 놓을 수는 있겠습니다만, 과연 누가 진실을 알고 있을지, 누가 만족할 만한 답을 내올 수 있을지는 모르겠습니다. 주술사 김수팽이야 혹세무민하는 자이니 죽어 마땅하나, 과연 죽음을 불사하면서까지 비밀을 감추려 한 자인지는 잘 모르겠습니다."

최강희는 고개를 숙이고 고했다.

"제가 동지사(冬至使)*로 청에 갔다가 지난달에 돌아왔습니다."

어사는 희미한 미소를 띠며 말했다. 마흔을 조금 넘긴 나이였다. 하지만 그 풍모는 오랜 풍파를 버티며 살아남은 선원처럼 완고하고 흔들림 없어 보였다.

"예?"

"중간에 두 달 앞서 고부사(告訃使)**로 떠났던 이이명 대감 일행과 마주쳤습니다. 조정에 파란을 일으킬 소식을 안고 왔더군요. 머잖아 피바람이 불 예정입니다. 아무도 막을 수 없지요. 조정에는 긴장감이 감돌고 있습니다. 전하의 뜻이 어떨지는 전하만이 아십니다. 무슨 말인지 아시겠습니까?"

* 동지마다 중국에 보내던 사신

** 왕이 죽으면 이를 중국에 알리기 위하여 보내던 사신

최강희는 입을 꾹 다물었다.

"현감도 아마 전해 들은 게 있을 겁니다. 지금 이 정국에서는 아무 생각도 하지 않고 맡은 바를 다하는 것이 현명한 처세입니다. 현감은 계속 하시던 대로 하시면 됩니다."

최강희는 다시 고개를 숙이고는 물러났다.

*

"아버님."

아들 보경이 섬돌 아래에서 기다리고 있었다.

"다녀왔느냐."

최강희는 신을 신고 아들을 뒷문으로 이끌었다.

"역시 움막에는 아무것도 없었습니다. 요사스러운 주술 도구와 그림과 부적, 향, 방울 등이 있었지만 염매에 쓴다는 죽통 같은 것은 없었습니다. 김수팽은 아무래도 무고한 것 같습니다."

최강희는 낮은 신음을 흘리고는 말했다.

"김수팽은 죽었다."

"그렇습니까…."

현감은 당장에라도 산짐승이 튀어나올 것 같은 어두운 산을 멀리 내다보며 말했다.

"자고로 목민관은 말이다, 애민을 근간으로 삼아야 한다.

억울한 백성이 없도록 해야 하고 사사로움 없이 공정해야 한다. 그렇지만 지금 내가 하는 것이 무엇이냐. 아무런 까닭 없이 사람을 죽이고 말지 않았느냐."

보경은 잠시 생각하다 말했다.

"이 일이 중대한 일임을 아버님께서도 아시기 때문에 그런 것 아니십니까."

"아니다. 부당한 명임을 알면서도 목을 내놓고 충언하지 못하는 내 나약함이 문제다."

"부당한 명이라뇨?"

보경은 정말 모르겠다는 눈으로 아버지를 올려보았다.

"여기엔 내가 모르는 조정의 문제가 끼어 있다. 우린 이용당하고 있는 것이지. 아마 임금의 뜻은 정해져 있을 것이다. 내가 소문의 진상을 밝혀내든 못하든."

"과거 증기사화 같은…."

"그런 말은 입에 담지도 말거라. 내가 비밀리에 널 시켜 조사하게 한 이유를 알겠느냐. 너는 관원보다도 한발 앞서 진실을 알아내야 한다. 아무것도 모른다면 대처를 할 수 없다. 하지만 그게 무엇인지, 조정에서 알아내고자 하는 것이 무엇인지 알아낸다면 방법이 생긴다."

"알겠습니다. 그런데 그자를 불러보면 어떻겠습니까? 이전에 잠시 들러서 신묘한 수를 보여준 자가 있잖습니까. 이름이 도로라고 했던가요."

"팔도를 훤히 꿰고서 남북을 한달음에 가로지르고, 가는 곳곳에서 백성들의 칭송을 받는다던 그자 말이냐. 자리를 비운 새라 만나진 못했다만, 그자가 순식간에 증기방아와 증기수차를 고치고 묵은 송사를 멋대로 해결해버리고 떠났다는 말은 들었다. 그런데 그자와 연락이 닿는단 말이냐."

"지금 한성에 있는 제 친우네에서 신세 지고 있다고 합니다. 최근에는 궐에도 출입한다고 하는데 자세한 것은 알지 못합니다. 벼슬이 있는 것도 아닌데 말입니다."

"궐에? 으음. 정말 영문을 모르겠군. 게다가 아무리 유랑객이라 해도 이 근방의 소문까지 알지는 못하겠지. 나중에 생각해보겠다. 그보다 네가 또 가볼 곳이 있다."

"네."

보경은 고개를 숙여 표정을 가렸다.

"지금까지 근방의 주술사와 무당, 그리고 승려들까지 모두 조사했어도 아무것도 찾지 못했다. 하지만 소문이란 건 본래 혀끝에서 나올 때와 귓속으로 들어갈 때가 다른 법이다. 이 소문이 시작된 게 그런 곳이 아닐 수 있다는 말이다. 본래 말은 떠돌면서 여우처럼 형태를 바꾸지만, 처음 그것이 나온 본원이 있기 마련이다. 이 소문이 흉흉한 이유는 아이를 굶긴 뒤 죽여 그 원한을 남겨 귀신으로 끌고 다니기 때문이다. 귀신이야 허무맹랑한 소리지만 그 근간이 되는 아이 살해는 있을 법한 일이다. 어쩌면 그것이 이 소문을 파헤

쳐야 할 이유일지 모른다. 너는 민가를 돌며 아이를 잃은 부모가 없는지 알아보아라. 그리고 억울한 일이나 일의 앞뒤가 불분명한 일이 있으면 빠짐없이 보고하거라."

2

보경은 바로 다음 날부터 탐문에 나섰다. 과천현의 호구는 4천 호 정도 되었지만 소문이 도는 곳은 한강 인근이었으므로 조사 범위는 다소 줄었다. 하지만 그게 어디인가. 아버지의 명이라 따를 수밖에 없었지만 잡초처럼 제멋대로 자라난 듯한 민가를 방문하는 것만 해도 고역이었다. 사람이 어떻게 저렇게 누추하고 냄새나는 곳에서 살 수 있는지.

보경은 건성으로 물어야 할 것만을 빠르게 물으며 집을 하나하나 세었다. 집에 아이는 잘 있는지, 이상한 소문을 들은 것은 없는지. 당연히 사람들은 관아에서 사람이 죽어 나간다는 소문을 재빨리 공유하고 있었다. 현감의 아들이 직접 나서서 묻는 것이 그 일과 관련 있으리라는 것은 뻔했다. 사람들은 바싹 조아리며 마찬가지로 대강 대답했다. 네, 아이는 잘 있습니다. 저희는 아무것도 들은 게 없습니다요.

멧비둘기가 우는 새벽부터 시작해 논밭까지 쫓아다니며 온종일 돌아다녀도 들을 수 있는 말은 그게 전부였다. 뭔가를 얻을 수 있을 거라는 생각은 진작 내다 버렸다. 애초에 아이를 잃어버렸으면 관아를 찾았을 것인데 이렇게 물어서 무슨 소용이 있을까 하는 생각이 느지막하게 들었지만 이제 와서 그만둘 수도 없는 일이었다.

해가 기우뚱하기 시작할 무렵, 보경은 느긋하게 소 그늘에서 쉬고 있던 노인의 곁에 주저앉았다. 동네 사람들 일에 안 끼는 데가 없다고 소문난 자였다.

"어수선, 합니다그려."

노인은 흙투성이가 된 얼굴로 말했다.

"그러게 말일세."

"듣자하니 없어진 아이가 있는 집을 찾고 계시다던데…."

노인은 떠보듯이 말했다.

"벌써 소문이 퍼졌는가? 발 없는 말이 어디까지 간다고 하더니만, 참."

"관아에서 무슨 소문을 가지고 그러는지 온 동네 사람들이 다 알고 있습니다. 그래서 그걸 떠들던 사람들도 입을 싹 닫고서 모르는 척하고 있습니다. 사람을 그렇게 조지는데 뭘 알고 있는 사람도 죄 숨어들겠지요."

보경은 노인에게 바싹 다가갔다. 소가 꼬리로 똥딱지를 튀기고 있었지만 그런 것을 신경 쓸 때가 아니었다.

"그러니까 말이야. 뭐 방법이 없겠나? 나도 가슴이 다 아프다네. 관계도 없는 사람 족친다고 뭐가 나오는 것도 아니고."

보경은 노인을 구슬렸다.

“이게 어명으로 시작된 일 아니겠나. 아버님도 죄 없는 사람들을 닦달하고 싶으시겠나. 하지만 방법이 없는걸. 단서가 전혀 없으니까. 아는 게 있으면 귀띔 좀 해주게나. 그래야만 이 난리가 끝날 거 아닌가.”

“그 소문이야 소인도 들었습죠. 하지만 저라고 달리 아는 것이 있겠습니까.”

“에이, 그러지 말고. 이번 조사가 노인장께는 미치지 않게 해드릴 테니.”

노인은 잠시 보경을 코끝으로 내려다보다가 말했다.

“김수팽이라는 자 말입니다.”

보겸은 김수팽? 하고 되물었다. 김수팽은 억울함을 이기지 못하고 죽어버리지 않았는가.

“그자는 떠돌이 도사이고 이 고을에 온 지는 석 달 남짓 되었습니다만, 그자에게 자식이 있다는 것은 아무도 모르는 것 같습니다.”

“자식? 내가 듣기론 그자는 혼자 여기 들어왔다는데?”

“글쎄요. 소인이 본 건 본 것이니까요.”

“아들인가, 딸인가?”

“그건 모르겠습니다. 하지만 소인은 봤습니다. 아홉이나 열 살쯤 되었을까. 머리를 풀어헤치고 꾀죄죄한 사내아이의 옷을 입었는데 생긴 건 참 곱상해서. 하여튼, 그자가 지어놓은 움막에 숨겨두고 어딜 나갈 때면 무언가 신신당부를 하는 것을 똑똑히 보았습니다. 납치한 아이는 아니었습니다. 그자를 의지하고 따르는 것으로 보아 자식임이 틀림없었습니다."

"자식이라. 그렇다면 죽통을 가진 게 그 아이인가?"

"그건 모르지요. 그런 게 진짜로 있는지. 소인이 말할 건 이것뿐입니다."

보경은 동전 한 냥을 던져주고는 자리를 떴다.

*

보경은 적당히 몇 집을 더 돌고서 다시 관아로 돌아갔다. 아버지를 만나 새로 얻은 정보를 고하고 조사 방향을 바꾸길 권했다. 승낙은 바로 떨어졌다. 보경은 다음 날부터 낯선 아이를 수소문하기 시작했다. 김수팽의 움막이 있던 관악산 북단에서부터 근처 민가를 돌며 혼자 돌아다니는 아이를 물었다. 근방에서 못 보던 아이. 열 살 정도. 전혀 관리되지 않은 머리. 아랫사람들까지 동원한 수색은 사흘 만에 성과를 내었다.

아이는 산중 외따로 떨어진 약초꾼의 집에서 발견되었다. 약초꾼 부부에게는 자식이 없었는데 어디서 치마와 저고리를 구해 와서는 아이에게 입혀둔 채였다. 약초꾼은 이마를 땅에 대고서 말했다.

"쇠, 쇤네들은 이 아이가 그런 아이인 줄 꿈에도 몰랐습니다! 그저 산속을 홀로 헤매는 것을 산짐승에게 잡혀가지나 않을까 염려하여 데리고 있던 것입니다. 저, 저희에게는 말 한마디 하는 일 없길래 날 때부터 말을 못 하거나 모자란 아이인 줄로만 알았습니다. 마땅히 관아에 고해야 하나 며칠은 굶은 듯 야윈 터라 충분히 먹이고 재운 뒤에 내려갈 생각이었습니다. 정말입니다!"

아이는 아무 말 없이 경계하는 눈으로 보경을 쳐다보았다. 보경은 말을 건넸다.

"네 아비가 김수팽이냐."

아이는 말없이 고개를 끄덕였다.

"혹시 네 아비가 너한테 맡긴 물건이 있지 않더냐?"

아이는 가만히 노려볼 뿐이었다.

"혹시 아비가 이러지 않았더냐. 이것은 누구에게도 들켜선 안 되는 중요한 물건이라고. 그래서 숨기고 있던 게 아니냐."

아이는 미동도 하지 않았다.

"난 네 아비의 친구다. 아버지의 뜻에 따라 그것을 이 세상에서 가장 안전하게 보관해주려 한다. 관아에서 보관한다면 누구도 넘보지 못하지 않겠느냐."

그렇지만 아이는 아무런 반응이 없었다.

"아이는 처음부터 아무것도 가지고 있지 않았습니다. 무언가를 숨기는 기색도 없었고요."

약초꾼은 덧붙였다.

만일 김수팽이 아이더러 죽통을 처분하게 했다면 숨기기보다는 완전히 없애버리라 일러뒀을 것이다. 발길이 닿지 않는 산중에 버렸다면 찾을 방도가 없다. 그야말로 산속에서 대나무 마디 찾기다.

관아에 데려와서도 별다른 방법을 찾아내지 못했다. 아이는 경계심이 강했다. 먹을 것을 주고 씻기고 좋은 옷을 입혀 놔도 도통 입을 열려 하지 않았다. 아비가 죽었다는 사실은 전하지 못했지만 보경은 아이가 그것을 알고 있는 게 아닌가 생각했다. 모르더라도 어차피 오가는 사람들 사이에 있다 보면 알게 될 일이다.

그렇지만 어린아이에게 무엇을 더 요구하겠는가. 최현감 부자는 아이를 관아의 헛간에 살게 했다. 시간이 지나 말을 찾게 되면 적당한 곳에 양녀로 보내기로 했지만 그대로 관아에서 허드렛일이나 하며 지내는 것도 괜찮을 것 같았다. 어차피 주술사는 천인이었고 부모마저 없다면 선택권은 그리 많지 않았다. 이름은 보경이 정했다. 약간의 악의와 장난을 담아 보경은 아이를 죽동이라 불렀다.

3

죽동과 별개로 소문에 대한 조사는 계속되고 있었다. 조사는 소문의 타래를 타고 이뤄졌다. 입이 싼 자를 잡아다가 염매에 대한 소문을 어디서 들었는가 캐물은 뒤, 그 근원을 거슬러 올라가는 식이었다. 며칠에 걸쳐서 현의 사람들이 연달아 불려 왔고 피가 여기저기 엉겨 붙은 바닥과 헌간의 엄포에 벌벌 떠는 사람들의 입에서 소문의 근원이 드러났다.

그리하여 다다른 곳은 한강 변에 사는 변 씨네 어린 아들이었다.

"제, 제, 제, 제, 제가, 드, 드, 드, 들은 곳은, 도, 도, 도성 바, 바깥, 시, 시, 시장이어, 었습니다."

"떨지 말고 말해보거라. 너를 책망하는 것이 아니다. 사실만 올바르게 고하면 바로 내보내주겠다."

동헌 마루 의자에 앉아 단령을 입고 등채를 든 현감은 소년을 내려다보며 말했다. 하지만 이 소년은 벌써부터 콧물을 흘리며 울고 있었고 쉽게 진정할 것 같지 않아 보였다.

"예, 예, 예, 예, 저, 저는 사, 사람들이 모, 모, 모, 모인 곳에서 재, 재미난 이야기를 하, 한다고 해, 해, 해, 해서…"

"그러니까 누가 그 이야기를 하고 있었는지 말할 수 있겠느냐?"

"그, 그, 그, 그렇, 스, 습니다. 그, 그, 그자는 바로, 이, 이 동네에 왔었던, 기, 기, 김수팽이었습니다."

최강희는 의자에서 벌떡 일어났다.

"그게 정말이냐? 정말 그자한테서 염매에 대한 소문을 처음 들었느냐?"

"아이고. 그, 그, 그렇습니다!"

소년은 바닥에 눈물을 뚝뚝 떨어뜨리며 말했다.

"정확히 말해보거라. 김수팽이 불길한 죽통을 들고 다니며 직접 보여준 게 아니라, 그것에 대한 이야기를 퍼뜨리고 다녔다는 말이냐?"

"그, 그, 그렇습니다…."

최강희는 혼란을 느꼈다. 김수팽은 오직 결백만을 주장하며 고문을 견디다 죽었다. 만일 그 자신이 소문을 퍼뜨린 당사자라면 그것을 솔직히 말하는 편이 자신에게 유리했을 것이다. 애초에 이 조사의 목적은 소문의 진상을 밝히는 것이었기 때문이다. 만일 그것이 헛소문임이 확실해진다면 그것으로 조사는 끝나게 된다. 물론 해로운 소문을 퍼뜨린 김수팽은 별도의 처벌을 받게 되겠지만, 아이를 죽이고 부자들을 저주하고 다닌다는 혐의를 받고 죽는 것보다는 훨씬 나은 일이다.

김수팽은 도대체 왜 사실을 말하지 않은 것인가? 최강희는 지금 이 자리에서 답을 찾을 수 없었다. 일단 의문을 남겨두기로 하고 다시 아이에게 물었다.

"잘 말해줬다. 한 가지만 더. 혹시 그때 김수팽이 작은 여자아이를 데리고 다니지 않았느냐? 너와 비슷한 또래라 쉽게 눈에 띄었을 것이다. 여자아이지만 남자아이 옷을 입었을 수도 있다."

"보, 보, 본 적 없습니다. 그, 그, 그자는 호, 혼자 그 이야기를 떠들고 다녔습니다."

"그자를 몇 번이나 봤느냐."

"가, 가, 가, 같은 자리에서 세, 세, 세, 세 번은 보았습니다."

최강희는 알았다 하며 소년을 내보냈다.

"아버님."

보경이 다가와 말했다.

"생각 중이다. 이게 어떻게 된 일인지."

최강희는 다시 의자에 털썩 주저앉았다.

"그자에게 다른 꿍꿍이가 있었던 걸까요?"

"무슨 꿍꿍이 때문에 자기 목숨을 바친단 말이냐. 그런 잡배들에게 가장 중요한 것은 자기 목숨이다. 한 끼 식사를 위해 백 리 길을 떠돌 수 있는 자란 말이다. 그자에게 무슨 음모나 공명심이 있어서 거짓을 고하고 죽었겠느냐."

"자기 딸을 지키려던 게 아닐까요? 천한 자라 해도 아비잖습니까. 아비 된 자로서 자신을 버리고 자식을 구하려는 것은 당연한 일 아니겠습니까."

"그자가 자기 자식을 감추려 한 것은 분명하나, 굳이 그러지 않아도 되었다. 우선, 소문을 떠들고 다닐 땐 자식을 동원하지 않았고, 또 사실대로 말한다 하더라도 자식에게 해가 갈 일은 없다."

보경은 그 말에 수긍했다.

"김수팽을 너무 성급하게 죽인 것 같습니다."

"오래 살렸다 하더라도 스스로 목숨을 끊었을 것이다. 아마 그것이 그의 목적이었을 것이다. 지금 우리가 이런 고민을 하도록 하는 것이."

"어찌 그렇게 생각하십니까."

"느낌에 그렇다."

*

보경은 혼자 흙장난을 하고 있는 죽동에게 다가갔다.

죽동은 며칠이 지나서도 여전히 입을 열지 않았다. 몸에 무슨 문제라도 있나 싶어 의원도 불러봤지만 의원은 그런 것 같지는 않다고 했다. 날 때부터 말을 못 하는 아이도 아니다. 그런 사람이라면 손짓이나 발짓 등 다른 방식으로라도 자신의 뜻을 표현하고자 하는 모습을 보이기 마련이다.

하지만 죽동에게는 그 어떤 소통 의지도 없었다. 입 하나만 다물고 있으면 완전히 휘장을 칠 수 있다고 믿는 것 같았다.

보경은 죽동의 앞에 그림자를 드리웠다. 아이는 나뭇가지로 글자도 그림도 아닌 것을 그리고 있었다.

"점심은 먹었느냐."

죽동은 보경을 힐끗 보더니 흙장난에 집중했다.

"일하는 사람들을 쫓아다니면 먹을 것을 준다 하지 않았느냐. 듣자 하니 도망만 다닌다고 하던데."

아이는 여전히 말이 없었다.

"밥은 먹어야 하지 않겠느냐. 관아 밥 얻어먹기가 어디 쉬운 줄 아느냐."

보경은 주머니 속에서 엿 조각 하나를 꺼내 내밀었다.

"엿이다. 이거라도 먹어보지 않으련? 엿은 좋아하느냐."

죽동은 쭈그려 앉은 채로 보경을 빤히 올려다보았다. 보경은 허리를 숙이고 죽동의 입에 엿을 갖다 대었다. 죽동은 순순히 입을 벌려 그것을 받아먹었다.

"먹긴 먹는구나. 여기 있는 동안은 잘 먹여줄 테니 맘 편히 있거라."

돌아가려는데 어사 조영세와 마주쳤다. 보경은 고개를 숙였다.

"나와 계셨습니까, 어사 나리."

조영세는 죽동을 가리키며 말했다.

"저 아이는 누군가?"

보경은 아이가 여전히 바닥을 그리는 것을 보고는 대답했다.

"죽은 김수팽의 딸입니다. 아비에 관한 것을 알고 있을까 하여 데리고 왔는데 말을 잃어버린 것 같습니다."

"말을 잃어? 제 아비의 죽음을 알고 그리된 것인가?"

"그건 아닙니다. 처음 데려올 때부터 그러했습니다. 떠드는 소리를 주워들을 수는 있겠지만. 본래 벙어리는 아닌 듯합니다. 분명히 뭔가 사연이 있어…."

어사는 아이를 잠시 바라보다가 안으로 들어갔다. 보경은 바로 아버지에게 달려갔다. 조금 전의 대화에서 문득 깨달음을 얻었기 때문이었다.

"죽동에겐 분명히 뭔가가 있습니다. 본래 말을 못 하던 것이 아니라면, 제 아비가 잡혀 오기 이전에 어떤 일 때문에 말을 잃은 것이 분명합니다. 조금 더 여유를 두고 가까이서 지켜보는 것이 어떨까 합니다."

최강희는 바로 허락했다.

이후 보경은 곁에 머물면서 죽동을 보살폈다. 아이는 다행히 점차 밥도 잘 먹게 됐고 얼굴빛도 점점 나아졌지만 말이 없는 것은 여전했다. 게다가 그 누구도 따르지 않았다. 허드렛일을 시키면 시키는 대로 했지만 일꾼이든 아전이든 누구에게도 일절 마음을 열지 않았다. 일꾼의 물건에 손을 댔다고 오해를 사서 두들겨 맞은 적도 있었는데 그때도 울기만 하고 한마디도 내뱉지 않았다. 보경은 어떤 일에도 끼어들지 않고 멀찍이 서서 지켜보기만 했다. 가끔 아이가 담장 밑에 숨어 울고 있으면 다가가 엿을 건네주기도 했다.

다시 일주일 정도 지났을 때, 보경은 문득 죽동의 흙장난에 무언가 규칙이 있다는 것을 깨달았다. 그것은 글자보다는 그림에 가까웠다. 대번에 무엇인가 알아보기는 어려웠지만 꾸준히 지켜본 바로는 그 손길이 마치 능숙한 붓놀림처럼 일정한 궤도를 이룬다는 것을 알 수 있었다.

무언가를 그리고 있다. 혹시 거기에 어떤 뜻이 있지 않을까. 보경은 그것을 자세히 관찰했다. 그림을 그릴 때는 아랫사람들로 하여금 일절 근처에 접근하지 못하도록 했다. 그리고 그것이 항상 비슷비슷한 구도를 나타내고 있다는 것을 발견했다.

그림의 정체를 알아낸 보경은 바로 아버지에게 달려갔다.

"알아냈습니다. 그 아이가 그리고 있던 것. 그것은 바로 지도였습니다."

"지도?"

"네! 보통의 지도나 산수화와는 다르게 표현돼 있어 알아보기가 어려웠습니다. 하지만 구불구불한 것, 동글동글한 것,

삐죽삐죽한 것들을 맞춰보면 지도가 틀림이 없습니다."

보경은 아이의 그림을 일반적인 방식으로 옮겨 그린 지도를 펼쳐 보였다.

"그런데 지도라면 자고로 기준이 되는 위치가 있어야 하지 않겠느냐. 그냥 산세를 그린 지도가 어디를 가리키는지 어떻게 알아낸단 말이냐."

"그래서 생각해봤습니다. 시작점이 바로 김수팽의 은신처가 아닐까 하고요."

최강희는 지도를 뚫어지게 쳐다보며 고개를 끄덕였다.

"알 것 같구나. 이게 어디를 말하는지."

"목적지가 불분명하지만, 이 길이 닿는 곳 끝에 무언가가 있을 것 같지 않습니까."

"아이가 말하지 않고 지도로 무언가를 기억하고 있었다고? 어째서 그래야 했단 말이지?"

"일단 가보겠습니다. 거기에 아무것도 없다 하더라도 확인은 해봐야지요."

"이번엔 나도 같이 가겠다."

"굳이 그럴 필요 있습니까."

"아니다. 불길한 예감이 든다. 김수팽이 아이를 시켜 무언가를 남긴 건지, 아니면 아이가 뭔가를 기억한 건지, 아니면 그냥 장난인지. 어째서 전하께서 이 소문을 경계하시는지. 뭐라도 직접 눈으로 확인해야겠구나. 해가 저물기 전에 가자."

"그렇다면 사람을 불러…."

"어쩌면 이 사건의 진상을 아는 사람이 많아서는 안 될지도 모르겠다. 너와 나, 두 사람에 그쳐야 한다."

"하오면 소자 혼자…."

"애비가 자식을 내버려둘 수 있겠느냐. 더는 말 말거라."

두 사람은 곧바로 자리에서 일어났다.

4

부자는 관악산의 좁디좁은 길을 헤맸다. 한 명 정도가 간신히 다닐 수 있는 험한 길이 나 있었다. 주의 깊게 보지 않았다면, 그리고 지도가 없었다면 그곳에 길이 있는지도 알지 못했을 것이다. 길이란 본디 사람이 다니며 나는 것이니까. 하지만 그 길은 산중 사람이 다닐 수 있는 곳끼리 이어진 것에 가까웠다. 지도에는 눈에 띄는 나무나 바위, 개울 등만 표시돼 있었지만 그것만으로도 충분했다.

두 사람은 해가 질 무렵 숨겨진 분지를 찾아냈다.

산세를 타고 목책이 높이 솟았고 병졸 둘이 입구를 지키고 있었다. 깃발도 없고 먼지도 고함 소리도 없는 것을 보아 군사 진지는 아닌 것 같았다. 진지라 하기에는 위치도 너무나 은밀했다.

"설마 산적 소굴은 아니겠지요?"

보경은 소리 낮춰 말했다.

"산적이 저리 군복을 입고 당파를 들었겠느냐."

최강희는 말했다.

부자는 안이 들여다보이는 장소를 찾아 움직였다. 분지 주위를 따라 움직이는 것은 더욱 힘들었다. 나뭇가지에 옷과 갓이 찢어져 멀쩡한 곳이 없었지만 감당해야만 했다. 빽빽한 나무와 덩굴 사이를 비집고 그들은 마침내 목책 안쪽이 들여다보이는 위치를 잡았다.

어둠 속에서 그들은 도깨비를 보았다.

분명히 그것은 갑주를 입은 장수의 겉모습을 하고 있었다. 하지만 주변 병졸과 비교해봤을 때 그 크기가 두 배는 되어 보였다. 이상한 것은 그뿐만이 아니었다. 그들의 가슴팍에서는 불이 타오르고 있었다. 마치 화로 틈새로 비치는 불꽃처럼, 그들은 가슴에 불을 품고 있었고 온몸으로 연기와 수증기를 내뿜었다. 매캐한 유황 냄새와 탄내가 최씨 부자가 올라 있는 나무까지 풍겨왔다. 그 냄새가 무엇인지 너무도 분명했다.

그것은 증기기기의 냄새였다.

장수들은 짝을 지어 훈련하고 있었다. 칼 혹은 창을 든 장수들은 요란한 소리를 내며 맞붙었다. 그 덩치에서 나오는 것이라고는 생각할 수 없는 빠른 속도였다. 내로라하는 무관들이라 해도 따라잡을 수 없는 몸놀림이었다. 그들은 연기 속에서 불꽃을 튀기며 싸웠다. 훈련을 감독하는 자는 철릭을 입고 있었다. 거대한 장수들은 훈련 대장의 구호령에 따라 한 합씩 공수를 주고받았다.

그리고 높은 대 위에서 그들을 내려다보는 갓 쓴 사람이 있었다. 최강희는 대번에 그가 직책 있는 관리라는 것을 알아보았다.

"내려가자. 들켰다가는 무사하지 못할 것이다."

최강희는 말했다. 보경도 똑같이 생각했다. 두 사람은 두려운 마음을 안고서 어두워진 산길을 더듬어 관아로 돌아갔다.

5

부자는 밤이 깊어 다시 모였다.

"어떻게 생각하느냐."

최강희는 아들에게 물었다.

"겉보기로는 도저히 이해할 수 없는 일입니다. 이 사건 자체가 사악한 주술이 아닌가 하는 생각이 들 정도로요. 하지만 이치를 가만히 따져보자면 답을 찾을 수도 있을 것 같습니다."

"그러냐? 생각한 것을 말해보거라."

보경은 설명을 시작했다.

"김수팽은 자기 자식을 숨기고 있었습니다. 난전에서 염매에 관해 떠들 때도 아이를 보이지 않은 것을 보자면 그것은 틀림없는 일입니다. 아비가 자식을 왜 숨길까. 그것은 자식을 지키려는 연유 말고는 생각할 수 없는 일입니다. 그렇게 생각하면 모든 일이 설명됩니다."

"계속하거라."

"먼저, 김수팽은 떠돌아다니다 이 고을로 흘러들어옵니다. 그자는 본래 귀신을 쫓거나 불러들이고 대가를 받는 천한 주술사입니다. 그러려면 먼저 그 고을에 대해서, 그곳 사람들이 무엇을 믿고 무엇을 두려워하는지 알아야겠죠. 분명히 이곳저곳을 돌아다니다가 그 진지를 발견했을 것입니다.

그리고 거기서 우리가 본 것을 봤겠지요. 그는 약삭빠른 자입니다. 그것을 봤다는 것만으로도 자기 목숨이 위험하다는 것을 알았을 것입니다. 아시다시피, 이 나라는 증기기술의 제작은 엄히 제한하고 있습니다. 만일 나라에서 그런 것을 남몰래 운용했다고 한다면 또다시 피바람이 불지도 모르는 일입니다.

문제는 그것을 자기 자식과 함께 봤다는 점이겠지요. 그는 입단속을 하려 했지만, 어린 딸은 그만 그것을 누군가에게 발설하고 말았을 것입니다. 이 소문이 퍼지고 만다면, 자신은 물론이고 딸의 목숨도 위험해집니다. 그리하여 그는 꾀를 낸 것입니다. 여기에 다른 소문을 얹어 퍼뜨리는 것이지요. 바로 염매에 관한 소문입니다.

이것이 그가 직접 소문을 내었음에도 그 사실을 함구한 이유가 될 것입니다. 그리고 자식에게는 엄히 타일렀겠죠. 내가 잡혀가면 죽은 줄 알아라. 그리고 아무 말도 못 하는 척하라. 네가 말을 한다는 것이 알려지면 너 또한 죽을 것이다, 하고요.

김수팽은 자기 딸을 위해 죽은 것입니다. 그것이 아비의 정이고 그것이 인륜입니다. 맹자께서는 누구에게나 선한 단서가 있다고 하셨습니다. 아무리 천한 자라 해도 자식을 생각하는 마음은 하나같지 않겠습니까. 사람으로 태어났으니 말입니다."

최강희는 수염을 쓰다듬으며 고개를 끄덕였다.

"일리가 있구나. 하지만 그렇다면 몇 가지 의문이 생긴다. 우선, 그 말이 맞는다면 김수팽은 자기 딸을 데리고 그 험한 산길을 다녔다는 것이 된다. 딸을 아끼는 자가 왜 굳이 그렇게 했겠느냐?"

"그것은…."

"그리고 왜 딸은 자기가 다닌 길을 지도로 그리고 있었겠느냐. 일언반구 하지 말라는 아비의 유지를 들었다면 그것도 하지 말았어야 하는 일 아니더냐."

보경은 말없이 고개를 끄덕였다.

"또 있다. 아무리 영특한 아이라 하더라도 아직은 부모 앞에서 재롱떨 나이다. 만일 제 아비가 이곳에 와서 죽었다는 것을 안다면 어찌 지금까지 그리워하는 모습이나 원망하는 모습을 보이지 않는단 말이냐."

"확실히 그것은 이상하군요. 제가 또 하나 들자면, 분명히 듣기로 김수팽은 이곳에 올 때부터 혼자였다고 했습니다. 자식을 보호하기 위해서라면 그럴 필요도 없었겠지요. 기기장수를 발견한 것은 그 이후일 테니까요."

"너도 이제 이치를 깨달았구나."

"그럼 아버님은 어떠십니까. 생각해본 게 있으십니까."

"조금 있긴 했지만, 아무리 생각해도 말이 안 되는 것뿐이더구나. 그렇지만 네 말을 듣고 머릿속이 밝아졌다."

"아니, 제 말이 틀렸다 하셨잖습니까."

"전부 틀렸다고는 하지 않았다. 몇 가지만 바꾼다면 내 생각에 완벽한 답이 나올 것 같다."

"그것을 들어볼 수 있겠습니까?"

"하지만 우리끼리 떠들어서 무엇하느냐. 본인의 입으로 직접 듣는 것이 낫겠지."

"본인이라면, 죽동이를 말하는 것입니까? 하지만 그 아이는…."

"내 생각이 맞는다면 그 아이는 이제 입을 열 것이다. 지금 데리고 오너라. 자고 있다면 깨워서라도."

보경은 바로 일어났다.

6

죽동은 깨어 있었다. 마치 자신을 부를 것이라 예상하기라도 하듯. 죽동은 현감이 보자고 한다는 말을 듣고 순순히 따랐다.

"죽동아."

최강희는 말했다.

"아니, 그것은 우리가 부르는 이름이지. 너는 이름이 있을 테고, 김수팽의 딸도 아닐 테지."

보경은 깜짝 놀랐지만 끼어들지는 못했다.

"나랑 놀이 한번 해보지 않겠느냐. 수수께끼 놀이다. 내가 너에 대한 것을 말할 테니 그게 맞으면 그렇다고 말을 해주는 거다. 어떠냐?"

죽동은 가만히 최강희를 올려다보았다.

"너는 김수팽의 딸이 아니다. 그렇다면 분명히 다른 누군가의 자식일 테지. 김수팽은 석 달 전 혼자 이곳에 와 살기 시작했다. 너와 만난 건 그 뒤의 일이겠지."

죽동은 대답이 없었다.

"넌 그전에도 떠돌이였을까? 아니다. 처음 봤을 땐 많이 더러웠지만 넌 씻기고 옷 입히고 보니 금방 양반집 생활에 적응했다. 최소한 넌 종은 아니었다. 집이 있고 부모가 있었겠지."

최강희는 죽동의 반응은 살피지 않고 계속 말했다.

"네 부모는 이미 죽은 게야. 부모를 잃은 널 김수팽이 거둔 거지. 그런데 왜 죽었을까? 이번 일과 한번 연결해볼까? 우린 네가 그리던 것이 지도임을 알고 있다. 그 지도를 따라가 보니 거기서 무시무시한 증기기기를 만났지."

그때 죽동의 눈빛이 흔들린 것을 보경은 놓치지 않았다.

"알 것 같군. 넌 김수팽보다 먼저 증기장수를 만났어. 그리고 그것을 떠벌리고 다녔고. 네 부모는 그래서 죽었다. 어쩌면 이미 김수팽과 넌 안면이 있었는지도 모르지. 하지만 널 거둔 건 분명히 그 뒤다. 김수팽은 널 보호하려고 네 정체를 숨겼다. 혹여 들킬 경우를 대비해 너에게 남자아이의 옷을 입히기도 했지. 그리고 네가 그것을 보았다는 사실을 숨기기 위해 염매의 소문을 뿌리고 다녔다. 그리고 넌 그자의 당부대로 입을 닫았다. 살기 위해서. 입을 한번 놀린 대가가 어떤 것임을 알기 때문에."

그 말을 듣는 순간 죽동의 눈에서 포도알이 터지는 듯 눈물이 왈칵 쏟아졌다. 그리고 한 번도 낸 적 없던 목소리를 들려주었다.

*

"저는 노량진의 폐 병기장에서 그것을 보았습니다. 예. 제가 그것을 본 것은 사실이지만, 저는 결코 떠들고 다니지는 않았습니다. 저는 그것을 보고서 바로 부모님께 말했습니다.

지희 부모님 역시 결코 입이 싼 사람이 아니었습니다. 아버지는 곧바로 한성부에 가서 그것을 고했습니다. 그래서 어떻게 되었는지 아십니까? 제가 측간에 가느라 잠시 밖으로 나온 사이에, 사람들이 우르르 몰려와 불이 붙은 짚을 지붕에 던지고 가버리는 것을 저는 보았습니다. 어머니와 아버지는 그 안에서 나오지 못하셨습니다. 저는 알 수 있었습니다. 제가 본 그것 때문에 집과 부모님이 그렇게 된 거라고요.

아저씨는 다 불타버린 집 앞에서 울고 있는 저를 둘러메고 산속으로 데려왔습니다.

어르신 말대로 우린 이미 아는 사이였습니다. 저는 아저씨한테 제가 본 것과 들은 것을 모조리 말해주었습니다. 아저씨는 무서운 얼굴이 되어 다시는 그것을 입 밖에 내지 말라고 일러두었습니다. 그리고 사내아이의 옷을 입히고 산속에서 살도록 했습니다.

아저씨는 저를 산속 움막에 두고서 어디론가 다니기 시

작했습니다. 한 일주일을 밤을 거르기도 하며, 때로는 옷이 온통 찢어지고 피를 뚝뚝 흘리면서 나타나기도 했습니다. 아저씨가 무언가를 찾아다닌다는 것을 저는 알 수 있었습니다. 어느 날, 아저씨는 저에게 말했습니다. 제가 본 것이 무엇인지 알아냈다고요. 그러면서 저를 그곳에 데리고 갔습니다.

바로 거기서 본 것이 커다란 장수들이었습니다. 아저씨는 저에게 제가 본 것이 그것이 맞느냐 물었습니다. 저는 그게 확실하다고 대답했습니다.

그 뒤로 아저씨는 현감 어르신이 말씀하신 대로 이상한 소문을 내고 다녔습니다. 그것만이 제가 살 방법이라면서요. 그리고 말했습니다. 만일 관아에서 자신을 잡으러 온다면, 절대로 아무 말도 하지 말라고요. 그러면 다들 제가 그의 아들인 줄 알 테고, 살아남을 수 있을 거라고요. 그리고, 그리고… 자신이 만일 잡혀가게 된다면… 반드시 조정에서는 자신을 죽일 거고… 그러지 않더라도 스스로 목숨을 끊을 거라고….”

죽동은 서럽게 우느라 더는 말을 잇지 못했다.

“네 이름은 무엇이냐.”

최강희는 부드럽고 나직한 목소리로 말했다.

“효비라 합니다.”

“바닥에 지도를 그린 이유는 무엇이냐. 왜 우리에게 그곳의 위치를 알리려 했느냐."

"그렇게라도 하지 않으면 억울하게 죽은 부모님의 한을 풀 수 없을 것 같았습니다."

"갸륵하구나. 말했듯이, 나는 그 지도를 보고 거길 가서 그 증기장수를 직접 보았다. 노량진에서 보았다는 것이 그것이 확실하느냐."

"네. 하지만 그것은 이미 움직임을 멈추고 버려진 것이었습니다. 그 안에 무엇이 들어 있었는지 어르신은 상상도 못 할 것입니다."

"그 안에 말인가."

최강희는 그렇게 말하고, 헛기침을 했다. 그러더니 아들에게 눈짓하며 말했다.

"목이 마르구나. 물 좀 떠오지 않겠느냐. 이 아이 것도 함께 가져오너라."

보경은 자리에서 일어났다.

보경이 나가자 최강희는 목소리 낮춰 말했다.

"말해보거라. 그게 무엇이었는지."

죽동, 아니 효비는 코를 훌쩍이며 말했다.

"그 안은 기계로 가득했습니다. 투구 안쪽은 비어 있었고, 그 밑으로 저잣거리에서 볼 수 있는 온갖 기통과 연결봉, 태엽, 나들통이 가득했습니다. 하지만 그게 문제가 아니었습니다. 그것의 가슴팍엔, 차마 입에 담을 수 없는 끔

찍한 것이….”

“그게 무엇이냐.”

단호한 최강희의 말에, 효비는 두레박으로 말을 끄집어 올리듯이 힘겹게 말을 토해냈다.

“그것은, 사람이었습니다. 그 사람은, 아아, 생각만 해도 두렵습니다. 그는 얼마나 곯았는지 비쩍 말라 있었고, 팔다리가 잘려 있었고, 잘린 팔다리가 기계와 이어져 있었습니다. 상투 틀고, 망건까지 두르고 수염까지 나 있었지요. 물론 이미 죽어 있었지만요. 마치 말린 곶감 같은 그 얼굴을, 하얗게 뒤집어 뜬 그 눈을, 저는 잊을 수가 없습니다….”

“사람이, 그 안에 있었단 말인가…. 사람이….”

효비는 다시 울음을 쏟으며 바닥에 엎드렸다. 최강희는 떨리는 손을 멈출 수 없었다. 그때, 보경이 물 주전자를 가지고 들어왔고, 시뻘게진 아버지의 얼굴을 보았다. 어찌할 줄을 몰라 그대로 서 있는데 최강희는 떨리는 목소리로 말한다.

“둘 다 가보거라. 밤이 늦었다.”

효비는 도망치듯이 자신의 헛간으로 되돌아갔고 보경도 달빛 속에서 고민하다 방으로 들어갔다.

7

"이렇게 된 것입니다."

최강희는 어사 앞에서 알아낸 것들을 이야기했다. 하지만 있는 그대로 이야기할 수는 없었다. 밤새도록 고민했지만 도저히 효비 이야기를 고스란히 말할 수는 없었다. 이 작은 여자아이가 무슨 죄를 지었는가. 본 것을 솔직히 제 부모에게 말했을 뿐이었다. 그 바람에 그 부모가 죽었고, 아이를 보호하려던 주술사가 죽었다.

이야기는 전부 김수팽을 중심으로 바꾸었다. 보경이 그린 지도를 김수팽의 집에서 발견했다고 말했고, 김수팽이 무슨 연유인지는 몰라도 기기장수에 대한 소문을 염매로 각색해 떠들고 다녔다고 말했다. 어쨌든, 소문의 근원은 김수팽이 맞았으니 잘못된 보고는 아니었다. 단지 거기서 작은 아이 하나가 빠졌을 뿐이었다.

"그렇군요. 잘 알겠습니다. 장계는 제가 올리겠습니다. 수령은 큰일을 하셨습니다."

조영세는 말했다.

"저는 두렵습니다. 그것은 도대체 누가 만드는 것입니까. 비밀리에 그런 것을 만들어도 되는 겁니까."

최강희는 말하고서 술잔을 들이켰다. 조영세가 가져온

술이었다. 특별히 궐에서 마시는 술이라고 했다. 술이 세다고 했더니만 어사는 두 병이나 꺼내 놓고 잔뜩 취하자고 권했다.

"그것은 아실 필요 없습니다."

조영세는 술을 마주 입에 따랐다.

"그렇지만 알려지면 큰 문제가 되겠지요. 그래서 이렇게 특별히 조사를 하는 것 아닙니까."

"흠. 그럴 수도 있겠군요."

조영세는 무심한 듯 말했다.

"짐작건대, 조정에서 붕당에 따라 패거리 지어 의견을 달리하지 않습니까. 입장에 따라, 학파에 따라 이것의 만듦과 그렇지 않음이 달라지니 내놓고 만들지 못하는 것이 아닙니까. 잠깐 보았는데 이 장수 한 기당 넉넉히 천 사람은 당해낼 수 있을 것 같더이다. 그 유용함이란 이루 말할 수 없을진대, 그것을 세상에 내놓지 못하는 이유란 그것 외에는 없지 않겠습니까."

"하하. 강 건너에 앉아서 조정까지 꿰뚫어보시는군요, 현감."

"조금 더 해봐도 되겠습니까. 과거에는 증기기기의 사용 자체를 논했지만 이제는 사람과 물(物)의 차이에 대해 논하고 있습니다. 인간과 만물에 동일한 이치, 도덕을 주재하는 선한 본성이 들어 있는가, 아닌가. 인간과 사물의 본성이 같다면 인형 역시 도덕의 주체가 될 수 있습니다. 그렇지만 인간과 사물을 구분해야 한다면 문제가 달라지지요. 만일 인형이 스스로 움직인다면 그것은 강상(綱常)의 죄를 범한 것과 다름없어질 테니까요. 만일 이 병기의 문제로 이견이 갈린다면, 분명히 왕통을 잇는 문제와 결부될 것."

"그만."

조영세는 말했다.

"너무 나가십니다. 더는 들어드릴 수 없을 것 같습니다."

"알겠습니다. 오늘따라 술이 잘 받는군요."

최강희는 이 이상 캐낼 수 없다 생각하고 말을 거두었다.

"입에 맞으셔서 다행입니다."

"마지막 가는 길에 이런 호사를 누려 다행입니다."

"이런."

조영세는 헛웃음 지으며 고개를 저었다.

"허허. 이래 봬도 술에는 일가견이 있습니다. 술이 아닌 다른 게 들어 있으면 바로 압니다."

최강희는 낯빛 하나 바뀌지 않고 말했다.

"역시 대단하십니다. 현감에 머물기엔 아깝다 생각합니다. 이번 일도 그렇고요."

"과찬을."

문득 생각이 스쳤다. 효비가 그림을 그린 이유가 정말

부모의 원한을 풀고자 함일까. 비밀 진지를 알린다고 부모의 억울함이 해결될 수는 없다. 혹시 다른 뜻이 있던 것은 아닐까. 단지 그것을 자신에게 알게 하는 것이 목적이 아니었을까. 바로 이 결과를 예상하고.

최강희는 소문의 내용을 떠올렸다. 죽통에 머물러 있던 굶주린 아이의 귀신은 저주 대상에게 옮겨가 병을 내린다. 팔다리가 잘린 남자는 마치 아이와 닮아 보이지 않겠는가. 그들이 죽어 나간다면 그를 가두던 기계몸은 커다란 죽통처럼 매정하게 버려지지 않겠는가. 지금 이 상황은 김수팽이 만들어낸 해괴한 소문 그대로가 아니던가.

친부모의 원한이 아니었다. 효비에게 김수팽 역시 자신을 거둬 준 소중한 은인이었다. 김수팽을 죽게 한 사람은, 다름 아닌 자신이었다.

과한 생각이었다. 그리고 이제 와서 아무 의미도 없었다.

"어사또. 마지막 소원 하나 들어주시겠습니까."

최강희는 말했다.

"물론이죠."

"궐을 향해 절 한번 올리게 해주십시오."

"좋습니다."

조영세는 일어났고, 최강희는 상을 옆으로 밀어둔 뒤, 북쪽을 향해 절을 올렸다.

두 사람은 담소를 나누며 각자의 술병을 비웠다. 다음 날 동틀 무렵, 최강희는 꼿꼿하게 앉아 숨을 거둔 채로 발견되었다. 그의 품에는 한 통의 편지가 숨겨져 있었다. 글씨가 바르지 못하여 이미 만취했거나 정신이 혼미할 때 쓴 것으로 보였다. 수신자는 도로라는 자였다. 보경은 그것을 남몰래 감추었다.

*

"결국, 이렇게 되는군요."

밤새 마루에 앉아 어사를 지키고 있던 수행 역졸 권유솔이 길게 하품하며 말했다.

"네가 뭘 안다고 참견이냐."

어사 조영세는 핀잔을 주었다. 두 사람은 사람들이 일어나기 전에 관아를 빠져나가는 중이었다.

"그래도 너무합니다요. 아무 잘못도 없는 사람 아닙니까."

"어쩔 수 없는 일이다. 나는 임금을 따를 뿐이다."

"헤에. 그나저나 현감 나리도 참 대단하신 분입니다. 죽는다는 것을 알고 임금께 절을 올리다니요. 정말 대단한 충심입니다."

권유솔은 뒷걸음질로 멀어져가는 관아를 보며 말했다.

"꼭 그런 것만은 아닐 것이다."

"네?"

"자구책이지. 죽는 순간에 충신이 되어야만 자기 가족을 살리거든. 특히 아들 최보경 말이다. 조사할 때 한몫한 모양이다. 뭔가 아는 것도 있겠지."

"예에? 그럼 그 아들이나 가족도 죽게 되는 겁니까?"

"무슨 죄로? 난 본 그대로 올릴 생각이다. 그리고 최강희는 술을 먹다가 지병으로 죽은 것이다."

"아니, 분명히 술에 독을 탔다고…."

"어허! 뭔 말이 그렇게 많으냐!"

어귀에 들어서려는데 한 아이가 길목을 지키고 서 있었다. 머리를 풀어헤치고 남자아이의 옷을 입고 있었지만 조영세는 그 아이가 누구인지 알 수 있었다. 죽동이라고 했던가? 떠돌이 주술사의 딸이라고 했지. 관아에 얹혀살긴 했지만 자주 눈에 띄지는 않았다. 조영세는 그 아이가 아비를 잃은 충격으로 얼이 빠져 있는 것이 아닌가 생각하고 있었다.

아이는 지나치는 조영세 일행은 신경도 쓰지 않고서 관아 쪽만 노려보고 있었다. 그 독기 어린 모습은 흡사 원한을 품고 목이 잘리기 직전의 사형수 같았다.

아이는 그렇게 있다가 느닷없이 까르르 웃었다. 그리고 앙칼진 목소리로 외치기 시작했다.

"염매다! 염매의 저주다! 그 안에 깃든 혼이 집주인을 저주하고 목숨을 앗아 간 것이다! 이 저주는 옮겨 다닐 것이다. 그것이 있는 곳으로. 응당 가야 할 곳으로!"

조영세는 혀를 차며 아이 곁을 지나쳐 한양으로 발길을 옮겼다.

지신사의 훈김

이서영

"중전마마가 드셨사옵니다."

왕은 잠자코 고개를 끄덕였다. 왕과 중전은 결코 사이가 좋은 부부는 아니었다. 그러나 중전은 훌륭한 아내였다. 단 한 번도 이렇듯 예고 없이 앞서 달려와 만나기를 청한 적이 없었다. 중전이 치맛자락을 펄럭이며 왕의 거처로 나아오는 건 예삿일이 아니었다. 왕뿐만 아니라 구중궁궐의 누구라도 알고 있었다. 심지어 시각은 조반조차 들기 전이었다.

"들라 하라."

중전은 아미를 숙인 채 눈을 내리깔고 왕 앞에 섰다. 먼저 가볍게 예를 표하려는 것을 왕이 말렸다.

"부부간에 그리 예를 표할 것이 무엔가. 중전은 내게 할 말이 있어서 왔을 게 아니오."

이미 중전이 할 말은 왕도 알고 있었다. 도승지가 저지른 패악질은 하루 만에 온 궐에 소문이 파다했다. 왕은 가만히 중전의 곱게 그린 눈썹을 바라보았다. 이리로 찾아오기 위해 언제쯤 일어나서 언제부터 준비했을 것인가. 사람들은 곧잘 중전이 장헌세자 시절의 혜경궁을 보는 것 같다고 하였다. 중전은 왕을 바라보고 입을 여는 대신에 눈물을 떨궜다.

"저는… 저는, 원빈을, 절대로 미워해본 바가 없습니다. 독살이라니요. 말도 안 되는 모함입니다."

이미 다 알고 있었지만 왕은 어쩔 수 없이 다시 입을 열었다. 고발에는 내용이 있어야 했다.

"어젯밤 도승지가 내명부의 나인을 끌고 가서 호되게 매질하였습니다."

중전의 애끓는 호소는 한 식경에 가깝도록 계속되었다. 밖에서도 나인들이 듣고 있을 것이다. 중전은 명민한 이였다. 단지 감정에 북받쳐서 뛰어온 게 아니었다. 이 시각, 호소에 걸리는 시간, 차림새까지 중전의 호소는 한 군데도 어긋남이 없었다. 흐느낌이 계산된 거짓이라는 게 아니었다. 중전은 어긋남이 없는 계산이 생에 배어 있는 사람이었다.

그러나 그건 덕로도 마찬가지가 아닌가. 덕로는 중전을

모욕할 수 없었다. 덕로는… 사람이 아닌데. 도승지가 오만방자하다는 이야기를 수없이 전해 들었지만 왕은 그럴 리가 없다는 걸 알고 있었다. 덕로는 오만과 방자라는 개념을 오로지 글자로만 아는 이였다. 겸손과 겸양이라는 개념도 글자로만 알 뿐이었다. 그래서 쓸모가 있었다. 그러나 이제 바로 그 이유로 쓸모가 없어진 모양이었다.

이(理)와 기(氣), 사단(四端)과 칠정(七情). 중전이 물러간 후에도 한참 동안 아무 말도 없이 생각에 골몰하던 임금은 마침내 고개를 들어 목소리를 높였다.

"도승지를 들라 하라."

✶

왕은 할바마마가 돌아가시기 직전 언저리를 선명하게 기억했다. 겨울이라 군불을 한창 때고 있었다. 춥기는커녕 땀이 삐질삐질 흘렀지만 산은 두꺼운 옷을 벗지 못하고 있었다. 옷은 고사하고 신발도 벗지 못했다. 몸 여기저기가 근질거렸다. 옷을 시원하게 벗고 뜨거운 물 속에 몸을 푹 담갔다가 평온하게 눈을 감았던 적이 언제였는지 가물거렸다. 산은 뜨거운 욕탕을 생각했다. 따스한 물이 올라오는 가운데 약간 서늘한 바람이 창문을 통해 얼굴로 밀려오는 감각을 떠올렸다. 목욕이 끝난 다음에는 부드러운 야장의를 걸치는 것이지. 몸에 부드럽게 감기는 야장의를 입고 햇볕에 바스락 소리가 나도록 말린 이불을 덮고 잠이 들 수 있다면.

인간의 사고란 존재하지 않는 기(氣)를 다시금 떠올릴 수 있으니 얼마나 다행이란 말인가. 상상할 수 없었다면 지금쯤 산은 미쳐버렸을지도 모를 일이었다. 꿈같은 수욕을 상상하면서도 산의 머릿속을 떠나지 않는 풍경들이 있었다. 산은 몇 번씩이고 도망치는 동선을 그려보았다. 오른쪽에서 들어온다면 목침을 던지고 왼쪽으로 도망간다. 왼쪽에서 들어온다면 침상을 돌아서 따돌린 후 오른쪽으로 도망간다. 앞쪽에서 들어온다면 일부러 앞쪽에 놓아둔 서안을 걷어찬 다음…. 하지만 만약 몇 군데에서 동시에 들어온다면? 누군가의 도움이 필요하겠지. 산은 뽀얗게 솟아오르는 훈김을 생각하며 마음을 가라앉혔다. 혼자 싸우게 되지는 않을 것이다.

옷을 갈아입지 못하는 이유는 도주의 가능성 때문만은 아니었다. 산을 모시러 오는 내관들은 자주 바뀌었고, 산은 바뀌는 얼굴들 중에서 작은 외할아버지나 고모가 보낸 이들의 얼굴을 감별하기 위해 애를 썼다. 새로 들어온 신입 내관 한 명 한 명의 얼굴을 빤히 들여다보기도 했지만, 산은 알 수 없었다. 옷 안에 독이라도 바르진 않았을지 의심하다 보면 옷을 내던지고 싶은 충동이 들었다. 그럴 때면 하릴없이 아버지가 떠올랐다. 내관을 칼로 베어버렸다던 날, 어머니는 산의 눈을 가렸다. 볼 수 없는 와중에도 아버지의 몸에서 뿜어져 나오는 열기를 느낄 수 있었다. 뜨거웠다.

이제 산은 옷을 벗지 않는 사람이 되고 말았다. 빈의 침전에 찾아가는 것은 상상도 안 되는 일이었다. 사위는 무겁게 암흑했고, 산은 문밖에 바람 소리만 들려도 놀랐다. 구중궁궐이란 말은 그 안에 있는 이가 안전하도록 몇 겹씩 문을 둘러쳤다는 말일진대, 궁궐의 문이 하 많아서 독야(獨夜)에 사망해버리는 것은 아닐지. 문풍지가 살짝 떨렸다.

죽음에 닿은 몸은 아무것도 아니었다. 물질적으로는 존재하나, 실질적으로는 무(無)였다. 산은 아버지의 시신을 떠올렸다. 오랫동안 무릎을 굽히고 있던 시신은 그 작은 상자에서 풀려나고 나서도 허공에 다리를 단단히 묶어둔 듯했다. 염을 하는 이들이 힘을 다해 슬개를 눌렀다는 이야기를 듣고, 산은 오래도록 꿈속에서 다리를 저는 아버지를 보았다.

빈을 만난 것은 아비가 죽기 석 달 전이었다. 석 달 동안 빈에게 애틋한 마음이 조금이라도 있었던가, 이제는 잘 기억나지 않았다. 석 달 뒤부터 자신의 마음이 얼음장처럼 얼어붙었다는 것을 누구보다 잘 알고 있었다. 혹여 신변에 무슨 일이 생겼을 때 빈까지 염려하고 싶지는 않았던 탓이었다.

산은 몸을 돌려 반듯하게 누웠다.

문 바깥에서 분명한 움직임이 느껴졌다. 문 쪽을 뚫어져라 보다가 움직임의 형태가 어지간히 낯이 익다는 것을 눈치챘다. 아주 조금, 문이 열렸다. 가느다랗게 훈김이 올라왔다. 세손은 안도의 한숨을 쉬며 눈을 내리감았다. 계방을 지키는 나의 설서(說書)*. 이제 산은 혼자 있는 게 아니었다. 설서가 도착했다는 것을 확인하자마자 산은 기절하듯 혼곤한 잠에 빠져들었다. 큰 눈과 오뚝한 코를 한 설서는 세손 옆에 바짝 다가앉았다. 날씨는 이제 쌀쌀하지 않았음에도, 설서의 코와 입에선 계속해서 엷은 훈김이 올라왔다.

설서의 키는 남들보다 작았으나, 설서의 몸에선 자칫 데지 않을까 걱정스러울 정도로 뜨거운 기운이 올라왔다. 설서의 눈은 형형했고, 설서는 자신이 받은 명령을 잘 이해하고 있었다. 주자학의 이치는 그에게 일련의 명세표처럼 각인되었다. 세손의 명령 또한 마찬가지였다. 홍국영은 산의 옆에 허리를 꼿꼿이 펴고 앉았다. 국영의 몸 안에서 세손과 설서 둘만이 들을 수 있는 희미한 소리로 와륜이 돌아갔다.

* 조선시대에 세자시강원에서 경사와 도의를 가르치는 일을 맡아보던 정칠품 벼슬

*

기기인이 발견되었다는 소식이 임금에게 보고된 건 세손이 책봉되던 해 여름이었다. 사형당한 시신들을 버리는 자리에서 발견되었다고 했다. 여기저기 썩은 내가 진동하는 와중에, 시신 하나만 지나치게 깨끗하여 혹시나 살아 있는 것인가 손을 대보았더니 기기가 작동하는 소리가 들리기 시작했다고 했다. 소식을 들은 즉시 임금은 당장 궁 안으로 기기인을 옮기도록 지시했다.

도착한 그것의 외양은 사람과 전혀 다를 것이 없었다. 아니, 키가 좀 작은 것을 제외하고는 오히려 몹시 용모가 준수한 축에 속하였다. 왕은 먼저 흔들어 깨우기를 지시했다. 그러나 아무리 흔들어도 깨어나지 않았다. 다만 몸속에서 덜그럭거리는 소리가 들릴 따름이었다. 그 다음으로는 어의들을 불러와 맥을 짚게 해보았다. 어의들은 맥이 잡히지 않고 사람의 몸속에서는 들릴 수 없는 기이한 소리가 들린다고 진단하였다. 마지막 명령을 내리기까지 왕은 아주 잠시 고민하였으나, 곧 단호하게 명령했다. 칼을 가지고 오라는 것이었다. 칼을 들고 온 이는 왕의 명령대로 기기인의 살 속에 거침없이 칼을 박아 넣었다. 옆구리에 칼이 박히자, 몸속에서는 철컥철컥 소리가 멀리서도 뚜렷하게 들리도록 크게 울렸다. 눈을 번쩍 뜬 그것은 옆구리에 찔린 칼을 뽑아 바닥에 떨어뜨렸다. 피는 한 방울도 나오지 않았다. 되려 주변을 둘러보곤 걸그럭대는 소리로 입을 열었다.

"뭐야?"

곤룡포를 입은 이가 눈앞에 있는 것을 본 그것은 잠깐 정황을 파악하려는 듯 눈을 멀거니 뜨고 임금을 바라보다가, 기식 소리와 함께 코에서 훈김을 푹 한 번 내뿜더니만 바닥에 엎드렸다. 기기인이 깨어나자 사위가 순식간에 후끈해졌다. 몸에서 뿜어 나오는 훈김 탓이었다.

"전… 전하를 뵈옵니다."

그것의 목소리 끄트머리는 정황을 이해할 수 없는 듯 어스름하니 흐려졌다.

"너는 기기인인가?"

고개를 땅에 처박은 채 기기인은 한참을 대답하지 않았다. 바깥에서 매미 소리와 꾀꼬리 소리가 함께 어우러져 햇빛과 함께 쏟아져 들어왔다. 어의들은 어찌할 바를 몰라 그 자리에 가만히 서 있을 따름이었다. 매미 소리와 꾀꼬리 소리가 임금의 마음을 턱 끝까지 채웠을 무렵, 가느다란 기계음과 함께 그것의 입이 열렸다.

"그것이 무엇인지 알지 못하나이다."

매미 소리는 더욱 세차게 궁 안을 흐트러뜨렸고, 임금은 벌거벗은 기기인을 내버려두고서 그 자리를 박차고 나왔다. 쉬이 피가 끓는 임금의 성격을 아는 내관은 허겁지겁 임금을 쫓아 나왔다. 임금은 내관을 힐끗 보고서는 소리를 낮추어 말했다.

"어의들의 입단속을 단단히 시키도록. 그리고 어쨌건 의식이 들었으니 저것은 홍문관으로 보내도록 하라."

"홍문관이오?"

"자네들이 기계에 대해서 무얼 알아. 홍문관에는 기기(奇器)들에 대한 서적이 있고 학자들이 있으니 연구를 할 수 있을 것이 아닌가."

"하오나 전하…."

"뭐, 이제 와서 조광조가 벌였던 그 증기사화라도 얘기할 참이야? 초승심위왕 같은 글자를 증기로 쓴 게 문제라면 그 자가 임금이 아닌 게 문제지. 나는 임금이지 않은가."

"그래도…."

"그러니까 입단속을 잘하고, 홍문관 구석으로 보내라고."

임금은 곤룡포 허리춤을 추켜올렸다.

"겉으로 보기에는 멀쩡한 사람처럼 보이니까."

자신의 이름조차 잊은 그것의 알몸 위에는 곧 내관의 옷이 덮어씌워졌다. 가장 낮은 직급인 상원(尙苑)의 옷이었다. 걸핏하면 바뀌는 상원의 얼굴을 유심히 들여다보는 이는 없었다.

기기인은 조그마한 사모뿔을 만지작거리면서 걷긴 했지만,

걷는 것도 평범한 사람과 크게 다를 것이 없었다. 실외로 나오자 가까이에 가지 않는 이상은 몸속에서 울리는 쇳소리도 잘 들리지 않았다. 그것은 자신을 안내하는 내관들의 뒤를 놓치지 않으면서도 때때로 고개를 들어 궁 안을 살폈다. 미로 같은 구중궁궐의 지도가 걸음을 내디딜 때마다 덜그럭거리며 기억판에 새겨졌다. 황벽나무의 위치와 함께 개미가 지나기는 가느다란 결도, 꾀꼬리가 치고 날아올라 가는 버드나무의 흔들림도. 걸음을 바삐 움직임과 동시에 그것의 와륜도 거침없이 돌아가고 있었다.

궐의 동편, 작지만은 않은 각사에 도착하자 현판에 새겨진 옥당(玉堂)이라는 글씨가 보였다. 옥이 기거하는 집. 홍문관에서 다루는 옥은 곱게 빻아서 얇게 말린 닥나무의 껍질로 만들어져 있었다. 홍문관에 들어서자마자 그것은 코를 벌름거리기 시작했다. 각사는 온통 지향(紙香)의 입자들로 가득했다. 기기인의 정체를 알고 있는 상선(尙膳)*은 코를 벌름대는 그것을 기이하고 신기하게 여겼다.

'저것도 냄새를 맡을 수가 있단 말이지. 사람이랑 다를 것이 없구먼.'

많은 이들에게 알릴 수 없었기에, 연구의 책임은 한정적으로 주어졌다. 상선은 임금의 비서(秘書)를 세손사(世孫師)

* 내시부의 수장으로 2인을 두었는데, 한 명은 수라간을 지휘했고 다른 한 명은 내시부를 통솔했다.

를 맡은 홍봉한에게 전달하였다. 불혹을 넘겨 외손주의 스승직을 받잡느라 정신이 없던 그에게 또 하나의 막중한 임무가 떨어진 것이었다. 고개를 깊이 숙인 뒤 비서를 열어본 그의 얼굴은 시시각각으로 변했다. 하얗게 질렸다가 어처구니없어했다가 곰곰히 생각하는 듯하더니만 결국엔 체념한 표정이 되었다. 홍봉한은 그것의 얼굴을 내려다보았다. 해사하고 맑은 얼굴이었고, 눈빛은 또렷했다. 연구하라 하였으니 어떻게 구동하는지를 알아야 할 것이고, 망가뜨리지 않고 구동원리를 알기 위해선 여러 가지를 시켜보는 방법뿐이었다.

"그래, 나이가 어떻게 되느냐."

기기인은 아무 대답이 없었다.

"나이를 모르느냐? 그렇다면 이름은 무어라 하느냐."

고개를 오른쪽으로 살짝 기울이더니만 기기인은 천천히 고개를 내저었다.

"이름도 모르옵니다."

그 모습이 마치 노인과 소년이 한 몸에 있는 것 같아 홍봉한은 슬며시 웃었다.

"네가 청년의 외양을 하고 있지만 얼마나 늙었는지 내 알지 못하고, 나는 사람의 꼴을 한 너를 덕 있게 써야 한다. 그러기 위해서 너에게 여러 덕을 가르칠 것이니 덕 있는 노인이라는 뜻인 덕로라고 부르도록 하겠다."

그 순간 약간 거세게 와륜이 돌아가는 소리를 홍봉한도 상선도 뚜렷하게 들었다. 그것은 마치 기뻐하는 고양이가 몸을 뒤틀며 그릉거리는 소리와도 흡사했다.

*

홍봉한은 다른 학자들과 함께 3년을 꼬박 기기인에게 매달렸다. 기기인의 의식을 잃게 하지 않고서 기기인의 몸속을 살펴볼 방도가 없었기에 지극히 고난스러운 작업이었다. 기기인의 몸을 두드려보기도 하고 살갗을 통해 전달되는 진동을 느껴보기도 했지만 그것만으로 기기인의 구조를 파악하기는 어려웠다. 덕로는 홍봉한에게 자신의 살갗이 단순한 껍데기가 아니라고 말해주었다.

"제 몸을 만지면 이렇게 뜨겁지 않습니까. 몸의 구석구석이 하나로 얽혀 있어서, 함부로 끊어냈다가는 다른 부분까지 멈춰버릴 수 있습니다. 설명하기는 어렵지만 저는 알 수가 있습니다."

덕로의 몸은 범인들의 몸보다 언제나 좀 더 온도가 높았다. 몸속에서 그릉거리는 소리가 나는 것부터 몸의 온도가 높은 것까지, 홍봉한은 역시 덕로가 고양이와 흡사하다는 생각을 하곤 하였다. 겉껍데기를 벗겨서 몸속의 얼개를 풀어낼 수 없다면 얼개의 흐름이라도 알아보아야 했다. 어차피 갈 곳도 없고 음식도 필요 없는 덕로는 옥당에 늘 틀어박혀 있었고, 글자를 읽는 것도 싫어하지 않았다. 덕로는 자신의 신상에 관련한 것은 대부분 기억하지 못했지만, 글자는 아주 드물게 쓰이는 글자들까지 속속들이 알고 있었다. 옥당에 틀어박혀 하루 온종일 책을 읽는 덕로에게, 홍봉한은 유학을 가르쳐보기로 하였다. 연구할 대상에게 유학을 가르친다는 것이 조금 기이하게 들리긴 하였지만, 지능이 있는 것에게 유학을 가르침은 본래 선한 일이지 않았던가.

"그리해서 기기인에 대해 알 수 있는 것이 있겠소?"

함께 연구하던 민백상이 괜한 짓을 한다고 한마디 던지기는 했으나, 별달리 말릴 생각은 없어 보였다. 오히려 조금은 즐거워하는 눈치였다. 다들 덕로를 만나러 오는 시간이 그나마 숨통이 트이는 시간인 탓이었다. 주어진 임무가 있으니 하기는 해야 하고, 기밀로 해야 하는 임무이니 다른 사람들을 마주할 필요도 없었다. 홍봉한은 때로 자신은 복받은 스승이라는 생각을 하곤 했다. 덕로와 세손은 모두 몹시 명민한 이들이었다. 주강을 치른 이후 짧은 망중한을 틈타 덕로를 가르치다 보면, 이 둘을 한자리에 모아놓고 가르치면 어떤 대답이 나올까 문득 궁금하기도 했다. 같은 구절을 가르칠 때도 세손과 덕로의 이해는 사뭇 달랐다. 몸을 정결히 하고 어버이를 아침저녁으로 문안하라는 구절에서 세손이 마음과 성정과 이치가 하나로 통하는 원리를 이야기한다면, 덕로는 향리와 국가 같은 공의 영역이 어버이로부터 배태했다는 점을 짚는 식이었다. 덕로에게 놀라서 대체 무엇을 보고 그런 생각을 할 수 있었느냐 묻자, 덕로는 쑥스러운 표정으로 '제게는 어버이가 없기에 짐작했습니다.' 하고 웃었다. 홍봉한은 무릎을 치며 감탄하였다.

덕로는 밥 한 끼 먹지 않아도 제때 불을 주고 따뜻한 햇볕에 놓아두기만 하면 힘차게 옥당 안을 돌아다녔다. 매일같이 귀신처럼 책을 읽고 질문을 퍼부어대는 덕로를 보는 일은 피를 말리는 조정에 나아가 있는 것보다 훨씬 나았다. 세자, 그놈의 세자만 없더라도 일하는 것이 훨씬 수월할 텐데. 홍봉한은 분노한 임금의 얼굴을 마주할 때마다 문득 세자에게 시집보낸 둘째 딸 생각을 하곤 했다. 얌전하고 생각이 깊어 제 주장은 조심스럽게 말하던 아이가 그 속에서 어떤 생각을 하며 살고 있을지. 세자가 칼을 들고 궁궐을 돌아다녔다는 이야기가 흉흉하게 돌던 날, 홍문관에도 흉흉한 분위기가 만연했다. 그러나 덕로는 그 분위기에 조금치도 물들지 않았다. 덕로의 대답에 껄껄 웃으며 함께《소학》을 읽던 민백상과 이후가 자진(自盡)을 하고 나서도, 아는지 모르는지 덕로는 변함없이 씩씩했다. 때로 무언가 할 말이 있는 것처럼 홍봉한을 볼 때도 있었지만, 홍봉한이 고개를 저으면 입을 다물었다. 눈치가 빠른 녀석이었다.

세자가 뒤주 속에 갇혀 있던 열흘간, 홍봉한은 덕로를 제대로 찾지 못했다. 세자가 죽고 나서도 홍봉한의 마음은 자꾸 공중을 떠돌았다. 죽은 듯 조용히 일하다 잠자리에 누우면 그제야 제 나름대로 임금과 세자 사이에서 균형을 찾겠다고 했던 모든 일이 되짚어 떠올랐고, 뼈가 시리도록 후회가 밀려왔다. 세자의 기행을 낱낱이 임금에게 고할 때, 홍봉한의 마음엔 단지 그 두 부자가 화해하기를 바라는 심정만 있었던가? 문안을 드리려고 하던 세자를 말릴 때는, 세자가 문 앞까지 왔다가 도로 물러갔다는 사실을 임금에게 전하지 않았을 때는, 그저 두 부자를 자극하지 않아서 평화롭기만을 바라는 심정만 있었던가? 그때 당시엔 분명 그래서만이라고 생각했던 일들이 전부 귀신처럼 솟아올라서 홍봉한의 심정을 후벼 팠다.

임금과 세자가 멀어지기를 바랐었다. 내가 세자의 장인인데, 어째서. 이유야 자명했다. 세자를 바라보는 임금의 시선은 진흙을 묻히고 날뛰는 개를 바라보는 듯했다. 세자가 미쳐 돌도록 임금은 세자를 경멸했다. 세자와 말을 섞으면 귀를 씻었다. 심지어는 세자 앞에서도 그랬다.

하지만 세손을 바라보는 임금의 시선은 활활 타는 듯했다. 임금은 세손을 열망하고 있었다. 세손의 총명함, 말투, 몸짓, 모든 것이 임금의 눈에 환하게 타올랐다. 세손에게 그 자리를 물려주고 싶어 했다. 누구라도 알 수 있었다.

홍봉한은 자신이 무엇을 욕심내었고, 무엇을 의도했으며 의도하지 않았는지를 매일 밤마다 생각했다. 세손을 가르치러 가는 길은 온통 죄책감으로 흔들렸다. 덕로는 홍문관 구석에 서간들과 함께 오랫동안 줄 끊어진 망석중이처럼 내버려졌다. 홍봉한은 종종 덕로를 떠올렸으나, 자신을 반가워할 덕로를 볼 낯이 없었다. 세자가 죽고 난 뒤 임금도 한동안은 덕로를 잊은 것처럼 보였다.

일이 터지고 만 것은 사화가 벌어진 지 두 달이 지났을 무렵이었다. 조선 땅의 여름이 으레 그러하듯 찜통에 들어온 것 같던 날이었다. 홍봉한은 그저 하루를 온통 홍문관에 박혀 있는 줄만 알았던 덕로가 때때로 궁궐을 돌아다니기도 했다는 걸 처음으로 알게 되었다. 하필, 그런 사건을 통해서.

덕로는 제 몸속에 있는 찜통이 밖으로 튀어나온 것만 같았다. 세상 모든 이들이 훈김 속에서 허덕이며 걸었고, 덕로는 평소보다 훨씬 느리게 걸었다. 절절 끓는 김이 공기중에 가득했다. 봄에 보았던 무구한 빛깔과는 몹시 다른 생생한 빛깔들이었다. 그 와중에도 어딘가 바쁘게 오가는 궁녀들을 보다가 그만 작은 다리도 하나 건너고 말았다. 아무려면 덕로가 길을 잃을 일은 없었다. 지도를 꼬박꼬박 새겨가며 걷다가 검은 옷을 입은 어두운 표정의 소년을 마주하기 전까지는 그랬다.

덕로도 허락받고 홍문관을 나온 건 아니었기에, 아무도 없을 거라고 생각한 자리에서 소년을 맞닥뜨렸을 때는 당황했다. 검은 옷에는 용이 있었다. 용이 그려진 옷을 입을 수 있는 사람들은 정해져 있다. 덕로는 배운 대로 고개를 숙이고 뒷걸음질을 쳤다. 소년이 굳이 입을 열어 덕로를 부르지만 않았다면 그저 산보자들의 어색한 조우로 끝났을 일이었다.

"거기 서라, 너는 누구냐."

"소환은…."

"처음 보는 얼굴이다. 누구냐고 물었다."

소년의 목소리는 떨렸다. 덕로는 고개를 들어 소년을 보았다. 소년은 울고 있었다. 하지만 안간힘을 다해 울음을 참고 있었다. 이미 흘러버린 눈물 자국을 굳이 닦으려고도 하지 않는 점이 기개 있었다. 덕로는 가만히 소년을 보다가 천천히 입을 열었다. 아무도 입력하지 않은 '거짓말'을 덕로는 할 수 없었다.

"소환은 덕로라고 합니다."

"덕로? 그것이 네 이름이냐?"

"영의정께서 지어주셨습니다."

"영의정? 세손사 홍봉학을 말하느냐?"

"그렇습니다."

"너는, 영의정과 무슨 관계더냐?"

"소환은, 제자… 같은 것입니다."

"제자? 스승님께 제자가 또 있다고?"

아무도 찾아오지 않는 깊은 궁궐 안쪽 볕드는 자리에 옹송그리고 나란히 앉아, 소년과 덕로는 말을 주고받기 시작했다.

"너는 스승님께 효에 대해 무엇이라고 배웠느냐."

"새벽 첫닭이 울면 부모님에게 문안인사를 하고, 부름에는 즉각 응답하며, 겨울엔 따뜻하신지 여름엔 시원하신지 가늠하여 챙기고, 부모님을 근심하게 해서는 아니 된다고 배웠습니다."

"나도 그리 배웠다. …그러나 부모가 옳지 않게 행동할 때는 어이할 것인가."

"기운을 가라앉히고 온화하게 간하여야 한다고 배웠습니다."

"그렇다. 부모가 살아 계신다면 옳지 않게 행동하더라도 미워하거나 원망하지 않고 공경하며 간할 수 있을 것이다. 그러나 옳지 않은 행동을 하다 군주의 올바른 분개를 사서 아비가 목숨을 잃었다면… 너는, 어떻게 아비를 공경할 것인가? 아비를 공경한다면 아비의 악덕을 공경하게 되고, 아비를 원망한다면 나라의 근본인 효를 부정하게 되는데."

소년의 목소리는 다시 떨려오기 시작했다. 안간힘을 썼지만, 다시 눈가에 눈물이 맺혔다. 그러나 몸을 굽히지도

돌리지도 않았다. 그저 가만히 앉아서 기운을 가라앉히려고 애를 쓰는 모습이 역력했다. 덕로는 소년의 기가 흔들리다가 제자리를 찾아가는 것을 지켜보았다. 충분히 다 가라앉았다고 여겨질 때쯤, 덕로도 입을 열었다.

"부모와 자식의 관계는 단지 부모와 자식에서 끝나지 않는다고 배웠습니다. 부모님에 대해 공경하는 마음은 곧 스스로를 수양하는 것이기도 합니다. 세상 만물이 그러하여, 충성도 효도도 성실도 교육도 모두 자신을 갈고닦으니, 악덕을 저지른 부모를 공경한들 그것이 어찌 자기 수양이 되지 않겠습니까."

덕로의 말을 듣고 소년의 동공이 크게 벌어졌다. 소년은 놀란 마음으로 환관을 찬찬히 살펴보았다. 세손사에게 수학하고 있다는 말에, 자의로 귀동냥을 하며 홍문관 근처의 정원 관리라도 맡고 있는 자인가 생각하였는데 지금 다시 보니 외양만으로는 나이를 짐작하기가 쉽지 않았다. 환관은 소년 같기도 하였지만 청년 같기도 하였고, 어찌 보면 노인 같기도 한 이상한 분위기를 풍기고 있었다. 의복은 상원의 의복을 입고 있는데. 소년은 덕로에게 한 걸음 다가섰다. 그 순간 덕로의 몸속에서 쇳덩어리 굴러가는 소리가 들렸다. 덜그럭거리는 것이 쇠로 만든 톱니바퀴 소리 같기도 하였고, 맷돌 소리 같기도 하였다.

"방금… 무엇이었는가?"

덕로는 고개를 숙인 채 아무 말을 하지 않았다.

"주상께서 기기인을 궐 안에 들였다는 이야기를 소문으로 전해 들었다. 네가, 그 기기인인가?"

덕로는 여전히 대답하지 않았다. 하지만 이 무언은 확답이나 마찬가지였다. 소년은 손을 뻗어 덕로의 뺨을 만졌다. 뜨거웠다. 손이 델 정도까지는 아니었지만, 확실히 뜨거웠다. 쇳덩어리가 굴러가면서 열을 내는 것이 틀림없었다. 대답이 없는 기기인을 향해 소년은 미소를 지었다.

"영의정에게 수학하고 있다고 하였었지?"

"그러하옵니다."

"내 조금 있으면 수업을 받을 시간이니, 함께 동궁으로 가자. 좋은 동학이 있었거늘 지금까지 알지 못하였구나."

소년은 방금까지 울고 있던 건 조금도 사실이 아닌 양, 어깨를 펴고 의젓하게 걸음을 옮겼다. 덕로는 허리를 굽혀 세손의 뒤를 따랐다.

동궁전에 앉아 있는 덕로와 세손을 본 홍봉한은 시선을 어디에 두어야 할지, 무슨 말을 꺼내야 할지 잠시 알 수가 없었다. 짧은 시간 안에 세손과 덕로는 벌써 수많은 이야기를 나눈 상태였다. 홍봉한이 들어왔는데도 군신에 대한 이야기는 끝도 없이 이어졌고, 홍봉한은 꿔다놓은 보릿자루처럼 멍하니 그 자리를 지키고 앉아 있은 지 일각 정도 되었을까, 그제야 덕로와 세손의 말이 멎었다.

"죄송합니다, 스승님. 불초한 제자들이 스승님을 앞에 두고 유자의 이야기라고는 하나 과히 오랫동안 말을 섞고 있었습니다."

"아닙니다. 저도 옆에서 듣는 동안 여러 생각을 가다듬을 수 있었습니다."

"이 덕로도 스승님의 제자라고 하던데요."

"예…에."

홍봉한은 어색하게 대답하면서 눈으로 덕로를 잠깐 꾸짖어보려고 했지만, 소용이 없었다. 덕로는 홍봉한의 시선을 피하지도 않고 받고 있었다. 그러다 눈을 아래로 내리라는 예법을 따라 고개를 숙였다. 이는 잘못을 시인하는 태도가 아니었다. 그야 당연한 일이지. 덕로는 기기고, 기기야 인간이 시킨 대로 하는 것이니. 덕로의 행선지를 평소에 꼼꼼히 살피지 못한 내 잘못이지. 홍봉한은 한숨을 깊이 내쉬고, 가르치던 시경을 펼쳤다.

시강원(侍講院)과 익위사(翊衛司)가 동궁에 설치된 건 그로부터 며칠이 지나지 않아서였다. 왕은 기를 쓰고 세손을 서궐로 데리고 가려고 했고, 세손은 기를 쓰고 덕로와 함께 가고자 했기 때문이었다. 굳이 궁을 옮기려는 이유는 말하지 않아도 모두 알 수 있었다. 왕은 동궐이, 특히 문정전이 불편했다. 귀신을 보거나 악몽을 꿀 만큼 허약한 왕은 아니었지만, 아들을 모두가 보는 앞에서 끔찍하게 죽도록 방치

하고서 그곳에 있기 편할 리가 없었다. 그러나 왕의 계획 속에 기기인과 세손이 만나는 일은 없었다. 심지어는 저렇게 죽고 못 사는 사이가 되어 있을 줄은 더욱 몰랐다.

“애완물이라고 생각하기에도, 저렇게 사람의 외양을 하고, 사람의 말을 하는, 심지어는 쇳덩어리가 아니더냐.”

“선왕께서도 애완물을 사랑하셨지마는, 기기인을 애완물이라고 하기는 가당치 않사옵니다.”

“역시 그러하지….”

세손이 잘 때도 깨어 있을 때도 공부를 할 때도 유희할 때조차 기기인을 옆에서 떨어뜨려놓지 않는다는 이야기를 들은 왕은, 보고만으로는 흡족지 않아 결국은 세손의 방을 찾았다. 기기인을 떼어놓아야 할지 말아야 할지도 차마 결정하지 못한 상태로, 방 앞에 도착한 왕은 방문을 열려던 나인들에게 고개를 저었다. 세손과 기기인의 목소리가 문을 넘어왔기 때문이었다.

“모든 것이 천성대로 움직이게 마련이거늘, 비뚤어진 것에서 바른 것이 날 수 있을까.”

“그러합니다. 해풍에 휩쓸린 소나무가 뒤틀려 솔방울을 낳았다 한들, 그 솔방울이 양지에 자리잡으면 곧게 자라듯이 그러합니다.”

“뒤틀리게 자라는 씨앗도 있을 수 있지 않을까.”

“선한 것을 좋아하고 악한 것을 미워하는 마음은, 천하의 악인이 악행을 저지르는 그 순간에도 태어납니다. 뒤틀리게 자란다 하더라도 바른 것은 사라지지 않습니다."

왕은 문밖에 서서 세손의 올해 나이를 곱씹어 보았다. 열한 살, 아직 정사를 맡기에는 한참 어린 나이였다. 한참 아무 말이 없던 세손은 조금 잠긴 듯한 목소리로 말을 이었다.

"이미 벌어진 일을 지울 수 있을까."

"그럴 수 없습니다. 벌어진 일은 등에 지고 손에 들고 나아가야 합니다."

"너는 어찌 그렇게 말을 하느냐?"

"성현들이 그리 저술하였으므로 저는 저하께 옮길 따름입니다."

세손의 얼굴을 보지 않고 다시 돌아가며, 왕은 기기에 대해 생각하였다. 동물은 인간과 달리 건순오상(健順伍常)이 뒤틀려 있는 존재다. 그러나 기기는 그러한 건순오상마저 없다. 저것이 말을 하지만, 뒤틀릴 건순오상조차 없으므로 그대로 성현의 말씀을 옮길 따름이다. 인정전에 거의 도착했을 때쯤, 왕은 머리에 반짝 불이 들어오는 듯하였다. 그래, 저 기기인이 세손을 위로하게 하면 되는 일이다. 세손에게 기기인이 붙어서 세손의 마음을 위무하도록 할 일이다.

밀교를 받아 든 홍봉한의 마음은 복잡했다. 물론 덕로는 어여쁜 아이였다. 그러나 그 어여쁨이 어떻게 구성된 것인지 계속 덕로를 가르치고 연구해온 홍봉한도 확신할 수 없었다.

묘시가 지나 하늘이 밝아올 때쯤, 홍봉한은 덕로를 어떻게든 제어할 수 있는 곳에 두어야 한다는 결론에 도달했다. 왕은 세자 곁에 덕로가 기록될 수 있는 방도를 찾으라 하였다. 홍봉한은 덕로에게 홍씨 성을 주기로 마음을 먹었다. 팔촌 형인 홍창한의 아들이 떠올랐다. 문중에 광증으로 소문이 난 그 아들 이름이 뭐였더라, 홍낙…, 홍낙춘이었나. 아무튼, 그 광인이라는 친구에게는 분명히 아들이 없다고 했다.

홍봉한은 그길로 홍낙춘의 집을 직접 찾아갔다. 그 큰 문중에서도 떵떵거리며 산다고는 말할 수 없는 크기의 집에서 어찌할 바를 모르며 그 부인이 뛰어나왔다. 그러나 문중을 위해 양자를 들여야 한다는 말에도 소문난 광인은 심드렁했다.

"내가 싫다고 하면 거절할 수는 있겠습니까."

"양자가 아니라 실제 아들인 것인 양 해야 하네."

그 말에 홍낙춘은 의아한 듯 고개를 들어 홍봉한을 빤하게 바라보았다. 묻고 싶은 말들이 우수수 얼굴 위에 떠올랐지만 금세 사라졌다. 뜻대로 되는 일이 없이 살아온 명문거족의 자포자기가 선연했다.

"그리하시지요."

며칠이 지나 다시 찾아온 영의정은 열대여섯 정도 되어 보이는, 그런데 잠깐 고개를 돌렸다가 다시 바라보면 서른대여섯 정도 되어 보이는 사내와 함께 집으로 들어섰다. 아들이 될 사내는 퍽 잘생겼고, 타는 듯한 눈빛이었다. 문을 닫고 한자리에 앉아 있었더니 어째선지 금방 방 안이 후끈하게 더워져 홍낙춘은 창문을 열어젖혔다. 어쩐지 사내의 등뒤로 묘한 아지랑이 같은 게 보이는 듯도 했다.

"자네 아랫대 돌림자가 영(榮) 자였지?"

"예."

홍낙춘은 아들 될 이를 한 번 더 핼끔 보고선 눈을 내리깔았다.

"이 누추한 집까지 오셔서 이런 부탁을 하심은 나랏일에 뜻이 다 있어서일 터이니, 나라 국자를 써서 국영이라 함은 어떨는지요."

홍봉한은 덕로를 다정한 눈길로 바라보았다.

"들었느냐? 너에게 이름을 주신 분이시다. 이분이 너의 아버지시고, 밖에 계신 분이 너의 어머니시니 나라의 근간을 만드는 효를 다해야 할 것이다."

덕로는 고개를 숙이더니만 홍낙춘을 향해 큰절을 올렸다.

"아버님, 문안인사 드리옵니다."

홍낙춘은 당황하여 국영을 일으켜 세울 뻔하였다. 꼿꼿이 앉은 국영의 표정과 매무새를 보니, 국영의 눈에는 거짓이 보이지 않았다. 국영은 그저 막 태어난 아들처럼 아버지에게 문안인사를 드렸을 뿐이었다. 홍낙춘은 몸의 힘이 쭉

빠진 모양으로 허허롭게 웃었다.

국영에게 아비가 생긴 지 얼마 지나지 않아, 산에게도 새로운 아비가 생겼다. 뒤주에 갇혀 죽은 아비를 대신하여 병으로 죽은 아비를 얻던 날, 산의 어머니는 대성통곡을 하였다고 하였다. 모든 일들이 꿈처럼 지나간 하루, 산과 국영은 마루에 앉아 먼 산을 바라보았다.

"나의 아버지는 돌아가실 때 나보다도 어리셨다고 해."

국영은 산의 떨리는 어깨를 가만히 지켜보며 말했다.

"그렇군요. 저의 아버지는 저보다 어리신지 나이가 많으신지 제가 알지 못합니다."

세손은 국영에게 가만히 머리를 기대었다. 여하간 아버지는 아버지였고 임금은 임금이었다.

*

늦은 밤, 불까지 꺼놓았음에도 세손의 눈에는 국영의 몸에서 올라오는 훈김이 보였다. 사위가 어두울수록 귀는 더욱 밝아져 국영의 숨소리 같은 와륜 소리도 들려왔다. 국영은 하늘이 무너지도록 쩌렁쩌렁하게 소리를 칠 줄도 알았지만, 작은 개미처럼 나직하게 입을 열 줄도 알았다. 목소리를 낮춰서 세손이 입을 열었다.

"봉조하(奉朝賀)*를 어찌하면 좋을까."

"저하, 알고 계시지 않습니까. 봉조하야말로 처단하셔야 합니다."

세손은 흠칫 놀랐다. 하지만 홍국영의 말에는 어떠한 두려움도 망설임도 없었다. 세손의 주변 사람들은 모두가 하나같이 홍국영을 냉담하고 혹독한 존재로 생각하곤 했다. 어머니인 혜경궁의 생각도 다르지 않았다. 이제 어머니라 부를 수 없게 된 어머니는 늘 홍국영을 '작고 독한 놈'이라고 불렀다. 세손의 생각이 어떻건 개의치 않고 국영은 말을 이어나갔다. 세손에게 잘 보이기 위해 혀를 지키는 태도 같은 건 어디에서도 찾아볼 수 없었다.

"그는 저하가 힘을 가지길 원하지 않았고, 저하가 왕위에 오른다고 하여도 다르지 않을 것입니다. 무엇보다 봉조하의 동생인 홍인한은 위험합니다. 권세가 집안에 있다고 날뛰고 있지 않습니까. 저하를 왕으로 남겨두건 그렇지 않건 봉조하의 권세를 유지하는 건 저하에게 방해가 됩니다."

목소리 끝에 가볍게 쇠 긁는 소리가 들렸다. 가볍게 등골에 소름이 끼쳤다. 세손은 조용히 미소지었다. 저 쇠 긁는 소리는 신뢰의 증명이었다. 하는 말과 목소리가 한가지로 소름끼쳤다. 아버지처럼 자신을 길러낸 사람이라고 해도

* 은퇴한 원로대신에게 내리는 일종의 명예직함

국영에겐 전혀 중요치 않았다. 그에게 중요한 건 오로지 주어진 명령과 그것을 해석하는 경전의 체계였다. 세손은 국영의 목소리 끝에 끌려 나오는 쇳소리를 들을 때면 소름이 돋는 가운데 마음을 놓을 수 있었다.

세손은 얇은 한 겹의 의심조차 걷어내고자 국영을 떠보았다.

"괜찮단 말인가? 봉조하는 나의 외할아버지다. 남편을 잃고 아들도 잃은 나의 어머니는 아버지까지 잃게 된다. 그뿐인가. 봉조하는 그대에게 호를 주었고, 그대를 길러냈다. 그대에게도 아버지 같은 존재가 아니던가."

홍국영은 의아하다는 눈으로 세손을 바라보았다.

"저하, 저의 아버지는 홍 낙자 춘자 되시는 분이십니다. 물론 봉조하와 인척 관계가 없다고 할 수는 없사오나, 봉조하는 아버지가 아니옵니다."

홍국영 역시 세손이 호적의 이야기를 하는 것이 아님을 알았다. 홍봉한이 자신을 가르치고 키워내던 홍문관의 나날들을 언급하고 있는 것이 틀림없었다. 지금 국영이 생각하고 판단하는 모든 것은 홍봉한이 가르친 것들이었고, 세손과 국영은 함께 홍봉한에게 수학하지 않았던가.

그러나 홍봉한은 자신의 아버지가 아니었다. 국영은 세손의 말을 이해하기 위해 그동안 배운 여러 글귀들을 다시 머릿속에서 끄집어내 보았다. 아버지는 자신이 정하는 것이 아니었다. 그리고 국영에게 아버지라 입력된 이는 홍봉한이 아니었다. 아비의 문제만도 아니었다.

"뿐만 아니라 효와 향으로 예를 다하여 세상을 대하는 경(敬)의 다음 걸음은 당연하게도 충이옵니다. 주군은 정치의 도덕에 가장 높은 기준이셔야 하며 저의 주군은 마땅히 세손이십니다."

큰 소리로 웃지 못하는 것이 안타까웠다. 세손은 국영이 저렇게 한 치의 주저함도 없이 한 손에 칼을 들고 서 있는 것이 좋았다. 작은 키와 예쁜 얼굴을 하고서 칼을 든 그의 어깨는 축 떨어지는 적이 없었다. 세손의 앞에서건 뒤에서건 언제나 꼿꼿했다. 세간의 정이라고는 찾아볼 수 없는 단단한 눈이 좋았다.

"하지만 봉조하를 치는 것은 부담이 크다. 몇 번씩이고 나를 보호하겠다고 하지 않는가."

"봉조하만 그러한 건 아니옵니다. 김귀주도 저하를 지키겠다고 하고, 모두가 저하를 아낀다고 합니다. 물론 그들이 실제로 저하를 아끼지 않는 것은 아니겠으나, 저하를 어떤 방식으로 아끼느냐가 중요한 게 아니겠습니까."

누구도 아비가 죽던 그날에서 벗어날 수 없었다. 세손 자신도 마찬가지였다. 효장세자의 아들이 되어 어미를 궁에 가둬놓은 채 누구의 말을 잘 들어야 일평생 몸을 보존할 수 있을지 고민하며 살 생각은 없었다. 세손은 끊임없이 백성을 생각하라고 교육받았다. 신하를 다루고 혹은 신하에게 귀 기울이는 교육을 받았다. 왕이 되기 위한 교육은 가혹했다. 신하에게 귀 기울이며 살아남기란 쉬운 과제가 아니었다. 아비는 왜 죽었고 자신은 왜 살아남았는가.

"봉조하를 처단하는 것은 여러 가지로 위험하다."

"손발을 잘라내어 본을 보이는 것으로 족하다면 그리하는 것이 나을 수도 있겠습니다. 세손께서는 노론도 소론도, 이판도 병판도, 조정도 알 필요가 없다고, 삼불필지 따위를 강력하게 주창한 자도 있으니 말입니다."

국영은 칼을 들고 있지 않았지만, 변함없이 국영의 몸은 쇳덩어리로 되어 있었다. 세손은 나직하게 웃어 보였다. 누구건 죄다 잘라낼 수 있는 단단한 오른팔.

"작은 외할아버지는 요즘 여러모로 자중하시는 법을 잊으셨지."

"홍인한뿐만은 아니지요. 저하는 왜 계속 옷을 갈아입지 않으셨던 것입니까. 옷을 갈아입기 싫은 광증이 도져서는 아니시지요."

"그래…. 그는 요즘 나의 오른날개에 대해 왈가왈부하는 일이 늘었다지."

"오른날개요?"

세손은 웃으며 머리를 흔들었다. 머리가 흔들리는 것만으로도 사각거리는 소리가 들렸다. 머리를 흔들던 세손이 소리에 흠칫 놀라 행동을 멈추자 고개를 깊이 숙인 홍국영이 나직하게 말을 이어나갔다. 이상하게도 국영의 말소리는 공기를 흔들지 않는 것처럼 느껴졌다. 공기가 흔들리지 않으면 소리가 전달되지 않는다는 걸 앎에도 그랬다.

"봉조하를 처단하지 않는다면 그 역시 나쁘지 않을 것이며, 홍인한을 처단하시는 건 충분히 입에 담지 않아도 전교가 될 것입니다. 시간은 멀지 않았고, 저는 저하 옆에 있을 것입니다."

홍국영이 말을 마침과 동시에 아주 낮은 소리로 세손이 침을 삼켰다. 분명 아주 작은 소리지만 또렷하게 방 안에 들렸다. 세손은 고요함이 좋았다. 고요한 밤에 아득하게 달빛이 세상을 비추는 것도 좋았다. 그리고 이렇게 사위가 고요한 가운데 세손과 함께할 수 있었던 것은 늘 국영뿐이었다. 국영의 몸속에서 와륜이 돌아가는 소리를 들을 수 있는 것도 오직 세손뿐이었다. 밝은 낮에는 결코 들을 수 없는 가느다란 소리. 몸에서 올라오는 김도 이런 밤이면 더욱 선연하게 보였다.

"네 말이 맞다. 외할아버지도 주상도 나를 사랑하시지."

"그렇습니다. 봉조하와 주상전하뿐이 아닙니다. 서명선이나 김종수는 또 어떠합니까. 모두가 저하를 사랑합니다. 하지만 그것은 저하가 어떤 꿈을 꾸느냐에 따라 달라질 것입니다."

"그 누구도 나와 같이 꿈꾸지 않는다. 음과 양이 강하고 약해지는 것이 군의 책임이 되는 것을, 배우지 않고 방일대타하면 나라가 흐트러지는 것을 알지 못한다. 나는 이지러지더라도 저 달과 같아야 한다. 때로 달은 이지러지고 가득 차오르지만 그 모든 것은 가만히 하늘에 떠서 세상의 이치를 그대로 만드는 데에 필요한 것이다. 나는 이지러지고 또 가득 차오를 것이다."

국영은 고개를 숙인 채 묵묵히 세손의 말을 들었다. 달빛은 인간의 몸을 가진 이들과 쇳덩어리 사이에 아무런 차별이 없이 쏟아져 내렸다. 세손이라 하여도 결국 하늘같은 주상의 은혜를 받잡는 인간이다. 그 은혜를 받잡던 이가 한 순간에 은혜를 내리는 몸이 된다는 것을 설서는 어떻게 이해하고 있을까. 세손은 순간 국영의 손을 잡을 뻔했으나 얼른 손을 거두었다. 어린 나이에 별 생각 없이 국영의 손을 잡았다가 손바닥을 데인 바가 있었다. 어디서 손을 데었는지 입을 꾹 다물고 말하지 않던 세손과 설서는 비밀스러운 눈빛을 주고받았다.

"너도 나를 사랑하느냐?"

동궁전의 설서는 대답하지 않았지만, 세손은 대답을 들었다 여겼다.

머지않아 왕은 죽었다. 종묘가 선 이후 가장 오랫동안 통치한 왕이었다. 끝내 아들이 아닌 손자에게 왕위를 물려

줬고, 그 세손이 대리청정을 시작한 것도 죽기 고작 석 달 전이었다. 대리청정을 하기 위해 왕좌에 앉은 세손은 늠름하고 단호해서, 왕은 썩 안심했을지도 모를 일이다. 세손이 대리청정을 맡는 조건으로 승정원일기를 세초해달라고 요구한 일은 삽시간에 파다하게 퍼졌다. 세손은 눈 하나 깜짝하지 않았다. "차마 말할 수 없는 대목"은 세손이 지켜보는 가운데 "차마 볼 수도 없는 대목"이 되었다. 설서와 단둘이 독대한 동궁에서 가느다란 흐느낌을 들었다는 이도 있었지만, 알 수 없는 일이었다. 그래도 왕은 새로이 얻은 아비를 왕으로 추존하라는 유언을 남겼다.

꽃향기가 슬슬 코끝으로 들어오는 서궐 문밖에 서서 세손, 아니 왕은 첫 윤음을 내렸다.

"아, 과인은 사도세자의 아들이오."

아무도 입을 열지 않았다. 날이 따스해지기 시작하는 삼월의 봄바람만 궐 앞을 맴돌았다. 선군의 유언을 첫 문장부터 망치로 내리찍듯 하는 일이었다. 누구도 선뜻 입을 열 수 없었다. 그중에서도 몇몇의 표정은 눈에 띄게 어두워졌다. 임금이 죽은 아비 혹은 어미에게 정을 두었다가 경을 치르고 만 예가 전에 없던 것이 아니지 않은가. 임오년의 그 일을 수면 위로 띄워놓자면 목이 붙어 있을 이가 거의 없을 수도 있었다. 누가 무엇을 했고, 그때 무슨 생각을 하였으며, 무어라 말하였던가. 관복이 바스락거리는 소리조차 잠잠한가 싶을 때, 스물다섯의 젊은 왕은 말을 이어나갔다.

"선왕께서 종통의 중요함을 위해 내게 효장세자를 이어받도록 명하셨거니와, 아! 전일에 선왕께 올린 글에서 근본을 둘로 하지 않는 데에 대한 나의 뜻을 크게 볼 수 있었을 것이다."

이번엔 내뱉지 않은 한숨 소리가 궐문 앞에 둥실 떠다녔다. 아비가 되지 못한 아비를 죽이는 데에 앞장선 이들도, 몸을 사리던 이들도, 세손 시절부터 산을 진심으로 아끼던 이들도 마음속 깊은 곳에서 한숨을 내뱉었다. 왕이 처음으로 한 말은 선왕의 취지를 받들어 효장세자를 이어받을 것이며, 친아버지인 사도세자는 사대부의 예로 제사를 지내겠다는 것이었다. 친어머니를 어떻게 대하는 것이 종묘사직에 마땅할지를 논의하고자 했다. 선왕의 뜻에 따라 파란을 일으키지 않겠다는 내용에 듣고 있던 이들은 적이 안심했다.

머리를 숙이고 있던 정후겸은 슬그머니 앞쪽에 엎드린 이를 바라보았다. 오랜 시간 세손의 옆을 지켜왔던 설서. 작달막한 몸을 숙이고 조용히 왕의 윤음을 침착하게 듣고 있었다. 분명 저자라면 저 말이 무슨 뜻인지 알 것이거늘. 첫 윤음의 첫머리를 '사도세자의 아들'이라고 천명하는 왕이 선왕의 뜻을 어기지 않을 리가 없었다. 왕의 목소리가 다 멎고, 모두가 자리에서 일어나고, 삼삼오오 돌아가는 끝까지도, 정후겸은 평소처럼 왕을 그림자처럼 따라붙는 홍국영의 뒷모습을 바라보고 있었다.

이제 막 즉위한 왕은 곧바로 국영을 승정원 동부승지에 앉혔다. 누구도 놀라지 않았다. 모든 시절을 가장 가까이에서 임금의 손발이 되었던 이였다. 하지만 사람들은 동부승지에 임명된 홍국영을 바라보며 가끔 고개를 갸웃거렸다. 분명 정명한 학문을 말하지만 그 학문 끝에선 어딘지 모르게 삐거덕거리는 소리가 들리는 듯했다. 냉혹하고 불같은 성격이라 그렇겠지, 사람들은 그저 나름대로 짐작하며 눈을 내리깔고 새로 임명된 승지를 대했다. 누구보다 가까운 왕의 후설, 왕의 완전한 대리인. 세손의 오른날개는 무리없이 왕의 오른날개가 되었다. 왕과 밤낮으로 붙어 있는 이는 그 누구도 아닌 국영이었다.

밝은 대낮에 임금 앞에 앉은 승지의 모습은 거리낄 것이 없었다.

"무엇부터 하면 좋을까."

"누구를 치기 전에 선악을 분명히 하시는 것이 옳습니다."

"선악이라…?"

"대조와 소조의 일을 여기저기 아뢰고 모함을 한 이가 있다고 말씀하지 않으셨습니까. 선악을 권면하여 거기서부터 조정 전체로 선한 것을 퍼뜨리고 악한 것을 막게 함이 옳습니다."

세손이 왕이 되었다 하여도 홍국영의 말은 여느 때처럼 거침없었다. 부당하지 않았고, 마치 숫자가 떨어지는 것처럼 정확한 위치에 말이 가닿았다. 왕은 고개를 끄덕였다. 김상로에 대해 왕이 입을 열었을 때 사람들은 놀랐지만, 동시에 안도했다. 김상로는 이미 세상에 없는 이고, 김상로를 벌하는 것으로 상황을 마무리하겠다면 이 역시 나쁘지 않은 일이었다. 숭정전에서 왕의 목소리가 우렁차게 울려 퍼질 때 승지는 잠잠히 왕의 곁에서 눈을 내리깔고 있었다.

승지 채제공이 겉으로 돌아간 한쪽 눈을 빛내며 입을 열었다. 선왕이 있을 때는 지금 홍국영이 있던 자리에 서 있었던 이였다. 죽은 사도의 입장을 끝까지 대변하던, 차마 입을 열 것이라고 누구도 생각지 않던 이였다.

"김상로는 선왕에게 매번 귓속말로 아뢰었습니다. 따라서 승지였던 저를 비롯한 사관들이 무어라 하는지 듣지 못한 때가 많았습니다."

죽은 김상로와 문성국에게 대역죄가 선포되었다. 사람들이 두려움에 떨 새도 없이 왕은 자신을 낳지 않은 아비를 왕으로 추대하였다. 눈에 불을 켜고 바라보던 검은 속내가 드러났나 싶으면 그 속내는 없던 일이 되어 있었다. 왕은 단호했고 올곧았다. 정도에 벗어나는 일은 하지 않았고, 어린 시절에 새겨졌을 아픔은 이미 곱씹어 잘 소화해낸 것처럼 보였다.

며칠 뒤 아침, 여느 때처럼 철의 지신사는 왕의 처소에 앉았다. 지저귀는 새소리는 왕의 처소에도 들어왔다. 단정하게 무릎을 꿇은 국영에게 왕은 잔잔하게 말을 건넸다.

"고모를 기억하느냐."

"화완옹주 말씀이십니까. 정후겸을 양자로 들이고 나서도 화완옹주께서 전하를 보는 눈은 언제나 애틋하던 것을 압니다."

"그러나,"

왕은 말을 멈춘 채 국영을 가만히 바라보았다. 침묵을 읽어낸 듯 국영은 머리를 끄덕였다.

"알고 있습니다. 정히 그러하옵니다."

왕은 호쾌한 걸음으로 숭정전을 향했다. 정후겸의 죄는 세손의 대리청정을 막으려던 데에 그치지 않았다. '임금의 오른날개를 꺾어버리려던 죄'가 더 있었다. 임금의 오른날개를 꺾으려던 죄를 읊는 데에 닿아서는 모두가 눈빛 하나 변하지 않는 홍국영을 흘끔거렸다. 언제부턴지 궐 안에 있던 고작 스물아홉의 승지는 마땅히 벌어질 일이 벌어졌다는 듯 잠잠했지만, 승지 곁에 서 있던 이들은 승지의 어깨에서 솟아오르는 열기에 흠칫 뒷걸음질을 쳤다. 불같은 인간이라고 뒤에서 수군거렸다. '외척' 정후겸이 귀양을 명받던 그날, 채제공의 외따로 구르는 눈은 홍국영을 비상하게 바라보고 있었다.

채제공은 궐을 나서는 홍국영의 뒤를 천천히 따라붙었다. 홍국영은 천천히 고개를 돌려 채제공의 눈을 보았다. 홍국영의 눈에는 아무런 거리낌도 비난도 없었다. 채제공의 명민함과 무관하게 사람들은 채제공의 비뚤어진 눈을 바라볼 때 필연적으로 경멸과 공포를 동시에 보이곤 했다. 누굴 바라보는지 모르겠다는 공포와 덜 만들어진 이를 바라볼 때 느끼는 경멸. 홍국영의 시선엔 그 어떤 것도 없었다. 채제공은 홍국영의 어깨에 손을 얹으려다가 흠칫, 손을 떼었다. 닿지도 않은 손바닥에 뜨거운 훈김이 확 올라왔다.

"그대는…."

홍국영은 여전히 복잡하지 않은 눈으로 채제공을 직시하고 있었다.

"그대는… 홍낙춘의 아들이었던가?"

"그렇습니다."

"정후겸과 친밀하게 지낸 이들도 모두 홍씨 가문이 아닌가."

"그렇습니다."

홍국영의 말은 기이하리만치 차분했다. 앞도 없고 뒤도 없고, 채제공이 하려는 말을 무지르고 있었다. 가문의 문제는 대의 앞에서 아무래도 상관이 없다는 것인지, 뜻이 큰 자인지 작은 자인지, 채제공은 이해할 수 없어서 눈을 가느스

름히 떴다. 그 순간, 홍국영의 어깨 위에서 올라오는 훈김이 뚜렷이 보였다. 마치 가마솥에서 끓는 물과 같은 김이었다. 채제공은 순간 섬뜩하게 깨달았다. 인간과 같은 이(理)에서 태어난 기(氣)라면 저러한 김이 나올 이치가 없었다. 인간이 아니었다. 인간이 아니기에 저토록 단정하고, 아무렇지 않은 표정으로 서 있을 수 있다. 완전히 뒤틀린 건순오상의 동물, 아니 기기였다.

아무 말이 없이 가만히 서 있자, 홍국영은 고개 한번 갸웃거리지 않고 천천히 고개를 숙인 뒤 자리를 떠났다. 약간 끼긱거리는 소리가 들렸지만, 그 소리까지 채제공의 귀에 가닿지는 않았다. 다음 날 채제공은 형조판서에 임명되었다.

홍인한을 비호하는 윤약연의 소를 찾아내고, 윤약연의 입에서는 홍상간, 홍지해, 홍찬해, 민항렬, 이경빈, 이복해의 이름이 줄줄이 튀어나오기까지는 시간이 오래 걸리지 않았다. 홍상간이 홍국영을 죽이려고 했다는 이야기도 술술 풀려나왔다. 홍국영을 죽이려 했다는 죄를 받고 모진 고문 끝에 홍상간이 숨지는 모든 과정을 눈 한번 꿈쩍하지 않고 동부승지는 가만히 지켜보았다. 무엇이 거짓이고 거짓이 아닌지 구분하는 건 어려웠다. 다만 일련의 인물들이 같은 말을 하는 가운데 누군가가 두드러지게 다른 말을 하는 건 찾아낼 수 있었다. 국영에게는 논리의 이지러짐이 그림으로 그린 듯이 환히 보였다. 오직 그것만을 왕의 귓전에 속삭였다.

홍국영은 죽음을 두려워하는 윤약연의 시선도, 홍상간의 눈에 비친 증오도 이해할 수 없었다. 홍인한의 식객들이 세손을 노리는 것은 충으로 막아야 할 일이나, 홍인한의 식객들이 자신을 노리는 것에 대해서는 아무것도 느끼지 못했다.

왕은 기름 냄새를 풍기는 승지를 오른편에 두고 쩌렁하게 외쳤다.

"홍국영은 궁료로 있을 때부터 임금의 몸을 보호해왔다. 홍국영을 장해하려는 흉계를 꾸민다면 내 오른날개를 꺾어 버리려는 흉심이다. 파측한 역적의 도당들을 모두 처분할 것이다."

온갖 고문 끝에 왕의 하교를 앞에 두고 윤약연은 피어오르는 불 너머로 승지의 어깨에서 훈김이 솟아오르는 걸 보았다. 정신이 혼곤한 와중이라 헛것을 보는 겐지, 혹여 승지의 등에 불이라도 붙었는지 몽롱하게 생각하다가 그만 혼절을 하고 말았다.

임금은 외숙조부와 고종사촌을 사사(賜死)하였다. 그리고 국영을 도승지로 발탁했다.

"덕로야말로 내 최고의 공신이자 의리의 주인이다. 나라를 지킨 단 하나의 인물이고, 누구도 홍국영의 공을 앞지르지 못할 것이다."

홍국영은 여전히 표정 하나 변하지 않고 왕의 하교를 받들었다. 사람들은 저토록 오만하다며 수군거렸지만 왕 혼자만은 자그마한 어깨에서 들리는 와륜 소리를 똑똑히 듣고 있었다.

도승지가 되던 날, 홍국영의 집은 여느 때와 다름없이 잠잠했다. 축하 인사를 건네지도, 수많은 사람들이 와서 왁자하게 잔치를 벌이지도 않았다. 버선발로 뛰어나와 홍국영을 반긴 건 그가 홍낙춘의 집에 들어간 지 2년 만에 태어난 열 살배기 어린 여동생이었다. 누이는 지극히 오라비를 반기는 표정이었지만 여느 오누이 같은 인사도 없었고 손도 맞잡지 않았다. 누이는 오라비의 옷소매를 붙든 채 마루에 오라비를 앉혀놓고 킁킁, 오라비의 어깨에서 냄새를 맡았다. 기름 냄새가 섞였지만 조금 멀리서 닿으면 시원할 법한 증기가 계집아이의 양 뺨으로 확 치솟았다. 누이는 까르르 웃으며 바닥으로 엉덩방아를 찧었다. 가만히 미소를 짓는 홍국영의 몸속에서도 웃음소리처럼 가르륵 가르륵 톱니바퀴 돌아가는 소리가 들렸다.

막 태어난 누이를 처음 보았을 때 국영은 어찌할 바를 몰랐다. 어버이와 벗을, 가신과 주군을 어떻게 대해야 하는지는 수도 없이 보고 읽었으나 새순 같은 살갗과 둥근 눈동자를 어떻게 대해야 하는지는 어디에도 나와 있지 않았다. 다치게 하지 않으려다 보니 괜스레 몸 여기저기에서 훈김만 더 강하게 올라와 국영은 필사적으로 어린 동생을 피하기만 하였다. 국영에게 먼저 다가와 손을 내민 건 오히려 동생 쪽이었다. 아직 말도 제대로 못 하던 아이는 국영의 손가락을 잡았다가 뜨거운 감촉이 신기한 듯 더 뜨거운 쪽까지 손을 내밀었다. 국영은 얼른 아이를 떼어내었지만 아이는 국영을 향해 웃었다. 홍낙춘은 혀를 찼다.

"피 한 방울 섞이지 않은 오라비라 해도 오라비가 좋은 모양이지."

누이는 오라비의 비밀에 익숙해졌다. 오라비의 몸속에 톱니바퀴가 있고, 오라비의 생각이 여느 사람과 다르다는 걸 배우지 않아도 자연스럽게 받아들이며 커나갔다. 사람들이 오라비를 무서운 사람이라 해도, 누이는 그저 웃을 따름이었다. 오라비는 무서운 사람이 아니라 명민하며 아둔한 사람인데, 사람들이 그것을 알지 못했다. 국영의 명민함과 아둔함은 국영의 이지러짐을 아는 이들만 공유하는 비밀이었다.

*

왕에게는 도승지, 좌승지, 우승지, 수많은 승지가 있었으나 홍국영을 그저 승지라고만 부르기에는 어딘지 허전했다. 숙위대장, 훈련대장, 선혜청, 도승지를 겸하느라 그는 하루도 쉬지 않았다. 모든 병권을 다 가지고 있었고, 나라의 곡물을 관리했고, 모든 의견은 국영을 거쳐 왕에게 전달되었다. 사람들은 그를 이름 대신 지신사(知申事)라고 부르기 시작했다.

지신사는 더 이상 없는 관직이었다. 고려시대에 있었고, 세종 이후에는 아예 혁파되어버린 벼슬. 왕이 베푸는 모든 것을 알고 있는 이, 그것이 지신사였다. 도승지라는 벼슬 이름이 있음에도 불구하고 모두가 홍국영을 지신사로 칭한 것은, 단지 왕의 뜻을 잇는다는 이름만으로는 부족했기 때문일 것이다.

국영은 기이하다 생각했다. 지신사라는 벼슬은 이제 없는 벼슬이거늘, 없는 벼슬의 이름을 차용하여 누군가를 지칭하는 것이 도리에 맞는 일인가. 김종수가 지신사의 말은 절대적이라고 말했을 때도 마찬가지였다. 하늘 아래 가장 절대적이어야 할 군왕의 말도 절대적일 수는 없었다. 군주의 힘이 강해야 신하의 힘이 강한 법이었다. 신하의 힘이 군왕을 뒤흔들 순 없었다.

"그게 무슨 말씀이십니까?"

"부끄러워하실 것이 없습니다. 제가 세손시를 할 시절부터 도승지를 보아왔습니다. 도승지는 전하의 신변을 지키고 보호하고 모든 뒤를 다 처리해온 사람입니다. 도승지의 말이 절대적인 힘을 가지는 것도 당연합니다. 하지만…."

묵묵히 다음 말을 기다리는 지신사를 두고 김종수는 몸

을 돌렸다.

"도승지가 전하를 아끼는 마음을 제가 잘 알고 있습니다. 하지만 전하와 도승지를 함께 가르쳤던 제가 했던 말들도 잊지 마셔야 합니다. 전하는 스승이시며 동시에 아버지십니다. 만물을 감싸는 커다란 힘이셔야 합니다."

지신사는 말을 남기고 돌아가는 김종수를 멍하니 바라보았다. 그런 지신사 뒤에서 채제공도 가만히 그를 바라보았다. 지신사의 권력은 무한한 듯 보였지만, 채제공의 눈에는 그의 작달막한 덩치가 먼저 보였다. 사람들 평균치에도 못 달하는 자그마한 기기인. 그의 판단을 어디까지 믿고 함께 갈 수 있는가. 임금이 그가 기기인이라는 사실을 모를 리가 없었다. 더운 숨을 내쉬며 기기인은 어딘지 삐거덕대는 몸짓으로 천천히 길을 되짚어 걸어갔다. 채제공은 홍국영의 모습이 사라질 때까지 가만히 뒤를 바라보고만 있었다.

풍산 홍씨 내에서 광증이 있다는 소문이 파다하던 홍낙춘은 홍국영의 기세를 등에 업고 한양의 동몽교관 역할을 무난하게 수행하고 있었다. 느닷없이 떠맡겨진 아들이 복이 된 셈이었다.

홍낙춘은 홍봉한의 말대로 어디에도 국영이 양자라는 사실을 밝히지 않았다. 함께 살기 시작한지 이레가 채 지나지 않아, 홍낙춘은 아들이라고 떠맡겨진 이가 어딘지 이상하다는 사실을 알게 되었다. 소년은 나이 열다섯이 될까 하는 얼굴이었는데 제대로 먹지도 않고 물만 말처럼 들이켜며 방에 틀어박혀 오로지 서책만 읽어댔다. 아들이 밥을 먹지 않아도 생활할 수 있고, 물을 마시고 나면 때로 훈김을 뿜는다는 것도 금세 알게 되었다. 말로만 듣던 증기의 기기인임에 틀림없었지만, 그 이야기를 입 밖에 낼 수는 없었다. 아들의 출세가도가 지속될수록 홍낙춘의 마음도 복잡해졌다. 때로 아들의 방 앞에서 두려움에 떨기도 했지만 내려오는 벼슬은 받기로 했다.

한양의 학동들을 훈도하고 집에 돌아오면 조정의 온갖 일들을 밤새워 다루는 아들을 마주했다. 기기로 된 것이 틀림없는 증기 아들에 대한 정도 없었지만, 아들은 아침저녁으로 문안을 빼놓지 않았고, 효경에 나오는 모든 일을 성실하게 이행했다. 어느 저녁 문안에 홍낙춘이 그 말을 꺼냈다. 별다른 야심 없이 한 말이었다.

"주상전하께서 올해 춘추가 적지 않으신데."

"예, 그렇습니다."

"선위 대에 그렇게 고통을 겪으셨는데 아직 후사가 없어서 어찌하누. 작년에도 화변이 있고 결국 피를 보지 않았나."

"…그러합니다. 거기까지 연산되지 아니하였습니다."

"주상전하께서는 무슨 생각이라도 있으신가?"

그 길로 국영은 임금에게 후궁을 간택해야 한다는 간언을 하기 시작했다. 종묘 사직을 위해 후사를 남겨야 한다는 건 너무도 당연한 말이었다. 임금에게 필요한 후궁이 어떤 후궁인지 국영은 잘 알고 있었다. 어릴 때부터 제대로 된 사대부의 교육을 받아야 했고, 아이를 낳을 수 있을 만큼 젊고 건강해야 했다. 다만 국영은 마음의 끌림에 대해서는 전혀 이해하지 못했다.

"그래도 내가 끌려야 할 게 아닌가."

"끌림이 그리 중요하옵니까?"

"자네는 참 충실하지만… 됐네."

정순왕후가 간택령을 내리자마자 홍국영은 누이를 궁 안으로 밀어 넣었다. 국영이 아는 유일하게 젊고 건강하고 교육받은 명민한 여성이었다. 지신사의 힘은 절대적이었고, 누이는 곧바로 후궁에 책봉되었다.

누이가 궁에 들어가던 날 어머니는 조금 눈물을 보였다.

"지난달에 막 초조를 시작하였나 하였더니, 이리도 금방 어미 곁을 떠나십니까."

아직 나어린 누이는 어머니 치마폭에 안겨 훌쩍이다 오라비의 도포자락에 안겨 훌쩍이는 걸 반복했다. 홍국영은 누이가 왜 우는지도 몰랐다. 종묘사직을 이어나가는 것은 천명이며, 그 역할은 누이와 같은 이들에게 주어지는 것이 마땅했다. 홍국영은 울고 있는 누이에게 차분하게 소학과 효경에 대해 말했지만, 누이의 울음은 더 커지기만 했다.

"오라비가 인간 외양을 하고 있으나 인간이 아닌 것은

이미 오래전에 알고 있었다 해도, 어찌 그리 무심한 말씀만 골라 하시오."

"어찌하여 내게 무심하다고 하느냐. 내 한번도 사단에서 어긋나는 일을 해본 적이 없거늘."

"오라비는 사단이 아니라 칠정이 없소이다."

코가 새빨개진 채 가마에 오르기 직전, 누이는 오라비의 소맷자락을 꼭 쥐었다.

"오라버니, 궁에 들어가면 나를 지켜주어야 합니다. 나는… 나는 너무도 무섭습니다. 오라비는 주상전하 다음으로 힘이 센 사람이라고 모두들 말하지 않습니까."

누이와 달리 아버지는 썩 기분이 좋아 보였다. 누이가 간택되면서 아버지의 벼슬은 삽시간에 정삼품까지 올랐다. 아버지는 왕을 모시는 이의 아버지가 되면 보통 있는 처사라고 자랑스러워했다. 홍국영은 그것이 의아해서 임금에게 물었다.

"후궁이 되었다고 직책을 높이면 그것이 척신이 되지 않겠습니까?"

"그러나 후궁이 되었는데 직책을 높이지 않을 수도 없지 않은가."

홍국영은 주상의 대답도 이해할 수가 없었다. 누이가 후궁의 책무를 받을 만한 것과 아비가 호조참의의 책무를 받을 만한 것은 별개의 일이었다. 효를 행하는 것은 아비와 그 자식을 한 궤로 연결짓는 데에만 있는 것이 아닐진대, 왜 후궁이 되었을 때 아비의 직책이 올라가는지 알 수 없었다. 그러나 누이가 원빈이 된 이후 더 많은 이들이 지신사의 앞에 머리를 조아렸다.

김종수가 다시 말을 걸어온 것은 자식도 잃고 동생도 잃은 홍봉한이 사망한 직후였다. 임금은 봉조하가 죽기 전에 외조부의 손을 잡고 눈물을 흘렸다. 그대의 집안이 이렇게 멸문하여 어찌하면 좋으냐고 흐느꼈다. 김종수는 슬그머니 지신사의 옆에 서서 뒷짐을 졌다.

"척신을 함께 척결하자고 손을 잡자 하시더니, 척신이 되기로 작정을 하셨소?"

"무슨 말씀이오?"

"공은 척신이 무어라고 생각하시오?"

"왕실과 혼인을 맺어 종묘사직을 흔들려고 하는 가문이 아니겠소."

"그렇다면 지금 공은 왜 척신이 아니라고 생각하시오?"

홍국영과 김종수는 눈을 마주쳤다. 김종수는 홍국영의 눈에서 혼란을 읽지 못했다. 하지만 홍국영의 머릿속 톱니바퀴는 순간 갈 길을 잠시 잃어버렸다.

얼마 지나지 않아 누이는 이름 모를 병으로 죽었다. 백관들의 울음소리가 온 궐 안에 울려 퍼졌다. 엷은 옥색과 백색 옷자락들이 여기저기에 보였다. 멀리서 본 궐은 온통 옥색과 흰색으로 부서지는 파도처럼 보였다. 성균관의 유생들도 통곡을 했다. 염을 하는 모습을 홍국영은 무릎을 꿇고 앉아 지켜보았다. 국영의 옆자리엔 느닷없이 조카가 되어버린 완풍군이 앉아 있었다. 고작해야 누이보다 두세 살이나 어릴까 한 얼굴로, 왜 울어야 하는지도 모른 채 멍한 표정이었다. 임금의 성인 완산과 누이의 성인 풍산에서 하나씩 글자를 가져온 것은 국영이었다. 죽었음에도 남긴 것이 없다는 건 납득할 수 없었다. 누이의 성이나마 남아야 했다.

누이의 얼굴은 살아 있을 때와 하나 다를 게 없었으나, 본 빛이 없이 파리했다. 능으로 향하는 행렬은 길고 화려했다. 입에 삼천 석의 쌀을 문 누이를 실은 상여는 높고 웅장했다. 청에 누이의 죽음을 알리는 표문이 전해졌고, 채제공이 애책문(哀册文)을 쓴다고 했다. 채제공이 청에서 돌아와서 누이를 몇 번이나 마주했을까. 후덥지근해서인지 다리가 유난히 삐걱거렸다.

누이의 죽음에 대해 왈가왈부하는 이들은 많았지만 국영 앞에선 입을 다물었다. 개중에는 쇳독이 올라 죽었다는 소문도 있었다. 누이가 쇠를 만질 일이 무엇이 있단 말인가. 구중궁궐에 가만히 앉아 보드라운 천이나 만졌을 터인데, 누이는 홍국영이 권세를 잡은 이후에 태어나서 한 번도 험한 일을 해본 적도 당해본 적도 없는 아이였다. 그런 아이가 굳이 쇠질을 할 리가 없으니 헛소리였다. 홍국영은 몸속에서 끼긱대는 와륜 소리에 귀를 기울이며 상여를 따라 걸었다. 국영은 자신의 몸을 갈라서 속을 들여다본 바가 없었다. 몸속에서 늘 따라오던 쇳소리를 의심해본 바도 없었다. 쇳독이란 쇠질을 안 하고도 걸릴 수 있는 것일까.

또 어떤 이는 동생의 몸집이 너무 작아서 죽었다는 소리도 했다. 왕을 모실 준비가 안 되어 있었다고도 했다. 원빈의 신발이 아주 작았다고 수군거리는 이야기를 들었다. 누이는 원기가 넘치고 건강한 아이였다. 타고난 기운이 활발하여 더 어릴 때는 곧잘 온 동네를 쏘다니기도 했다. 동생에 비하면 중전은 지극히 힘도 없고 맥도 없는 사람이었다. 국영은 자신이 아는 가장 건강하고, 흐린 데 없이 밝고 환한 여자를 궐에 들여보냈다. 그런데 궐 안에선 중전이 살아남고 누이는 죽었다. 부모에게 받은 모든 신체가 한 군데도 상함이 없는데도 누이는 이제 다시 눈을 뜨지 못하는 사람이 되고 말았다.

죽음에 대해서는 오래 생각할 것이 못 되었다. 삼혼칠백이 이미 몸에서 빠져나갔으니 끝이었다. 생에 대해서 생각할 것만으로도 세상은 이미 넘쳐흘렀다. 미지생 언지사(未知生 焉知死)*라 하지 않았던가. 국영은 언제나 생각을 끊어내기로 마음먹으면 칼같이 끊어낼 수 있었다. 그것은 머릿

* 《논어》에 나오는 공자의 말로, '아직 삶도 모르는데 죽음을 어찌 알겠는가'라는 뜻

속의 와륜을 한쪽만 정지시키고 다른 쪽을 활발하게 돌리는 것과 비슷한 일이었다. 그런데 어째서인지 죽음에 대한 생각이 멈추지를 않았다. 몇 번씩이고 멈춰보려고 했지만, 그때마다 머리는 잠시 삐걱대다가 다시 죽음에 대한 생각으로 원래 가던 길을 잡아갔다.

누이가 죽었다는 건, 이제 다시 마주하지 못한다는 것이다. 죽음은 가능한 한 피하는 것이 복이요, 형제에 대한 우애란 마땅히 지켜야 할 생륜(生倫)의 도리다. 누이를 의리로 바로 세워야 할 필요가 있었던가? 누이가 무언가 잘못한 일이라도 있었던가? 누이는 조정의 일을 아무것도 알지 못했고, 때로 국영이 찾아갈 때면 예전처럼 얼굴을 묻고 증기를 흠향하지 못하는 걸 아쉬워할 따름이었다. 매양 겁에 질린 얼굴을 하고 있었지만, 궐에서 나오는 다식들이 달고 고소하다며 기뻐하기도 했다. 누이는 어렸기에 궐 내부의 온갖 암투들에 무지했다. 그건 누이가 아이를 가지는 게 임금에게 더 나은 이유이기도 했다.

입궐할 때 누이의 모습이 흐트러짐 하나 없이 머릿속에서 계속 되풀이되었다. 국영은 결코 기억이 흐려지지 않는 이였다. 누이는 자신을 지켜주어야 한다고 말했다. 누이가 죽지 않도록 도왔어야 한다는 뜻이었다. 김종수는 국영이 척신이라 말했다. 척신이라는 말의 명료한 의미를 국영에게 가르친 이도 김종수였다.

장례 절차를 모두 마치고 홀로 남았을 때, 국영은 지필묵을 꺼내어 戚臣(척신), 두 글자를 써 보았다. 戚(척)에는 창 戊(모)와 아재비 尗(숙)이 함께 있었다. 창을 들고 분개하는 아재비가 戚(척)이었다. 아재비는 누구의 아재비기에 분개하고 말았는가. 척신이란 말의 본디 뜻을 살펴보자면 왕의 아재비기에 분개하는 것이리라. 왕이 다칠 때 왕의 적을 해치는, 험한 시선으로 주변을 둘러보고 창을 휘두르는 아재비가 바로 척신이다. 국영은 臣(신)에 시선을 옮겼다. 왕 앞에서 함부로 눈을 높이 들지 않는 신하의 모습이 臣(신)이었다. 척의 눈과 신의 눈은 달랐다. 그러므로 척과 신은 함부로 붙어 있어선 안 될 표상이었다.

그러나 효와 충은 서로를 어긋나게 하지 않는 말들이었다. 아비에게도 임금에게도 마음을 다하여 의리를 지키되, 의리로서 서로를 수양하고 바로잡아 더 나은 나라를 만들어 가는 것이 신하된 이와 자식된 이, 형제된 이의 도리였다. 도에서 어긋나지 않도록 바로잡고 바로잡히는 것이야말로 인과 예로 서로를 지키는 것이 아니던가. 언제나 중요한 것은 의리였다. 임금은 국영을 의리의 주인이라고 했었다. 옳고 바른 이치를 세우는 이라고 하였다. 사람 사이의 일과 나라와 세상의 일을 옳게 처리하고 메우고 수선하는 이라고 하였다. 그러나 누이는 온 데 간 데 없었다. 의리가 무엇인지 찾고 또 찾느라 하도 애를 써서, 다음 날 국영이 문을 열자 습기에 흠뻑 젖은 창호지가 후두둑 뜯겨 나갔다. 밤새 방 안에 가득 찼던 훈김이 훅 뿜어져 나왔다.

며칠 지나지 않아 국영은 쇠 지렛대를 들고 가는 중전의 나인을 궐 안에서 마주했다. 그날 따라 무슨 일인지 내관들이 바쁘게 오갔고, 여기저기가 소란스러운 사이 나인은 거의 자기 키의 반 크기인 쇠 지렛대를 등 뒤로 감추고 잰걸음으로 이동하고 있었다.

국영은 가만히 나인의 뒤를 따라갔다. 홍국영은 숨을 죽이거나 조심해야 한다는 생각조차 없었지만, 나인은 설마 하니 지신사가 자신을 따라올 거란 생각은 조금도 하지 못했다. 홍국영의 얼굴을 보았지만, 어디론가 가는 중인가 보다 생각했을 따름이었다. 쇠 지렛대 끝은 녹이 많이 슬어 있었다. 원빈의 여린 살에 닿았다가는 금세 독이 일어날 수 있을 것처럼 보였다. 나인은 한참을 걸어 보장문을 지나고 나서야 담 밖으로 쇠 지렛대를 집어 던지려 했다. 홍국영은 냉큼 나인의 팔을 붙들었다. 나인은 소스라치게 놀라 바닥에 뒹굴고 말았다.

국영은 그 길로 나인을 문초했다. 그러나 주리를 틀리는 와중에도 나인은 순순하지 않았다.

"일개 도승지가 중전마마의 나인을 문초하는가!"

생윤의 법도와 충의의 법도 중 우선하는 것을 명료하게 집어내기란 어려운 일이었다. 생윤의 법도를 바로 세워 충의의 법도까지 나아가게 하는 것이 마땅한 일이지 않겠는가. 중전마마의 나인이라는 말은 가닿지도 않았다. 홍국영은 심드렁하게 똑같은 질문을 반복할 따름이었다.

"저 쇠 지렛대로 무엇을 했는가, 원빈의 쇳독과 무슨 관련이 있는가."

"중전마마 침전의 가구를 옮겼다 하지 않았소. 중전마마가 이 사실을 아시면 가만히 있을 거라고 생각하는가!"

홍국영은 담담히 고개를 돌렸다. 다시 나인의 비명소리가 울려 퍼졌다.

"그 어린아이가 쇳독이 올랐다면 자네한테 올랐겠지! 권력에 눈이 멀어 죽은 사람 아래로 아들을 입적하는, 이 쇳덩어리보다도 차가운 인간아!"

덜컥, 몸속에서 무언가 걸린 듯한 소리가 났다.

*

왕의 부름을 받잡은 도승지는 만난 이래 한 번도 변하지 않은 냉담하고 어여쁜 얼굴로 들어왔다. 여전히 나이가 많은지 적은지 가늠하기 어려운 표정을 하고 있었다. 임금은 가만히 도승지를 바라보다가, 불쑥 입을 열었다.

"몸은 괜찮은가?"

"예, 염려하여 주신 덕분에 건강합니다."

"여전히 뜨거운가?"

"예, 염려하여 주신 덕분에."

"여전히 잠들지 않는가?"

"예."

"그대가 중전의 나인을 문초했다고 들었네."

"그렇습니다."

"중전의 나인을 문초하는 것은 도승지의 권한 밖이라는 걸 몰랐나?"

"원빈의 죽음에 관한 일이었습니다."

"중전이 원빈을 죽이기라도 했다는 얘긴가?"

"아직 알지 못합니다."

당연하게도 도승지의 눈빛은 예전과 다르지 않았다. 가만히 도승지를 바라보던 임금은 나직하게 말을 이었다.

"중전이 원빈의 죽음과 관련이 있다면, 형조와 의금부에서 다룰 일이 아닌가. 내 그대에게 이조참판, 대사헌, 금위대장, 훈련대장을 맡긴 바 있으나 형조를 맡긴 바는 한 번도 없네만."

"임금의 신위와 나라의 안위에 문제가 발생한다면, 설령 임금의 명이 없더라도 그를 위해 충심을 다하는 것이 마땅한 신하의 도리로 알고 있습니다. 임진년에 의병을 자임하고 왜군과 맞서 싸운 민초들은 왕의 이름이 없이 사병을 일으켰음에도 처벌받을 일이 아닌 것과 같습니다."

"중전은 임금과 나란히 서서 나라를 떠받치는 하나의 기둥이다. 신하가 함부로 중전에 대해 손을 댈 수 있는 문제가 아니다."

"나라를 세우기 전에 신의를 세우는 것이 더 중요하고, 가정에서의 신의는 모든 것의 기본이 되는 것입니다."

"그것은 그대의 가정에 말할 일이지, 다른 이의 가정에 입을 댈 수 있는 건 형조와 의금부가 아니겠는가."

도승지는 갑자기 입을 꾹 다물고는 당혹스럽다는 듯 임금을 바라보았다. 도승지의 눈에는 아무 의심도 없었고, 어떤 음모도 없었다. 다만 혼란이 언뜻언뜻 스쳤다. 잠깐의 침묵 끝에 임금이 먼저 입을 열었다.

"방금 전에 자네가 뭐라고 하였지?"

"임금의 신위와 나라의 안위에 문제가 발생한다면, 설령 임금의 명이 없더라도…."

"아니, 그 이후에 뭐라 하지 않았던가?"

"무슨… 말씀을?"

푸슈, 도승지의 어깨에서 훈김이 얕게 올라왔다. 임금은 도승지를 물리고 홀로 깊은 밤까지 생각에 잠겼다. 모든 것을 잊지 않는, 타고나기를 잊을 수 없게 만들어진, 길 바깥을 빠져나갈 줄 모르는 그의 도승지가 일그러져 있다는 걸 받아들여야만 했다. 홍봉한을 치기로 작당하던 그날, 아무런 사심 없이 그는 아버지가 아니라고 하던 단호함이 대나무처럼 꺾인 것이었다. 그때 임금은 국영에게 물었었다. 자신을 사랑하느냐고. 국영이 뭐라고 했는지 잘 기억나지 않았다. 분명 국영은 명백히 기억할 터인데.

그날 임금은 조용히 도승지에게 비밀스러운 명을 내렸다. 그 명은 도승지가 지금껏 기동해왔던 원리와는 완전히 배치되는 것이었으나, 오순이 일그러진 기기인에게 받아들이는 것 외에 다른 선택지는 애초에 주어지지 않았다. 명을 듣자마자 순식간에 국영의 전신은 그 명이 자신의 모든 와륜을 어그러뜨리리라는 것을 알았다. 하지만 어그러지더라도 명에 따르지 않는 방법을 그는 알지 못했다.

익일, 홍국영은 모든 대관들 앞에서 임금 앞에 머리를 조아렸다.

"성심(聖心)*께서도 오늘을 기억하시겠지요. 오늘은 신이 임진년에 성명을 처음 만난 날입니다."

아니었다. 임금과 홍국영은 한참 전 여름에 만났다. 이때쯤 홍국영에게 홍국영이란 이름이 주어졌을 따름이었다.

"왕실의 인척이 되고 나서 공사가 불행하니, 신이 밤낮으로 생각하고 갖가지로 헤아려도 이는 모두 신이 아직도 조정에 있기 때문입니다."

홍국영은 말을 떨 줄 모르는 이였다. 그러나 이번에는

* 임금의 마음을 높여 이르는 말

말이 떨리는 대신, 기이한 쇳소리와 함께 말을 더듬거리며 토해내기 시작했다.

"오ㄴ늘으ㄴ, 시ㄴ이, 크, 성며ㅇ을, ㄱ길이, 헤ㅇ어지는 날입니다. 이ㅈ, 제, 부신을 바치ㄱ고, 나ㄱ갈 것ㅇㅣㄴ데, 신이 크, ㅎㅏㄴ 번, 금ㅁ문 바ㄲ끄로 나간ㄴ ㅎㅜ에, ㄷ다시 ㅅ세ㅅ상, 크, ㅇㅣㄹㅔ 뜻ㅅ을 두어 조지를, 구ㅎ하여, ㅂ보고, 크, ㅅ사ㄹㅏㅁ을, 불ㄹㄹㄹ러 만ㄴ난다ㅏ면 ㅇ이는 국ㄲ가를, 잊은 것ㅅ이니, 천ㄴ신이 반ㄴㄴㄴㄴ드시 죽ㄱ일 것ㅅ입니다."

홍국영은 훈련대장의 명소를 풀어 임금 앞에 내려놓더니 벌떡 일어나 그대로 조정을 떠났다. 섬돌을 내려가다가 잠시 주춤했을 뿐 단 한 번도 망설이는 것처럼 보이지 않았다. 마지막 말은 알아듣기조차도 쉽지 않아 대신들도 사관들도 서로 얼굴을 마주 볼 따름이었다. 먼저 입을 연 건 김상철이었다.

"신들은… 참으로 까닭을 모르겠습니다."

눈을 가만히 감고 있던 임금이 천천히 눈꺼풀을 들어올렸다.

"경들은 잠시 말하지 말라. 이것이 그 아름다움을 이룩하고 끝내 보전하는 방도다. 내가 어찌 생각 없이 그랬겠는가?"

도리어 임금은 먼 곳을 바라보며 아련한 미소까지 띠고 말을 덧붙였다.

"이 뒤로는 그의 뜻대로 강호의 산수에서 노닐 것인데, 조보와 사람을 보지 않겠다는 말에서 그의 마음을 알 수 있다. 지신이 이 뒤로는 세속을 벗어난 선비가 되어서 노래하는 계집, 춤추는 계집과 어울려 시간을 보낼 터이니, 경들도 틈을 타서 종종 만나보면 좋지 않겠는가."

그러더니만 슬픈 눈을 하고 조정에 엎드린 대신들을 둘러보았다.

"나야 지신을 자주 만나고 싶지마는… 너무 출입이 잦은 것도 긴치 않으니, 두어 달에 한 번은 소식을 서로 알릴 예정이다."

어리둥절한 대신들 사이에서 홍국영의 사직을 받아주지 말라는 상소도 있었지만, 임금은 개의치 않았다. 며칠 뒤 조정에서 임금은 홍국영에게 선마했다. 웅장하고 엄숙한 이별식이었다.

"경은 충효의 완전한 절개가 있고 천지의 뛰어난 재기를 타고났다. 주연에서 공부할 때에 지우를 맺었으니 거의 가난한 선비의 우의와 같았고, 흉당이 역란을 꾸밀 때에 사생을 잊어버렸으니 오로지 널리 경륜하는 재주에 의지하였고."

천지가 인간을 만들었고, 인간이 너를 여기에 만들었다면 충효의 완전한 절개를 인간이 만들어냈을 수도 있겠지. 임금은 마음을 차분하게 가라앉히고 말을 이었다. 어깨를 늘어뜨리고 임금의 선마를 받아드는 작은 몸, 뒤틀려버린 충효의 절개가 그 와중에도 올곧이 자리하고 있었다.

"평소에 마음을 의지한 신뢰를 생각하면 참으로 경을 버릴 수 없으나, 옛날에 손을 잡고 한 말을 생각하면 어찌 관직에서 물러가는 것을 아까워하겠는가? 그래서 금전에서 백마를 내린다. 강호의 근심을 잊지 말고 신극의 사랑을 길이 생각해야 한다."

몸을 나직하게 내려서 홍국영이 말을 받았다.

"신은 전하의 포의의 사귐이 되어 지우의 은혜가 천고에 다시 없는 것이니, 신처럼 재주 없는 자가 어찌 감히 이것을 감당할 수 있겠습니까? 이것은 모두 신하가 감히 할 수 없는 일이었으니, 소열제와 제갈 공명의 만남도 신보다 오히려 대수롭지 않다 하겠습니다.

아직도 어리둥절한 사람들 사이에서 국영은 주어진 말들을 충실하게 내뱉었다.

"신의 오늘의 일은 목석처럼 무정하여 불충하고 불효하다 할 수 있으나, 다시 생각하면 이것은 전하를 저버리는 것이 아니라 전하께 보답하기 위한 것입니다. 신이 이 뒤로 다시 시사에 간여한다면 천신이 죽일 뿐 아니라 전하께서 신을 죽이시더라도 신은 한이 없을 것입니다."

전하께서 죽이시더라도 한이 없다는 말에 임금은 굳이 국영의 눈을 깊이 들여다보았다. 이번엔 말이 조금도 엇나

가지 않았다. 국영의 작은 몸이 어떻게든 이 상황을 연산해 내느라 애를 쓰고 있는 것이리라. 임금은 선마한 글을 국영의 손에 쥐여주었다.

"일찍이 백발의 봉조하는 있었어도, 공이 높은 그대가 흑두 봉조하가 되었으니 이 어찌 자랑스러운 일이 아니겠는가."

김종수가 기나긴 상소를 올려서 홍국영의 교활함을 소리 높여 외친 것은 그로부터 반년은 지난 다음이었다. 임금이 홍국영의 관직을 삭탈한 것은 그로부터도 한 달여가 더 지나서였다. 모두의 사랑 속에서 불안해하며 자란 세손은 자신을 사랑하는 그 시선들 속에서 동물도 아니고 인간도 아닌 신하를 기괴하게 규탄했다.

"내가 참으로 착하지 못하기 때문에 이런 일이 생긴 것이니, 자신을 돌아보면 부끄럽고 괴로워서 차라리 죽고 싶다. 모두가 내가 착하지 못하기 때문인데 오히려 누구를 허물하겠는가?"

슬픈 표정으로 내린 왕의 전교는 빠르게 홍국영에게 도달했다. 횡성의 전리로 갔다가 강릉부로 옮겨 간 국영은 생전 처음으로 환한 바다를 보았다. 분명 처음인데도 꼭 어디선가 본 적이 있는 것처럼 느껴지는 해사한 빛깔이었다. 한양에선 어딜 가나 사람이 있었지만, 횡성도 강릉도 반나절을 걸어도 사람을 못 만나기가 일쑤였다. 그래서 국영은 사람을 굳이 찾지 않고 지냈다.

한양에서는 수많은 사람이 홍국영을 벌하라는 상소를 내리고 있다는 말이 종종 귀에 들려왔지만, 국영은 무엇을 어찌해야 할지 알 수가 없었다. 이 먼 곳에 떨어져서 임금을 위해 무엇을 해야 할지 짐작도 되지 않았다. 국영은 아무 말 없이 방 안에 가만히 앉아 있는 날들이 많았다. 그 와중에도 시종들은 자세 한번 흐트러지지 않는다고 국영에 대해 감탄했다. 국영은 자세가 흐트러진다는 게 무엇인지도 몰랐다. 하지만 국영의 와륜은 멈추지 않았기에, 국영은 뭘 해야 할지 모를지언정 자신이 어떤 상황에 있는지는 이해하고 있었다.

국영은 오동나무로 만든 장을 쓰다듬다가 문득 서랍을 열어보았다. 서랍 속에는 언제 꺼냈는지 기억도 가물가물한 패영(貝纓)이 있었다. 산호로 만든 패영이었다. 패영을 꺼내서 상 위에 올려두고 가만히 지켜보던 국영은, 패영을 고이 다시 장 안에 넣어두었다. 자신이 패영이었다. 작은 서랍에 달린 물건이었다. 제 아무리 아름다운 보배로 만들었다 하더라도, 주인이 꺼내주기 전까지는 아무런 효과도 없을 작고 가느다란 장물. 임금이 다시 국영을 찾기 전까지, 국영은 아무런 효능이 없었다. 아무런 효능 없이 빙글빙글 돌아가고만 있다는 건 조금 이해하기 어려웠다. 그저 존재하는 것만으로 존재하는 것이 무엇인지 그는 오래 생각했다. 그저 가만히 있는 것 외에 할 수 있는 것도 물론 없었다.

그저 가만히 있는 것이 문득 이상하게 느껴져, 그는 마당에 백일홍 나무를 심었다. 마당에 백일홍을 심고 나서 자리에 돌아와 앉아 기이해했다. 자신은 마당에 백일홍을 왜 심었던가. 무엇을 알고 싶어서 심었던가. 백일홍이 자라는 모양, 백일홍을 보고 즐거워할 사람들, 그 사람들을 이용해서 이루고 싶은 정치, 그중 국영이 이루고자 한 것은 아무것도 없었다. 국영은 때마다 마당에 나가 백일홍을 쓰다듬으며 생각에 잠기곤 했다. 시종들은 또 자신의 영화가 한순간이었다는 걸 한탄하시는가보다 수군거렸지만, 국영이 궁금했던 건 자신이 백일홍을 왜 심었는지 뿐이었다.

어느 날부턴가 국영은 임금을 떠올리면 몸속 와륜이 빽빽하게 거치적거리는 걸 느꼈다. 이상한 일이었다. 기름칠이 덜 되거나 물 공급이 부족해서가 아니었다. 임금에 대해서만 생각하면 여기저기에서 삐걱대는 소리가 났다. 국영은 어딘가에서 눈을 뜬 이래, 궁궐에서 선왕을 만난 이래 한 번도 멈춰본 적이 없었다. 국영은 자신이 쉽사리 멈출 그런 존재가 아니라는 걸 본능적으로 알고 있었다. 하지만 임금을 떠올릴 때마다 몸 여기저기가 둔해졌다.

국영은 때로 홍봉한을 만났을 때를 생각하기도 했다. 처음에 국영에게 명령한 것은 선왕이었고, 국영은 어째선지 임금의 명령에 복종해야 한다는 사실을 알고 있었다. 국영의 신체에는 미리 주어진 명령이 있었다. 그다음 국영에게 명령한 것은 홍봉한이었다. 홍봉한이 봉조하가 되고, 몰려나고, 임금의 어미가 국영을 원망하고, 이제 국영은 봉조하가 되었다. 그 많은 시간 동안 홍봉한이 무엇을 생각하는지 국영은 알 수 없었고, 알 필요도 없었다. 국영을 덕로라고 부른 것은 홍봉한이었지만, 국영은 지금 자신이 얼마나 늙었는지 여전히 잘 몰랐다. 그저 임금이 국영에게 원하는 것들이 있었고, 국영은 임금이 없이는 아무것도 아니었다. 임금이 사랑하는 것들을 국영은 사랑하고자 했고, 임금을 사랑하는 이들을 조종하고자 했다. 국영은 그것 외에 아무것도 몰랐다.

아버지는 여전히 한양에서 벼슬을 잘하고 계시다고 했다. 아버지는 기실 국영에 대해 잘 몰랐다. 그렇게 국영을 찬찬히 들여다본 바도 없었다. 누이와 사이가 좋은 걸 희한하게 생각할 때는 있었던 듯하지만, 그렇다고 국영에게 효도를 받고자 한 바가 없었다. 누군가 어르신은 아들인데도 도승지께는 정을 안 주시네요, 같은 말을 한 적이 있었다. 국영은 그 정이 무엇인지 잘 모르나 《동몽선습》과 《논어》에 나와 있는 대로 아버지와 어머니를 대했다. 아버지는 국영의 모든 행동에 별다른 말이 없었고, 국영도 별다른 말이 없는 아버지에게 별다른 생각이 없었다.

아버지를 생각하던 어느 날은 아버지에게 문안인사를 가기 위해 집 안에서 문을 열었다가 다시 방으로 돌아온 날도 있었다. 그런가 하면 문밖으로 나가서 궁궐로 가려다가 알던 길과 너무 달라 곰곰이 생각을 곱씹은 날도 있었다. 시종들은 그때마다 어르신이 분하고 억울한 나머지 총기를 잃으신다고 슬퍼했지만, 국영은 분하고 억울하지 않았다. 그저 임금이 무얼 하고 계신지 때로 궁금할 따름이었다. 임금의 명령이 너무 없었기에, 국영은 혼자서 마음이 빙글빙글 돌았다.

찾는 이 없던 문간에 어느 날 한 선비가 찾아왔다. 평범한 갓에, 화려하지 않은 도포를 한 선비는 이름 한번 부르지 않고 성큼 대문 안으로 들어섰다. 저벅저벅, 흙길을 앞서 걷는 사이 시종들은 저마다 막아서야 하는지 말아야 하는지를 고민하고 있었다. 선비가 섬돌에 발을 올릴 때쯤, 드디어 시종 한 명이 나서서 걸음을 막으려던 차, 장지문이 벌컥 열렸다. 섬돌에 한쪽 발을 올린 선비의 얼굴을 본 국영의 얼굴이 기묘하게 뒤틀렸다.

"아… 주상…."

말을 다 끝맺지 못하고 국영은 그 자리에 넙죽 엎드렸고, 하얗게 질린 시종들도 다 함께 넙죽 엎드렸다. 임금은 고개를 절레절레 저으며 입술에 손을 가져다 댔다.

"안 되네, 내가 이리 온 걸 사람들이 알아선 안 돼."

시종들은 고개를 들지도 못한 채, 예에, 예에만 반복했다. 국영은 엎드린 채 몸을 뒤쪽으로 천천히 밀어 왕이 들어올 자리를 만들었다. 들어오는 왕의 옆모습, 신발을 벗고 흔들리는 도포 자락을 보면서 국영의 몸속에서 바퀴들이 재빠르게 맴을 돌았다. 왕을 떠올릴 때마다 바퀴들이 느려졌던 것과는 다른 느낌이었다. 와륜들은 너무 거세게 돌아서 오히려 몸이 제대로 움직이지 못했다. 국영은 거칠게 돌아가는 와륜들의 걸그럭대는 소리를 들으며 말석에 앉았다. 국영의 몸속 모든 기기들이 명령을 받을 준비로 날뛰고 있었다. 이것은 '기껍다'는 기분이었다.

"잘 지내고 있었나?"

"주상의 은총으로 잘 지내고 있었습니다."

임금은 언제나 국영에게 자신은 달빛과 같은 이가 되고 싶다고 하였다. 모든 것을 바라보고 끌어안는 존재, 보이지 않는 곳에서 백성의 삶을 모두 주관하는 존재가 되고 싶다고 하였다. 임금이 그런 존재가 될 수 있도록 주변을 정리하고, 임금의 갈 길을 만들어내는 것이 국영의 일이었다. 임금은 국영에게 명령할 것이고, 국영은 명령을 수행할 것이다. 오랜만에 몸 바깥으로 훈김이 훅훅 뿜어져 나왔다. 표정 하나 변하지 않았지만, 아지랑이처럼 올라오는 훈김을 보며 임금은 국영이 어떤 마음인지 짐작했다. 기기인의 기쁨, 기기인의 희망, 기기인의 꿈.

"덕로여."

"예, 전하."

"이 이름으로 그대를 불러보는 건 오랜만이네."

"그렇습니다."

"내가 올 줄 알고 있었나."

"언젠가는 오시리라 생각했습니다."

"어째서 그렇게 생각했지?"

덕로는 의아한 듯 고개를 들었다. 주상이 자신을 찾아오는 건 덕로에겐 너무도 당연한 일이었다. 덕로는 주상이…. 대답을 내리지 못하고 한참을 의아하게 바라만 보는 덕로에게 임금은 고개를 흔들었다.

"굳이 대답을 내놓지 않아도 되네."

"예."

"우리가 처음 만나던 날에는 날이 참 더웠는데."

"그렇습니다."

"그래서 자네 어깨에서 올라오는 훈김인지 후덥지근한 공기의 흐름인지도 잘 알지 못했어."

"예."

"명의록에는 선군이 자네를 아주 어여삐 여겼다고 쓰여 있지만, 선군은 종종 자네에 대해 뒤틀린 건순오상이라고 했어. 선군은…, 자네가 누군지 알았으니까."

덕로는 대답하지 않았다. 그 말이 무엇을 의미하는지는

잘 알고 있었지만, 덕로는 자신의 존재에 대해 고민하지 않았다. 소임을 충실하게 수행하는 게 덕로에게 주어진 모든 것이었다. 그것을 뒤틀린 건순오상이라고 할지언정, 그 바깥으로 나가는 건 불가능했다.

"저는 이제 무엇을 해야 합니까."

"그게 문제지."

"조정으로 돌아가면 무엇부터 시작하면 좋을까요. 지금은 어떻습니까."

"아니, 네가 지금 시작할 것은 하나도 없다."

임금의 말은 단호했다. 덕로는 가만히 임금의 발치를 바라보았다. 무명으로 된 버선이었다. 임금의 아비는 무명은 사치가 아니고 비단은 사치라고 어린 시절에 말했다고 하였다. 임금의 아비가 총명했다고 모두가 칭찬하던 시절, 그 이야기를 임금도 듣고 덕로도 들었다. 무명 버선코가 뾰죽하니 올라온 걸 가만히 바라보고 있자니, 임금이 입을 열었다.

"오늘은 자네에게 명을 내리고자 왔네."

"주인이시여, 주실 명령은 무엇이든 주시옵소서."

"네가 처음 궁에 들어왔을 때, 너는 서대문의 시체 틈에 버려져 있었다가 주워졌다고 들었다. 그때 너는 무슨 일인지 시체처럼 보였지만, 곧 다시 사람처럼 움직이고 훈김을 뿜고 돌아다녔다고 하였지. 무엇이 너를 그렇게 만들었는지 나도 알지 못하고, 제학들도 알아내지 못하였으나 너는 알 것이다. 멈추어라."

"무엇을 멈추라 하심입니까?"

"숨쉬고 움직이고 생각하기를 멈추어라."

덕로는 몸속의 와륜들을 멈추기 위해 안간힘을 써보았지만, 가능하지 않았다. 여러 군데에 갖가지로 힘을 써보았지만, 와륜들은 도리어 더욱 쌩쌩하게 돌아갈 따름이었다. 앞에 앉아 있는 임금에게도 또렷하게 들릴 정도록 드르륵, 드드륵, 톱니들이 돌아갔다. 임금은 묵묵히 그 소리들을 들었다. 한참 기를 쓰던 덕로는 몸을 낮추어 말했다.

"멈춰지지 않사옵니다. 멈출 수가 없습니다."

"그래서는 안 되는데. 자네에게 사약을 내리라고 하는 이들에게 내가 할 말이 없다. 자네에게는 사약을 내릴 수가 없어."

"예."

"그대가 처음 왔을 때는 어떤 상태였지? 기억이 없었다 하지 않았는가."

"그렇습니다. 저 자신이 기기인이라는 것은 당연하게 알았습니다만, 제가 어떻게 거기 있었는지, 어떻게 존재가 시작되었는지 저는 모릅니다."

"나와 함께 있었던 일들도 지울 수 있겠는가."

덕로는 늘 그렇듯 침착한 눈으로 임금을 바라보았다.

"그럴 수 있습니다."

"그렇다면 모두 지우게. 그리고 아무것도 받아들이지 말게. 멈추는 게 안 된다면, 눈으로도 입으로도 피부로도 아무것도 받아들이지 말고 다시 명령할 때까지 숨을 가다듬게나. 그건 되겠는가?"

덕로는 잠깐 몸속을 움직였다.

"가능합니다."

"그래, 그럼 나를 모두 잊고, 선왕도 잊고, 홍봉한도 홍인한도 잊고, 궁궐에 있었던 기억도, 그대의 누이도, 한밤의 속삭임도, 설서와 지신사의 기억도 모두 지워버리시게. 그다음엔 몸으로는 아무것도 받아들이지 말고 숨을 고르게."

덕로는 눈을 똑바로 뜨고 정면으로 왕을 바라보았다.

"그날… 눈이 내리던 날. 홍봉한을 치기로 말을 나눴던 날 말일세. 내가 자네에게 나를 사랑하냐고 물었던 거 같은데. 내게 뭐라고 대답했었나?"

대답 대신 눈동자에 초점이 사라졌다. 눈 하나 깜짝하지도, 입술 한번 일그러뜨리지도 않은 채 홍국영의 몸속에선 커다란 경적 소리가 들렸다. 바깥에 있는 시동들은 처음 들어보는 기괴한 큰 소리에 소스라치게 놀랐으나, 임금이 들어 있는 방문을 열지도 못하고 바깥을 맴돌기만 했다. 증기로 방 안이 꽉 차고 나서, 몽롱한 눈으로 국영은 픽 쓰러졌다. 임금은 조용히 손을 들어 국영의 눈을 감겼다. 가슴팍에 귀를 가져다 대자, 아주 희미하게 와륜이 돌아가는 소리가 들렸다. 아주 희미했다. 와륜이 있다는 사실을 모르면 결코 들리지 않을 만큼 작은 소리였다. 마치 창해 건너편에서 돌아가는 소리처럼 가느다랬다. 덕로는 임금의 명령을 따른 것이었다.

임금은 방 안에서 포를 찾아 흠뻑 젖은 방 안을 손수 치웠다. 여기저기 쏟아진 뜨거운 물을 모두 닦아냈다. 그리고 자신이 앉아 있던 자리에 가만히 그를 기대어놓았다. 범인보다 작은 몸집이었지만, 쇳덩어리라 그런지 적지 않게 무거웠다. 그토록 긴 시간을 지내면서, 그의 무게를 알지 못했다는 생각에 헛웃음이 나왔다. 국영의 몸 위에 임금은 가만히 손을 얹었다.

훈김을 뿜던 나의 오른 날개여.

홍국영의 장례는 초라했다. 신하들은 모두 빨리 주벌을 가했어야 했다고 성토했다. 모두 왕이 지나치게 홍국영을 총애한 탓이라 원망하였고, 왕은 자신의 부덕이라 인정하였다. 아무도 그를 찾지 않았고, 그의 묘소가 어디에 있는지도 쉽게 잊혔다.

*

그것이 다시 눈을 뜬 것은 낯선 풀숲이었다. 웬 호랑이 새끼가 그것의 옆구리를 거세게 들이받았고, 머리를 개울물에 처박혔다가 정신없이 깨어났다.

그것은 자신이 도로라는 사실을 알았지만 왜 삼베로 된 옷을 입고 입 안에 쌀을 넣고 있는지는 몰랐다. 쌀을 뱉어내고 나서, 도로는 자리에서 벌떡 일어났다. 가야 할 곳은 없었지만 갈 곳은 많았다. 이미 얼굴도 묻힐 때와는 사뭇 달라져 있었다.

스팀펑크 조선 연대표

1392년, 이성계 조선 건국

고려의 무장이었던 시절 침략해 온 원나라 군을 물리치고 포로로 잡은 회회인 도로를 통해 증기를 처음 접한다. 사실은 자신의 꿈을 실현하기 위해 오랫동안 떠돌던 도로가 일부러 붙잡힌 것이다. 이성계의 측근인 정도전과의 대화를 통해 새로운 나라에 대한 희망을 찾은 도로는 힘을 보태기로 한다. 낯선 것을 싫어하던 귀족들과 달리 개방적이었던 이성계는 도로에게 증기 기기를 개발할 것을 명령한다. 그리고 도로가 개발한 증기마와 증기마차를 통해 기동력을 극대화시킨 기병 전술을 이용해서 연전연승을 거둔다. 하지만 조선을 건국한 후에 반대세력이 이용할 것을 우려해서 증기기기의 개발을 중단할 것을 명령한다. 거기에 왕실의 권력 다툼에 휩쓸린 정도전이 죽으면서 낙담한 도로는 조선을 떠나려고 한다. 그러다가 최무선의 설득으로 계속 남아서 함께 여러 증기기기를 개발한다. 시간이 흐르면서 도로가 사실은 기기인이라는 소문이 돌면서 신비로움이 더해진다.

1422년, 증기 한증소 등장

한양의 빈민구료 기관인 활인원에서 증기를 이용한 한증소를 세운다. 불로 지피는 것보다 더 많은 증기를 만들어서 환자들을 치료하는데 효과를 본다. 이에 한증소를 관리하는 한증승들이 증기 한증소를 더 설치할 것을 건의하고 실행에 옮겨진다.

1446년, 증기 정음 반포

세종대왕이 증기를 널리 사용해서 백성들을 이롭게 하라는 증기 정음을 반포했다. 아울러 증기의 사용법을 적은 책을 반포하기 위해 백성들이 쉽게 알 수 있는 한글을 뒤따라 만들었다. 하지만 증기의 적극적인 이용을 반대하는 일부 대신들의 반대 상소가 올라온다.

1504년, 연산군의 숙청

연산군이 자신의 어머니가 증기를 둘러싼 갈등 때문에 사약을 먹고 죽었다는 사실에 분노해서 연관된 대신들을 처벌한다. 이때 사약 대신에 뜨거운 증기를 삼키게 해서 죽이는 증살형을 쓰는 잔혹함을 드러낸다.

1508년, 증기 지게 발명

보부상들이 쓰는 쪽지게에 증기기관을 부착해서 스스로 움직이는 증기 지게가 만들어졌다. 처음 만든 이는 누군지 알려지지 않았다. 황해도에 사는 어느 몰락한 양반이라는 얘기부터 동래현 소속의 관노가 만들었다는 얘기도 전해진다. 조선이 건국될 때 증기기계를 개발한 회회인 도로가 만든 것이 시초라는 소문도 있었다. 어쨌든 짐을 대신 들어주기 때문에 삽시간에 보부상들 사이에서 퍼져나갔지만, 훈구파 대신들은 못마땅하게 여겨서 단속의 대상이 되기도 했다. 일부 공인들이 증기 지게를 사람처럼 꾸몄는데 이것을 기기인이라고 불렀다.

1516년, 조광조, 증기원 설치 주장

반정으로 즉위한 중종에게 중용된 조광조는 도교의 영향을 받은 관청인 소격서를 철폐하고 증기 기관의 개발을 맡을 증기원의 설치를 주장한다. 하지만 조광조의 영향력이 확대되는 걸 두려워한 중종이 거부한다. 조광조가 회회인이자 기기인을 만든 도로를 스승으로 모셨다는 소문이 돌았다.

1519년, 증기 사화 발생

중종이 증기의 적극적인 이용을 주장하던 조광조와 그의 동료들을 처벌하는 사화 발생. 기묘년이었기 때문에 기묘사화로 불리지만 증기 때문에 벌어진 사화라 증기사화라고 불리기도 한다. 이것으로 인해 증기의 이용을 확대하자는 사림파와 점진적 이용을 요구하는 훈구파의 갈등이 심해지면서 당파가 나뉘게 된다. 하지만 증기 기기의 개발이 민중들의 반란을 일으킬 수 있다는 것을 감안해서 철저하게 통제하는 쪽으로 기울어진다. 조광조의 처형 이후 도로의 정체에 대한 여러 가지 얘기들이 나오면서 전설이 시작된다.

1527년, 기생 황진이, 증기 악사와 함께 유람 길에 오르다.

송도 기생 황진이가 증기로 움직이는 악사와 함께 전국을 떠돌면서 명사들과 만나다.

1537년, 권신 김안로 사사

왕권을 앞세워서 전횡을 일삼던 권신 김안로가 사사당했다. 그에게 원한을 품은 몇몇 대신들이 사약이 아니라 뜨거운 증기를 마시게 해서 죽이는 증살형에 처하자고 주장하기도 했지만 받아들여지지 않았다.

1544년, 중종 승하

승하한 중종의 묘호를 정하는 문제를 두고 사림파와 훈구파가 격돌한다. 사림파는 임금이 증기를 좋아했으니 증자를 넣고, 덕이 있으니 종을 넣어서 증종으로 정해야 한다고 했지만 훈구파는 공이 있으니 조로 해야 한다고 맞섰다. 결국 양측이 타협해서 중종으로 묘호를 정했다.

1555년, 을묘왜변

왜구들이 영암과 강진 일대로 쳐들어와서 성을 함락하고 약탈을 저질렀다. 이때 조정에서는 증기로 움직이는 전선을 만들어야 한다는 의견이 대두되었다.

1589년, 정여립의 난

증기는 공공의 물건이니 모두 공평하게 써야 한다는 증기공물설을 주장한 정여립이 반란을 모반했다는 죄목으로 처형당하고 그가 속했던 동인이 대대적인 탄압을 받는다.

1591년, 조선 통신사, 일본 파견

도요토미 히데요시가 조선의 증기기술을 노린다는 소문에 조정에서는 통신사를 파견해서 진위를 파악하려고 한다. 하지만 동인과 서인의 의견이 갈리면서 제대로 대처를 하지 못하고 만다.

1592년, 임진왜란 발발, 증기 귀선이 맹활약을 한다.

임진년에 왜군 15만이 바다를 건너서 쳐들어온다. 조선의 증기기술을 노린 도요토미 히데요시가 침략한 것이다. 왜군의 갑작스러운 공격에 조선은 연전연패를 거듭하면서 임금이 한양을 버리고 피난을 떠난다. 하지만 왜군의 침입을 미리 예측한 전라좌수사 이순신이 증기로 움직이는 철갑선인 증기 귀선을 개발해서 실전에 배치한다. 빠른 속도로 움직이고 철갑으로 무장한 증기 귀선은 일본 수군을 격파하면서 제해권을 장악한다. 거기다 증기 지게를 개조해서 만든 증기 의병들이 맹활약하면서 빼앗긴 영토를 되찾는다. 이때 증기 의병을 만든 것이 회회인 도로라는 소문이 돌았지만 확인되지는 않았다.

1597년, 정유재란 발발, 조선 수군이 괴멸당하다.

철군협상이 실패로 돌아가고, 도요토미 히데요시는 다시 조선을 공격하라고 명령한다. 그 사이, 싸우지 않는다는 이유로 이순신이 해임당하고 원균이 후임으로 임명된다. 증기에 대해서 부정적이었던 원균은 증기 귀선을 폐기시킨다. 그래서 일본 수군이 다시 쳐들어오자 조선 수군은 제대로 싸워보지도 못하고 패배한다. 놀란 조정에서 다시 이순신을 기용한다. 이순신은 남은 판옥선들을 증기선으로 개조해서 명량에서 30배가 넘는 왜군들을 격파한다.

1598년, 정유재란 종결, 이순신 전사

도요토미 히데요시가 세상을 떠나면서 왜군이 철수한다. 그들을 막아서던 이순신은 노량에서 격전을 벌이다 전사한다. 전쟁이 끝나자 선조는 왕권을 강화하기 위해 증기 의병들을 탄압한다.

1621년, 인조반정 발생

능양군이 반정을 일으켜서 광해군을 쫓아낸다. 임진왜란을 겪고 피폐해진 조선을 부흥하기 위해 증기기술을 대량으로 보급하려고 했지만 실패로 돌아간 것이다.

1623년, 이괄의 난 발발

평안병사 겸 부원수 이괄이 반란을 일으켰다. 임진왜란 때 사용하던 증기 의병들을 앞세우고 빠르게 진격해서 한양을 함락했지만 반격을 받고 패배하면서 목숨을 잃었다. 이괄의 난에 가담했다가 살아남은 소수의 생존자들이 강을 건너 여진족의 수장 누루하치에게 투항했다. 그때 증기 기술이 전해지면서 누루하치는 증기마를 대량으로 생산하게 된다. 일각에서는 이 소수의 생존자 중 한 명이 증기기술을 도입한 회회인 도로라는 소문이 돌았다.

1636년, 병자호란 발발

임진왜란으로 명과 조선의 간섭이 덜하게 되면서 만주의 여진족은 누루하치를 중심으로 통합해나간다. 누루하치는 이성계가 사용하던 증기마와 증기마차를 사용하면서 승승장구한다.

세력을 키운 여진족은 청나라를 세우고, 조선을 침략한다. 순식간에 쳐들어온 청나라 군대에 의해 미처 피난을 가지 못한 인조는 남한산성에 갇힌다. 증기 의병을 탄압하면서 의병들의 활동도 부진한 가운데 다음 해, 인조는 결국 남한산성에서 내려와 삼전도에서 항복한다.

1644년, 《박씨부인전》 공개

강원도에서 신묘한 증기기기를 만든다는 박씨 부인의 이야기를 다루는 《박씨부인전》이 전기수 이중업에 의해 알려지면서 큰 인기를 끈다. 이후 증기기관이 등장하는 많은 이야기가 만들어지고 유행한다.

1663년, 증기 추쇄기계 등장

도망 노비들을 잡는 증기 추쇄기계가 등장한다. 증기 의병을 못마땅하게 여기던 조정에서도 환영할 정도였다. 하지만 소수의 선비들은 증기를 제대로 사용하지 못하는 것이라고 목소리를 높이면서 증기 추쇄기계의 사용을 제한하는 법률을 올린다.

1721년, 몇몇 백성들이 종적을 감춤

상인과 역관, 장인 등 몇 명이 '붕'이라는 이름의 증기 방주를 이용해서 멀리 서역으로 떠났다. 조정에서는 소문을 듣고 추포를 하려 했지만 종적을 알 수 없었다.

1722년, 임인의 옥

노론 일파가 인륜을 어긴 증기병기를 비밀리에 만들어 운용했다는 목호룡의 상소가 올라와 조정에 피바람이 분다. 김창집, 이이명 등 노론 수십 명이 죽고 백여 명이 유배됐다. 사실, 이는 당대의 왕 경종이 세자 시절 추진한 일. 몸이 약하고 정치적 기반이 불안정했던 경종에게 이 사실은 결정적인 약점이 될 것이었고, 경종은 이를 숨기기 위해 필요 이상의 잔혹함을 보였다.

1779년, 홍국영 실각

정조의 총애를 받던 홍국영이 사실은 증기기기로 움직이는 기기인이라는 사실이 발각된다. 정조는 노장파 대신들의 반발을 우려해서 홍국영의 파괴를 명령한다.

1875년, 증기 타워를 이용한 쇄국정책 실시

홍선대원군은 빈번하게 출몰하는 이양선을 막기 위해 해안선에 증기 타워를 설치할 것을 명령한다. 증기 타워에서 발생하는 전기 에너지를 결계로 삼아서 침입을 막으려고 한 것이다.

기기인도로

초판 1쇄 인쇄 2021년 4월 1일
초판 1쇄 발행 2021년 4월 5일

지은이 김이환, 박애진, 박하루, 이서영, 정명섭
펴낸이 박은주
편집장 최재천
기획 김아린
편집 최지혜
디자인 김선예, 서예린
마케팅 박동준

발행처 (주)아작
등록 2015년 9월 9일(제2020-000038호)
주소 04389 서울특별시 용산구 한강대로 26
한강트럼프월드3차 102동 1801호
대표전화 02.324.3945 **팩스** 02.324.3947
이메일 decomma@gmail.com
홈페이지 www.arzak.co.kr

ISBN 979-11-6668-018-2 04810
979-11-6668-017-5 04810 (세트)

책 값은 표지 뒤쪽에 있습니다.
잘못 만들어진 책은 구입하신 서점에서 교환해 드립니다.